絶対少年

ZETTAI-SHONEN

妖精たちの夏～田菜

——ぼく　どっしるを　みたよ。
しっしんは　いなかった。
さわりたかったけど　がまんしたの。
とっても　いいかんじだったから。
また　くるかな。

あいざわ　あゆむ

序章

小田原をすぎてしばらくすると海が見えた。その海には対岸がない。歩《あゆむ》にとっては新鮮な驚きだった。ちょっとだけ。

いつも歩が見ている横浜の海は閉じていて、水平線などどろくにありはしない。果てしなくつづくべきそれは、白っぽい建物と埋立地に断ちきられて、いつか写真で見たアマゾン川よりもせせこましかったりするのだ。

電車の座席に靴を脱いで上がり、海が見えただけではしゃいでいた、幼い日が——ぼんやりと車窓を眺めながら思いかえされたとき、歩は、旅の実感が湧《わ》いてきた。

——なにを話そうかな……。

そんなことを考えたら、おっくうになった。

夏休み。歩は、数年ぶりに父に会いに行く。

しばらく家を離れることで、歩はナーバスになっていたのかもしれない。いつもとちがう場所で、いつもとちがう人と接し、いつもとちがうことをする。いつもなら上手《うま》くいくはずのことが、そうはいかないこともあるだろう。これは旅だから……

ともかく、その見知らぬ女の子が話しかけてきたことを含めて、今年の夏は少し変だった。

「お友達みたいだねぇ」

声にふりかえると、カエルのぬいぐるみを抱えた女の子が通路に立っていた。

ぱっと見、小学校の低学年。パフスリーブの服に両脇のおさげを子供らしくリボンで留めている。だねぇ、というのは歩《あゆむ》にではなく、ぬいぐるみに話しかけているらしい。

「…………」

「でしょ？」

同意を求めるようにいって、にぃ～っと笑った。

——いや、いきなりそういわれても……。

どう反応したらよいものか困っていると、歩の携帯電話が鳴った。すると女の子はひこっと小さな鼻をふくらませて、

「かんちがいだったかも、ですぅ」

やっぱりカエルのぬいぐるみに語りかけて、去っていった。

——なんだよ、それ？

電話は母からだった。

電車は真鶴《まなづる》をすぎたばかりで、目的の駅まではまだ三十分以上かかるはずだ。横浜の家を出

てからいくらも経《た》ってないのに、どうにも心配になってしまったらしい。そんなふうに気を使われるのが苦手だった。期待に応《こた》えられないから。相手の機嫌《きげん》を損ねないためには、こちらも気を使わないといけない。それが上手《うま》くできないから、結局、気疲れする。すごく矛盾……。

『なんだったら、すぐに戻ってきてもいいからね』

——ほら、今になってそういうことをいうのだ。だったら最初から父に会いに行けなんていわなければいいのに。

『今年は変な年だから、気をつけてね』

母は出発前にもいった言葉をくりかえして、電話を切った。

——今年は変な年。

それは最近の母の口癖《くちぐせ》みたいなものだ。異常気象は毎年のことだったが、今年はカラ梅雨《つゆ》で、うやむやのうちに梅雨明け宣言が出て夏に突入してしまった。それから連日の猛暑《もうしょ》。今年はカラスが多いね、と母がいったのは初夏のころだった。庭ではやたらとクモの巣が目につき、母自慢《じまん》の植えこみはすっかり毛虫に食いあらされてしまった。毎晩のように、どこかで犬が吠《ほ》えていた。そんな夜がつづくと母は憂鬱《ゆううつ》そうな顔でいった。

「あれはね、この世のものじゃないなにかが、そのへんをうろついているの。犬にはそれが見えるから、ああやって吠えているのよ。いやぁね……」

吠える犬よりも、そんなことをいう母のほうがいやだった。

歩《あゆむ》が、こうして父を訪れようとしているのも「変な年」と無関係ではない。

今年は喪服《もふく》に袖《そで》を通すことが多い、変な年だ、いやな年だと母はいっていた。そして七月の初めに祖父《そふ》が、つまり歩の母の父が死んだ。

葬儀《そうぎ》が済んだ夜、お斎《とき》の残りで晩ご飯を済ませて、風呂《ふろ》に入るのさえめんどうで、ぼんやりとテレビを見ていたとき、その電話を取ったのは歩だった。


「歩か」

短い沈黙があって「大変だったな……」と相手の声がつづいた。

「母さん、いるか?」

歩はひとことも話さずに、受話器を母親にさしだした。

「誰?」

「父さん……だと思う」


父と母は、歩が小さいころに離婚した。理由は知らない。知りたいとも思わない。初めのころは年に二、三度は父と面会していたが、ここ数年はどんどん間が空いて、最後に会ったのはずいぶん前だ。だから歩は、父のことをあまりよく知らない。親なのだけど。

電話口の母の言葉から、父が、母と共通の知人から訃報《ふほう》を聞いたことがわかった。それで電話が終わるのかと思ったら、母は、この春から歩が不登校になっていることをしゃべりだした。ただでさえ葬儀《そうぎ》で、顔と名前の一致しない親戚《しんせき》たちに不登校のことを話題にされたばかりだった。おせっかいな激励となぐさめの言葉を受けながら、祖父《そふ》の弔《とむら》いに来てくれた人たちに失礼のないように、しおらしくふるまっていた歩《あゆむ》はもうくたくたで、お風呂《ふろ》を口実にその場から逃げた。お湯につかりながら、母さん寂しいのかな——とか思ったことを覚えている。

それから居間に戻ると、なぜだか、歩がこの夏を父のところですごすことが決まっていたのだった。

「むこうは二、三日でも、二、三週間でも好きなようにしていいっていってるんだし、行ってくれば？　いい気晴らしになるかもよ」

母はそういったが、歩はひたすら気乗りしなかった。それでも母があまりにも積極的に勧めるので、むやみに断れず、だらだら返事をひきのばしていると、そのうち母は歩が欲しがっていたクロスバイクを買ってやるといいだした。ビアンキのナイアラM。

「でも、いくらなんでも高いから、出すのは半分だけね。残り半分は立てかえってことで、バイトするようになったら返して」

不登校になって以来ひきこもりがちな歩を、母はなんとか外に出したかったのだろう。ビアンキの自転車はそのための鼻先のニンジン。それは微妙にまちがっているのだが、母にそれをいってもきっとわからない。母は、歩が不登校になったことには、はっきりした——たとえばいじめられているとか、授業が難しくてついていけないとか、他人に説明のしやすい――原因があって、それさえ解決すれば、また学校に行くようになると思いこんでいる人だから。

実際には特定の原因なんてない。それが特定できるくらいなら、歩にも対処のしようはある――と思う。どんな理由も少しずつあたっていて、少しずつちがっていた。このときの歩は、RPGの地下迷路《ダンジョン》のなかで完全に方向を見失っているような感じで、父のところに行ったとしても、それはワープポイントから別の地下迷路に飛ばされただけみたいなもので、それで、なにかが変わるとはとても思えなかった。

ともかくネット通販で買ったクロスバイクは父の家に届けられることになり、歩はこうして東海道線の下り列車にゆられている。

このあたりまで来ると乗る人より降りる人のほうが多くて、車内は空席ばかりになった。むこうのボックス席で、さっきの女の子が、カエルのぬいぐるみに鼻をこすりつけながら歩のほうを窺《うかが》っていた。目があうと、女の子は挑戦的な目つきで歩を見たまま、ぬいぐるみのファスナーを開けて中身をひっぱりだした。ぐりんと裏返すと、カエルがおたまじゃくしになった。

――リバーシブルのぬいぐるみかぁ。

うかつにも歩は感心してしまったのだった。それを察した女の子はにんまり笑みを浮かべた。おたまじゃくしの尻尾《しっぽ》を握りしめて、勝ちほこったようにぬいぐるみをぐいと突きだす。

――それがそんなに自慢《じまん》かよ。それともなにか……おまえはカエルじゃなくてオタマジャクシだといいたいわけか。つまりガキだと。

おまえなんかにいわれたくない。女の子が手にぶら下げたおたまじゃくしを見て、歩《あゆむ》はむかついた。電車がちょうどトンネルに入ったところで、暗くなった窓に、車内の明かりに照らされた自分の顔が映った。今度は、その不満でいっぱいの暗い顔にむかついた。電車のなかのいごこちが急に悪くなった。

熱海《あたみ》のさきで線路は海から離れ、伊豆《いず》半島を横断するように延びている。箱根《はこね》の外輪山の下を通る長い長いトンネルのなかで、歩の気持ちは少しずつ萎《な》えていった。今さら萎えるというのもおかしな話だが、冷房の効きすぎた車内で、手持ちぶさたに自分の爪先《つまさき》を眺めていた歩は、母がいったように、父に会ったらすぐに横浜に帰ろうかと思いはじめていた。帰りは電車を使わずに自転車で戻るのも悪くない、と。

――なにを話そうかな……。

数年ぶりに会う父と、どんな顔で対面すればよいか。どうすればうまくふるまえるかを考えて、できないと思って、ますますおっくうになった。

見知らぬ土地で、他人のような父とすごす、ひと夏。

新しい出会い。街にはない自然のなかでの小さな冒険……。

――いいや、ぼくはなにも期待していない。

こんなことでなにかが変わるはずがない。そのことを自分自身に確認したとき、電車が長いトンネルを抜けて、車内アナウンスが目的地の駅の名を告げた。

屋根もない狭いホームに降りたつと、真夏の日差しと遠慮のないセミの大合唱が歩を出迎えた。たった一つだけの改札——しかも駅員が切符を受け取る改札——を抜けると、自販機が二つしかない切符売り場と小さな待合室。そのまま映画のセットに使えそうな田舎《いなか》の駅だ。神凪《かんなぎ》駅。

予定では、父が迎えに来てくれているはずだ。最後に会ってから歩はずいぶん背が伸びた。父は歩のことがわからないかもしれない。歩は歩で、父の顔をうろ覚えで——たぶん父と会うときは下ばかりむいていたから——会えばわかるとは思っていたが、心配性《しょう》の母が父の車の名前を聞いていた。紺《こん》のランドローバー。

駅舎《えきしゃ》からつづく階段の下の、大きく枝を張った桜の木の下に、その四輪駆動《くどう》車は停まっていた。ところが車から降りたのは女の人だ。

女の人は歩を見て口元をほころばせた。ということは、歩を待っていたのはその紺のランドローバーでまちがいないらしい。父はどうしたのだろう。あの女の人と、父とはどういう関係なのだろう。

「歩くん……逢沢《あいざわ》歩くん、だよね？　わたし、藤堂麻子《とうどうあさこ》っていいます。稀代《きしろ》先生はうちのお得意様で……先生、急にカンチクが入っちゃって。代わりにわたしが来たの」

カンチクが患畜《かんちく》、つまり患《わずら》った家畜だと気づくまでに短い時間がかかった。父は——稀代秋《きしろあき》之《ゆき》はここで獣医《じゅうい》をしている。

「最近、急患が多いらしくて……今年の夏は、少し変だから……」

年齢不詳《ねんれいふしょう》の女の人、藤堂麻子《とうどうあさこ》さんはランドローバーのドアを開けた。助手席にまわろうとしてた歩《あゆむ》は、その言葉に思わず立ちどまった。

——今年の夏は、少し変だから。

その言葉の意味するところを訊《き》こうとしたとき、

「おばちゃ〜ん」

声にふりかえると、あの、おたまじゃくしのぬいぐるみを持った女の子が走ってきた。その後ろには、ぱっと見の印象がガールスカウトみたいな女の子がいて、歩を見ると小さく会釈《えしゃく》をした。つられて歩も会釈を返す。そうして歩は麻子に尋ねるタイミングを失った。

「あんたたちも今の電車だったんだ……いっしょに乗ってく？」

「いいんですか？」

麻子の誘いに、ガールスカウトの女の子が遠慮がちにいった。膝上《ひざうえ》まであるソックスを履《は》いて、長い髪《かみ》を輪っかで留めている。夏なのに暑そう。でも女の子ってやつは、おしゃれのためなら暑いのも寒いのも耐えるのだ。

「もちろん。いいよね？」

麻子が歩を見た。歩は、だめといえるわけもなく、あいまいに返事をした。

「ええ、まぁ……」

「ありがとう。助かります。ここバスの本数少ないから」

照れも気負いもない笑顔だった。途端に歩は、女の子と目をあわせるのが辛《つら》くなった。自分には、その素直な笑顔ができないから。今さらそれを返すのも気恥ずかしい。いつも新しい人と出会うたびに、今度は笑おうとは思うのに——結局、歩はうつむいてしまう。

「よかったね……美玖《みく》も、お礼いいなさい」

女の子は、おたまじゃくしのぬいぐるみの子にいった。

「はい。ありがとうございます」

おたま女がいって、ぬいぐるみにぺこりと頭を下げさせた。やっぱりこいつは小憎《こにく》らしい。

四人で車に乗った。

麻子が、駅からの道を運転しながら「稀代先生の息子《むすこ》さん。逢沢《あいざわ》歩くん」と紹介した。あっけらかんとしたいいかたに驚いたが、そこで苗字《みょうじ》がちがうことが話題になることはなかった。

「逢沢くんはいくつ？」

麻子が尋ねた。歩が年齢《ねんれい》を答えると、おたま女が、またぬいぐるみに話しかけた。

「おっと、お姉ちゃんと同い歳《どし》ですな」

彼女は深山《みやま》美玖。もっと幼く見えたが小学校四年生。歩と同い歳だという姉のほうは、深山美紀《みき》。それから麻子《あさこ》は、自分がコンビニをやっていることを話した。それは田菜《たな》地区で唯一のコンビニらしい。歩《あゆむ》はめまいがした。しかもそれは、セブンイレブンでもローソンでもファミリーマートでもサンクスでもミニストップでもなく、ファームサイドマート田菜屋という恐ろしくローカルなコンビニらしかった。

「このへんの人たちって、買い物をするときは三島《みしま》まで出ちゃうし、盆地《ぼんち》の横をこの幹線道路が通るようになってから、よその人が立ちよることもほとんどないから。コンビニの真空地帯ね。だから昔から地元の人だけを相手にしてた、うちみたいなとこでもやってける」

「うちの酒屋も似たようなもん」

と、深山《みやま》の姉のほうがいった。彼女の家は酒屋だという。

そうこうするうちに、盆地が見えてきた。

神凪《かんなぎ》町田菜——

直径たった一キロほどの丸い盆地は、ほとんどが水田で、民家は周囲の山の斜面にへばりつくように点在している。夏の風に波打つ稲の緑とサイロはみごとに牧歌的で、そこは率直にいって徹底的に田舎《いなか》だ。歩は二日と持ちそうにない。きっとすぐに死ぬほど退屈してしまう。

「のどかでしょ?」

助手席の窓から黙って盆地を眺め——絶句していた歩に、麻子が笑いながらいった。

盆地のまんなかにある小さな黒い森が、ふと目に留まった。水田に囲まれたその森は、奇妙《きみょう》な存在感を放って、まるで湖の小島のように盆地のなかに浮かんでいた。

「あの森は……？」

「トウヤの森よ」

麻子が答えた。トウヤ、という響きは、歩のなかで漢字変換されなかった。けれどもすぐに、そのことはどうでもよくなった。

——とっとと横浜に帰ろう。

歩は自分にいいきかせるように、そう思ったから。

＊

けれども、それは、とんでもないまちがいだった。

歩は退屈もしなかったし、帰りもしなかった。

「ああ、そうだったんだぁ！」

おたまじゃくしのぬいぐるみを見つめていた美玖《みく》が、ふいに大きな声でいった。

「…………？」

歩は怪訝《けげん》そうに、美玖を見た。

誰と話しているのだろう。まさか本気で、ぬいぐるみとお話ができる不思議ちゃんなのだろうか。ちらりと美紀《みき》を窺《うかが》ったが、姉のほうは妹の不可解な行動を気にかけた様子もなく、窓の外を見ている。

「じゃあ、ようこそじゃなくて、お帰りなさいなんだね……歩《あゆむ》!」

リバーシブルのぬいぐるみをカエルに戻して、美玖《みく》が歩にいった。

お帰りなさい……

なぜ、という言葉を歩は喉《のど》の奥に呑《の》みこんだ。

こうして歩自身の〝奇妙《きみよう》な夏〟がはじまった。

一　憂鬱で奇妙な夏のはじまり

1

　二階の窓から庭を見下ろすと、白い花をたくさんつけた夏椿《つばき》の陰、物置のトタン屋根の上に猫《ねこ》がいた。そいつはガラス越しに歩と視線をからめると、ぷいと顔をそむけて逃げていった。三毛猫《みけねこ》。片耳の千切《ちぎ》れた猫だった。

　歩は階段を下りて、外に出た。

　赤レンガの塀《へい》に囲まれた建物には『稀代《きしろ》動物病院』と看板《かんばん》が出ている。一階は診療《しんりょう》室と台所。歩は田菜《たな》にいるあいだ、父の家の二階の空き部屋に住むことになった。

　紺《こん》のランドローバーのドアを開けた父が、キャリングケースを後部座席に収めていた。ケースのなかの猫が落ちつかない声で、不平をいうように啼《な》いている。

「なんで、そんなことしてるわけ？」

「ヒマだから、かな」

歩《あゆむ》の父——稀代秋之《きしろあきゆき》は笑って答えた。汚れた白衣を着て、よれたシャツにネクタイをゆるく締めている。身だしなみにこだわらない人らしい。この人が都会ではなく田舎《いなか》で開業した理由も、そこらへんにあるような気がした。今どきのペットと飼《か》い主を相手にする獣医《じゅうい》は、医者も建物も、美容院のようにこぎれいじゃないとはやらないだろうから。

「ヒマだから野良猫《のらねこ》の健康診断……？」

「そう……歩はどうする？　いっしょに行くか？」

稀代は助手席を目配《めくば》せした。

歩は答える代わりに、玄関先に置かれた新品のクロスバイクを見た。ビアンキのナイアラM。

「そうか。さっき届いたばかりだもんな」

「あのね……ぼく、自転車《これ》で帰ってもいい？」

そのあとの少し長い沈黙を、むし暑い空気とジイジイやかましい蟬《せみ》の声が埋めていった。

「横浜に帰りたいのか？」

「……そういうわけでもないけど」

歩があいまいに答えると、稀代は、自分で決めろといって運転席にまわった。

「今年は、変だな——」稀代もまた、その言葉を口にした。「もう七月も終わりだってのに、夏椿《つばき》が満開だ……」

独り言のようにいって運転席に乗りこんだ。

「歩……父さんは、おまえの意志を尊重するよ。おまえのいいようにしろ。おまえの選んだ方法をサポートするから」

田菜《たな》にいるあいだは好きにしていいという。でも、歩は稀代の言葉が半信半疑だった。たとえば母などは、いつも歩に「やりたいことをやりなさい」と背中を押すくせに、歩がなにか主張すると「それはちがう」と口を出す。だから歩は主張するのをやめた。疲れるから。

どっちにしても、この田舎では、できることなどたかがしれていた。散歩がてらに自転車で近所をまわれば、一日でやることがなくなってしまうのではないか。

「ああ、あと、自転車で出かけるなら……」

稀代の視線のさきを追った歩は、盆地《ぼんち》のまんなかにある、田んぼに囲まれた小さな森を見た。

「トウヤの森？　だっけ……？」

麻子《あさこ》さんに聞いたのか、という稀代の問いかけに、歩は小さく頷《うなず》いた。

「あの森には入らないように」

なぜ、と尋ねると、稀代はちょっと考えて、

「幽霊《ゆうれい》が出る」

子供を怖がらせるようにいった。

「？」

「あの森には入ってはいけない。そういう決まりだ」

「村の掟《おきて》とか……そういうやつ？」

「だな」

「……古墳《こふん》でもあるの？」

田んぼのなかに盛り上がった森は、円墳《えんふん》のように見えなくもない。

「うん……古墳というわけではないけど。地元の人に叱《しか》られたくなかったら、あそこには入らないこと」

稀代《きしろ》はそう念を押して車を出した。

「トウヤの森……」

玄関に戻りかけた歩《あゆむ》は、ふと庭を見やった。

夏椿《つばき》の花は、田菜《たな》を訪れた歩を待っていたかのように狂い咲きしていた。

2

壁にツタのからまった、ファームサイドマート田菜屋の店の外観は喫茶店のようにも見えた。かすかに発酵《はっこう》した臭いがただよっているのは気のせいではなく、店の裏にはサイロと牛舎《ぎゅうしゃ》があり、駐車場の隣には牧草地が広がっていた。

店先のベンチの前にクロスバイクを停めて、鍵《かぎ》をかけると、自動扉《ドア》でもないドアを開けた。

窓が小さくて少し暗いが、店内はコンビニらしい体裁《ていさい》は整えていた。ＡＴＭやチケットの発券機はないがコピー機はある。二十四時間営業ではない。ビミョーで中途半端なコンビニ。

歩はミネラルウォーターのボトルを取るとレジに立った。ほかに客の姿はない。

「…………」

店員の姿もなかった。これでは万引きし放題だ。

「あら、お客さん」店の奥から藤堂麻子《とうどうあさこ》が現れた。「声かけてくれればよかったのに。御子柴《みこしば》さん、今日、おやすみで」

そういいながらレジに入る。御子柴さんといわれても歩には誰だかわからない。

「逢沢《あいざわ》君が来てから、稀代《きしろ》先生、あまり来ないけど……食事とか平気？」

「ぼく、料理できるし」

「そっか……お得意様、ひとりなくしちゃったか」

麻子は笑いながらペットボトルにバーコードリーダーをあてた。

その赤い光と、ピッという電子音さえ、この土地の空気にはなじまない気がした。

田菜は、とても田舎《いなか》なのだ。

いい子でいる秘訣《ひけつ》は自己主張をしないことだった。親のいうこと、先生のいうことをとりあえず聞きながら、自分の意見を口にせず生きてきた。自分の意見なんて――考えたことはあまりない。なんとなく。考えずにいた。考えることを求められたこともなかった。選択肢《し》は親や先生にいわれたこと、教科書と、実感のない常識のなかにあった。それでことは足りた。テストで点を取るために時間を費やした。努力の見返りに欲しいものを親にねだることもしなかった。そういう傾向は小学生のころからあって、同世代の子が反抗期に入っても、歩《あゆむ》は親に対してあまり辛辣《しんらつ》な口は利かなかった。めんどうだから。

あるとき、そんな自分がいやになっただけだ。

歩の学校は公立だったが、地元ではどちらかというと「荒れた」学校で、歩のクラスはそのなかでも「悪い」ほうだった。学校の行事などでグループを作るたびに、歩はあまりものになった。いい子でいるからクラスで浮いていた。からかわれても、めんどうを押しつけられても、頭がいいねと褒《ほ》められても、どっちにしても孤独感は深まった。勉強が好きなわけでも、スポーツに打ちこむわけでもない。手応《てごた》えのない灰色の毎日。どうせ「なんとなく」——だったから、どうでもよくなったのだろう。

だから不登校——

初めて学校に行かなかったあの日は気分が軽くなった。行かなくてもいいのだ。そのとき世界はひっくりかえった。歩は、いてもいなくても同じだった。歩のことを見ている友達など、誰もいなかったのだと気づいた。母親を心《しん》から遠ざけて、自分の部屋にいる時間が長くなった。そうしたら、まるでそれが流行《はやり》のようにひきこもりと呼ばれるようになった。

――なにか打ちこめるものを探したら。

母も先生も、そういって歩を諭《さと》した。母は「それが勉強でもいいんだから」と自分の希望をつけ加えることを忘れなかった。「片親だからかしら」と、自己陶酔《とうすい》の裏返しのような悩みをこぼすこともあった。他人に説明しやすいからだ。それですべての説明がつくと信じている人だ。母には、ろがある。母は思いどおりにならないことがあると、すべてそこに理由を求めるところがある。母は思いどおりにならないことがあると、すべてそこに理由を求めるとこそんな母親を子供がどういう目で見るかという視点がない。親の底が見えた気がした。それから歩は、母を斜《しゃ》に構えて見るようになったのかもしれない。

無気力なわけじゃない。堕落《だらく》したようにいわれるのは心外だ。歩は、いい子でいるのをやめただけで、歩自身はなにも変わっていないつもりだった。母の底なしの期待に対して、いい子でいよう、もっといい子でいようと虚《むな》しい努力をすることをやめただけ。きりがないから。学校に行かない自分が、まるで悪いことをしているようにいわれると、いらだった。

自分が、なにをしたらよいのか。なにができるのか。歩はまったくわからなくなった。そして灰色の地下迷宮《ダンジョン》のなかをさまよいはじめた。

夏の太陽を浴びて、水の薫《かお》りを運ぶ風にゆれる緑の稲のむこうには、火の見櫓《やぐら》とサイロがあり、盆地《ぼんち》のまんなかにはトウヤの森があった。田菜《たな》では酪農《らくのう》が盛んらしく、よく牛舎《ぎゅうしゃ》を見かけた。だから稀代《きしろ》はこの土地で獣医《じゅうい》を開業したのだろう。ペットの診療などは、どちらかというと副業なのかもしれない。

『あんた、だいじょうぶなの？』

農道にクロスバイクを停めて、歩《あゆむ》は携帯電話で母と話していた。

「なにが？」

『あの人とうまくいってる？』

――また、今になってそういうことをいうから……。

「うん。まぁ……」

『無理しないで、すぐに帰ってきてもいいのよ……歩、聞こえてるの？』

こんな田舎《いなか》でも携帯電話が通じてしまうのは、都会育ちの歩には小さな驚きだった。

『お母さん、今になって、ちょっと後悔してるかも。ね――一週間くらいっていってたけど、いやんなったら、さっさと帰ってきちゃいなさい』

「わかった」

また連絡するから、といって歩は携帯電話を切った。

クロスバイクをこぎだす。曲がり角を、体を傾けながら駆《か》けぬけていく。

田菜《たな》という土地をざっと把握《はあく》すると、こうだ。

直径一キロほどの丸い盆地《ぼんち》の周囲には、道路が輪になって通じている。その、いわば『田菜環状《かんじょう》道路』の内側は、田んぼばかりで、文字どおり田の字に区切るように農道が縦横《じゅうおう》に通されていた。神凪駅《かんなぎ》からの幹線道路は盆地の南側を走っていて、熱海《あたみ》までつながっている。熱神道《ねつかん》路という。そのむこうの山の斜面には『エメラルドランド』という別荘地があった。緑の山肌に、驚くほどの数の家が並んでいるのが盆地からよく見えた。

三叉路《さんさろ》に接した小さな空き地にクロスバイクを停めた歩は、隣家の庭にある欅《けやき》の巨木が作る日陰で腰を下ろし、ペットボトルの水を口にした。

空き地には辻《つじ》の地蔵が置かれ、石柱には『猫《ねこ》ガ辻《つじ》』と彫られている。地面を這《は》う蟻《あり》の列に石を置いて邪魔《じゃま》したりしていると、ボボボボ……と間抜けなエンジン音が近づいてきた。

猫ガ辻のまんなかで止まった原チャリの少年は、歩と新品のクロスバイクをじろりと見やった。髪《かみ》は短髪《たんぱつ》に刈《か》りこんで、歩にはまったく欠けている少年らしい力強さがあった。

——なんだよ……。

よそ者がここで座って休んじゃいけないのかと思いながら、走りさった原チャリを見送ると、反対側から、あ〜、という声が上がった。

見ると、コンビニ袋を下げた深山《みやま》姉妹がむこうからやってきた。

「逢沢《あいざわ》歩。またいた！」

カエルのぬいぐるみを抱えた美玖《みく》がいうと、美紀《みき》が妹の頭にゲンコツを落とした。

「こんにちは、でしょ」

美玖は「いって〜」とわめいて、頭を抱えてしゃがみこんだ。容赦《ようしゃ》がない。姉妹同士だとこんなものなのだろうか。

「田菜《たな》、どう？　退屈じゃない？」

「退屈は退屈だけど……これが来たから」

美紀《みき》に答えると、歩《あゆむ》はかたわらに停めたクロスバイクを見た。

「でも……」

「深山《みやま》ぁ〜！」

美紀がなにかいいかけたとき、ボボボボ……とさっきの原チャリが戻ってきた。

「亮介《りょうすけ》……」

「やっぱ、おまえか。なんかチラッと見えた気がして――そいつ誰？」

「逢沢《あいざわ》君。稀代《きしろ》先生んとこの」

美紀が歩を紹介した。

「え？　だって苗字ちがくね？」

「だから、おまえはダメなんだって。家庭の事情ってもんを理解できんか」

これをいったのは、耳を疑うことに小四の美玖《みく》だった。

「あぁ〜、悪ぃ。めんどくせ〜話はパスな……それよか深山！　オカカ婆《ばばあ》のこと聞いてね？」

亮介と呼ばれた原チャリ少年は美紀に尋ねた。

「死んだんじゃないの？」

「復活したらしい」

「……マジすか？　てか、それ死んでなかったたってことでしょ」

「はっ！　まさか——幽霊《ゆうれい》!?」

部外者立入禁止の地元トークが展開した。立ちさるタイミングを逸《いっ》した歩の前に、美玖がカエルのぬいぐるみを突きだして、それを腹話術《ふくわじゅつ》の人形のようにしていった。

「オカカ婆、わかる？　猫《ねこ》……阪倉《さかくら》の十年来のライバル」

「猫が？」

「なめてんじゃねーぞ」

なぜか凄《すご》んでみせた阪倉亮介に、歩は淡々と、

「いや。意味がわかんない」

「ありゃ、ただの三毛《みけ》じゃない。野良《のら》であるわけがない。猫かどうかさえ怪しい……河童《かっぱ》と闘った千切《ちぎ》れ耳だぜぇ」

阪倉の口上《こうじょう》に、美紀が「また、はじまった」と息をついた。

「千切れ耳の三毛猫……ぼく、見た」

歩は物置の屋根に乗っていた猫のことを思いだした。

「ぼくぅ……？　よし、ボク？　どこで見た？」

「……父さんとこの庭」

「動物病院か！」

それだけ聞けば十分と、亮介《りようすけ》はボボボボ……と排気ガスの臭いを残して走りさった。

「河童《かっぱ》と闘ったって……？」

「阪倉《さかくら》、小さいころに見たんだって。オカカ婆《ばばあ》と河童がバトルしてんの」

美紀《みき》が答えたあと、ぽっかりと間が開いた。

「リアクションできません」

歩《あゆむ》は話題をスルーした。河童だけでもあり得ないのに、猫《ねこ》とバトルなどと嘘《うそ》の重ね塗りではないか。原チャリ少年・阪倉亮介――変なやつ。

「いるよ、河童。川の上のほうに」

美玖《みく》がカエルのぬいぐるみにしゃべらせた。

「そーいや、啼沢《なきざわ》川の上流、螢《ほたる》が大発生してるって……御子柴《みこしば》さんいってた。それに螢じゃないなんかもいるって。なんか今年って変かも」

「うんうん。エメランの幽霊《ゆうれい》の話もありますな」

深山《みやま》姉妹は地元限定の噂《うわさ》話に花を咲かせた。

変。変。今年の夏は、変――みんながなぜか、そういっている。

「幽霊って……トウヤの森も？」

歩は、稀代《きしろ》の言葉を思いだして、いった。

「ん……？　トウヤの森の幽霊は、ずっと昔から」

美紀は首をひねって、盆地《ぼんち》のまんなかのトウヤの森を見やった。

「出るわけ？」

「そそ」

「だから、村の掟《おきて》？」

「掟……ああ、そういういいかたもあるか」美紀は、よそ者の歩に説明する言葉を探すように、いった。「トウヤの森はね……神聖な場所なんだ。私らは、親や先生からそう教わってきた。地元の人間はあそこに近寄らない。どうしても前、通らなくちゃいけないときはお辞儀《じぎ》して通る。人魂《ひとだま》とか、首のない落武者《おちむしゃ》の幽霊とか……怖い噂《うわさ》いっぱいあるんだから」

「子供が近づかないように、幽霊？」

「それもあるけど、ただ――」

「出るよ、いろいろ」

美玖が両手を前に「うらめしや～」のポーズを取った。

「だから逢沢《あいざわ》君、稀代先生に聞いたかもしんないけど、トウヤの森には入っちゃだめだよ」

忠告する美紀の表情は確かに真剣だった。歩はリアクションできず、あいまいに頷《うなず》いた。

『二級河川《かせん》・啼沢川』と書かれたプレートを確かめて、歩は、川沿いに盆地の外へとつづく道を走った。クロスバイクのギアを変えながら坂道をしばらく行くと『神凪原生林』の看板。原生林という言葉の響きに、少しひるむ。それは侵入者を拒む樹海のようなイメージがした。田《た》菜《な》は富士山にも近い。

やがて、少し開《ひら》けた場所に出た。

山の入り口にレーダードームのような半球形の建物が建っていた。それが、どうも民家らしい。近くには一輪車や材木などが置かれ、野ざらしの廃材にビニールシートがかぶせられている。そこに犬がいた。耳と尻尾《しっぽ》のたれた大型の洋犬。首輪の代わりにてぬぐいを巻いて、麦わら帽子《ぼうし》をかぶっている。変な建物と変な帽子の犬。

ふいに犬が吠《ほ》えた。そのとき歩《あゆむ》は、犬がつながれていないことに気づいた。襲いかかってくると思い、歩はすくみ上がった。

「ロク」

家のむこうの畑から声が飛んだ。それでロクと呼ばれた犬はおとなしくなった。

スイカやキャベツなどが栽培されている畑で、老人が立ち上がった。

「こんにちは……」

自転車を降りた歩は、消えそうな声で老人にいった。

「月読《つくよみ》天文台になにか?」

「…………」

ここには望遠鏡でもあるのだろうか。歩が戸惑っていると、

「ここは夜を知る月読天文台。逢魔《おうま》が時《とき》は境界の時間――〝世界の被膜《ひまく》が薄くなる〟……これから山に入るなら気をつけなさい」

老人は、目の前にいない誰かに告げるようにいって、畑仕事に戻った。

それ以上、老人にかかわる気にはならず去ろうとした歩の前を、細長いものがうねりながらよぎった。蛇《へび》だと気づいて毛穴が逆立った。気味が悪くなった歩は山の入り口でUターンした。

3

「平五郎《へいごろう》さんだな。自称、月読天文台の」

その夜、父とふたりの食卓の献立《こんだて》はコンビニ弁当だった。歩の帰りが遅くなったので、稀代《きしろ》が夕食を買ってきてしまったのだ。

「いっちゃなんだけど、これ。あんまおいしくないね」

「幕《まく》の内《うち》弁当のほうがよかったか？」

「いや、そういう問題じゃなくて……ご飯、ぼくが作るから。弁当買わなくていいから」

歩は下をむいたままいった。

父は――稀代秋之《あきゆき》という人は、歩が来たことで、自分の生活のペースを変えようとはしなか

った。観光地に連れていこうとか、おいしいものを食べさせようとか、世話をやいたりはしない。それは、なにを話そうか悩みながらやってきた歩《あゆむ》にとっては、拍子抜けするほどだ。とはいえ歩も、この下をむいたままの会話を、特に気まずいとは思わず都合よく利用していた。

「どういう人？　平五郎《へいごろう》さん」

脂の多すぎるスタミナ弁当を喉《のど》に押しこみながら、犬を飼《か》っていた老人のことを尋ねた。

「さぁな。いろんな噂《うわさ》はあるけどな」

「なんかさ……ここらの人たちって変わってるよね。はみだしてる感じ」

ぬいぐるみと話す深山美玖《みやまみく》も、猫《ねこ》と河童《かっぱ》のバトルを目撃した阪倉亮介《さかくらりようすけ》も、トウヤの森の幽霊《ゆうれい》を信じている深山美紀《みき》も、帽子《ぼうし》をかぶった犬と丸い家に住んでいる平五郎も。

「なにから？」

「……常識」

うまい言葉が見つからず、そう口にしたあとで、その学校推奨《すいしょう》の常識からはみだしてしまったのは歩自身じゃないかとも思った。

「それは、逆に健全なんじゃないかな」

「……そう？　なんで？」

「ビミョー——とかいってみたりする」

稀代《きしろ》は笑ってみせた。年齢《ねんれい》のわりには若く見えるが。独身生活が長いせいかもしれない。

「無理してる？」

「してない。臨機応変《フレキシブル》なだけだ」

「似合ってない」

「……そうか」

ビミョー、とか若者言葉を使ってみたおちゃめな父は、息子《むすこ》の指摘にちょっと落胆《らくたん》した。

「どこらへんがビミョー？」

「常識ってのはそもそも、その時代、その土地の最大公約数にすぎないから。迎合する必要のない人たちは、全然、マイペースでいいわけだ」

つまり田菜《たな》のような、流行や情報に追いまわされる必要のない田舎《いなか》では――

「いいのかな？　ホントに、それでいいの？」

「悪い理由があるか？　もっとも非常識には反社会的な行為も含まれるから、そこらへんでビミョー、と。父さんはそう思う」

学校に行かないことは、非常識で、反社会的だろうか。歩はそうは思わない。

「でも……迎合しないって、大変だよね」

「迎合するんだって大変なこともある」稀代は箸《はし》を置いて、歩を見た。「……要は、自分がなにを選ぶかだ。人の生きかたなんてもんは、おおむねそれで決まるんじゃないかな」

初めて目があったが、今度は稀代のほうが目を新聞に伏せてしまった。

離婚の理由は、もしかすると歩《あゆむ》の教育方針のことだったのかもしれない。稀代秋之《きしろあきゆき》という人は、世の親というものを二つに分ければ放任主義の人だ。歩には、こんな稀代が、あの過保護な母と結婚を決めた理由のほうが謎《なぞ》だった。妻《つま》と母とではちがうのかもしれない。

*

風呂《ふろ》に入って、二階の部屋に上がると、扇風機をまわして髪《かみ》を乾かした。パジャマに着がえて、ベッドの上であぐらをかいてくつろいだ。

＞自転車、今日、届いた。

母にメールを打つ。電話でしゃべるのはおっくうだから、まめにメールを送っておくのが、結局、いちばん楽だと思うことにした。

＞もうちょっと、こっちにいる。

送信ボタンを押して、携帯を折りたたむと枕元に放りだした。

風が強く吹いてカーテンをはためかせた。歩は窓辺に近ずくとカーテンをくって留めた。草原を風が走りぬけるような、水田の稲がゆれる音がかすかに聞こえる。

「…………」

と、窓の外に光が見えた。

——螢《ほたる》？

水のきれいな田舎《いなか》だなと思い、歩はその光の行方《ゆくえ》を目で追った。

ふぅわり、ふわりと夜の風の波間《なみま》をただよっている。螢にしては……少し、大きいような気がした。目を凝《こ》らした。暖色の光は迷うようにゆらめきながら、

——ふっ

消えた。それがあまりにも突然だった気がして、歩はぎょっとなった。

光が消えさった闇《やみ》のむこうにあるのは……

「トウヤの森……？」

歩はつぶやく。

森は——盆地《ぼんち》の中心にあるはずの黒い森は、すっかり夜の闇に息をひそめている。幽霊《ゆうれい》の話を思いだして、爪先《つまさき》からすうっと力が抜けていった。ぞわっと逆撫《さかな》でるように、奇妙《きみょう》な感覚が

足を這《は》い上がってくる。

目を凝《こ》らすが、さきほどの光は、もうどこにもいない。

——まさか。

幽霊《ゆうれい》や人魂《ひとだま》のはずがないではないか。そんなの常識だ。

歩《あゆむ》は窓から離れると、そのままベッドにひっくりかえった。

4

翌日も猛暑《もうしょ》だった。

ダイニングで朝食を食べていると、歩の携帯電話が鳴った。メールを確かめていると、

「食事中にメールは感心しないな」

稀代《きしろ》が見とがめた。

「……うん」

「母さんは、そういうの、なにもいわないのか?」

「いう。行儀《ぎょうぎ》悪いって」

「父さんも、そう思う……返事は?」

食卓の空気が重くなる。歩が「はい」と小さく答えると、稀代は話題を変えた。

「うまいな、これ……だが、妙《みょう》な感じだな」

寝ぐせ頭の稀代は、歩が作った朝ごはんを口にしながら神妙《しんみょう》な顔をした。

「？」

「すまん。なんでもない」

「いいかけたことはいってくんないと。気持ち悪いじゃん」

歩は新聞のテレビ欄《らん》を見ながらいった。携帯電話が通じることの次に意外だったのが、田菜《たな》にはケーブルテレビがひかれていたことだ。

「このみそ汁、淳子《あつこ》の……おまえの母さんの味と同じだ」

「鍛えられたからね」

母は働いているので、晩ご飯はいつも歩が作っていた。別れた妻《つま》の手料理の味を呼びさまされて、稀代は困ったような顔をする。

「エメラン……エメラルドランドだっけ。どんなとこ？」

歩は尋ねた。

「別荘地。あそっからは富士山が見えるから。ただなぁ……ペットを置いてく輩《やから》がいるんで困ってる。ペットといっしょに別荘に来て、帰るときには動物は置きざり――」

「それで野良猫《のらねこ》の無料健康診断？」

「野良猫の平均寿命《じゅみょう》、どのくらいだと思う？　飼《か》い猫は十数年。今なら二十年生きる猫も珍しくない。だけどノラは――平均二年だ」

稀代《きしろ》は感情をこめずにいった。かわいそうだ、といいたいわけではないらしい。

「平均値でしょ……オトナになれない猫《ねこ》が多いってことじゃないの？」

「それもある。でも顔ぶれは変わっても猫の数自体は安定してるから、もっと単純に、冬を越せない個体が多いんじゃないかと思う」

問題なのはペットに責任が持てない未熟な飼《か》い主。でも、いったん野良《のら》になってしまった猫が繁殖して増えすぎれば、また別の問題が起こる。

「……難しいね」

「簡単にまとめるな」稀代が息をついた。「考えることを放棄《ほうき》するな。いいな」

稀代と暮らして二、三日で、歩は、なんとなく父の話しかたがわかってきた。稀代はかならず、歩がどう思っているのかを訊《き》く。そして歩がいったことを、批評したり否定するのではなく、疑問を共有して、あとで思いだしたように自分の意見を添える。だから学校の先生の注意や、母の小言とは響きかたがちがうのだろう。

だからといって稀代を好ましく思うのではない。痛みかたがちがうだけで、どっちにしても耳が痛いことには変わりなかった。

ただ、この人は、父親ではなく稀代秋之《あきゆき》として、逢沢《あいざわ》歩に伝えようとしていることは感じられた。一人前扱いはしていないが、同じ目線で接していることはわかった。

——父親にはなれない人、とか？

稀代のそういうところに、歩は、少なくともまだ不快さは感じていなかった。

トウヤの森をむこうに眺《なが》めながら公民館の前を通りすぎると、掲示板に貼ってあるポスターが目に留まった。路線バスとすれちがいながら掲示板に近寄ると『神凪《かんなぎ》猫おどり』とある。猫の面と、猫パンチができそうな猫の手の着ぐるみをつけた女の人の写真。地元の夏祭りのポスターらしい。場所は、田菜《たな》小学校の校庭とある。

と、今のバスから降りたらしい女の子がバス停の前に立っていた。

ホルターネックのワンピースにスリムな七分丈《だけ》のパンツ。前髪《がみ》とサイドにシャギーを多めに入れて、後ろはポニーテールの位置でお団子《だんご》頭にしている。牧歌的な田菜の風景のなかで、その女の子の姿は奇妙《きみよう》にうわついていた。なじんでいない。どこかの街の子がバスを乗りまちがえて迷いこんでしまったようにも、自分だけは街の空気を吸おうと、田舎《いなか》らしさにひとり刃向《はむか》っているようにも見えた。

女の子も歩に気がついたらしい。逆に値踏みするような視線にさらされた。むこうも歩を、同じように思ったのかもしれない。歩は女の子を無視して通りすぎた。

「歩！」

呼びとめた声に、歩が自転車を止めてふりかえると、公民館から現れたのは深山美玖《みやまみく》だった。

「河童《かっぱ》見に行くのか？」

「ちげーよ」

この小四の児童は、あいかわらずタメ口だ。誰に対してもこうなのだろうか。

「あ、そか。じゃ、わっくんに会いに行くんだ？」

わっくん、というのが誰のあだ名なのか、歩《あゆむ》にはまったく見当もつかなかった。初めて会ったときから、美玖《みく》はわけのわからないことばかり口にする。「じゃあ、ようこそじゃなくて、お帰りなさいなんだね」とか……まるで、昔、歩が田菜《たな》に来たことがあるみたいに。

いいや――歩は、確かに、以前に田菜に来たことはあった。

だが、それは十年くらい前のことだ。小四の美玖が生まれたころの話だ。

「わっくん……誰、それ？」

歩が冷たく応じると、美玖は落胆《らくたん》したように表情をこわばらせて、ぬいぐるみのカエルをおたまじゃくしに変えた。

「わっくん、泣くぞ！　あと、じきに雨降るからな！」

「はいはい」

美玖をてきとうにあしらって、歩は走りさった。

啼沢川《なきざわ》の川沿いの道をさかのぼる。昨日、行けなかった原生林の山奥に行くつもりだった。

盆地《ぼんち》のなかは、昨日一日でほとんど見尽くしてしまっていた。トウヤの森を除いては。

途中の月読《つくよみ》天文台には、平五郎《へいごろう》という老人もロクという麦わら帽子《ぼうし》の犬もいなかった。家は無人で、あたりには人の気配もない。

「……変なの」

ぽつりとつぶやいて、昨日はひきかえした山の入り口を上っていく。

遠くに、かすかな雷鳴が響いていた。

そして雨が降りはじめた。

頭上には炭を塗ったような黒い雲が広がっている。薄暗いなかを、びしょ濡《ぬ》れになった自分に苦笑しながら、歩《あゆむ》は懸命《けんめい》にクロスバイクをこいだ。

「……なにやってんだろ。つか、なにしたいんだか……」

なにに対してむきになっているのか。自分でもよくわからなかった。実際、あてなどないのだ。ただ、こうして田菜という地下迷宮《ダンジョン》を行きつくせば、また別の場所にワープするだけだ。がんばればがんばるほど田菜での終わりは早まるだろう。あの手応《てごた》えのない灰色の終わりが。

原生林の林道は、車がすれちがうのがやっとの狭い道だった。密生する樹木が屋根になって、雨はいくらか弱まっている。カーブをくりかえしながらつづく道を、森の奥へと走った。

川に架《か》かる橋にさしかかったとき――歩の視界の端を、

――ぽうっ

予期せず光がよぎった。歩《あゆむ》は思わずブレーキをかけた。

「⁉」

それが昨晩見た奇妙《きみよう》な光に、だぶる。しかし螢《ほたる》であれば、昼間に見えるほど強くは光らないはずだ。ましてや車のヘッドライトでもない。ぶるっと、ふるえがきた。正体のわからない怖《おそ》気《け》。正体のわからないものへの怖気に、雨に濡《ぬ》れた寒気が重なった。クロスバイクを降りた歩は橋のなかほどまで戻って、光がすぎさったと思えた川の上流を見やった。

鬱蒼《うっそう》とした原生林の川縁《かわべり》に、場ちがいとしか思えない、ひとりの男の子がいた……。

四、五歳《さい》の男の子だ。レインコートのポンチョ姿で、童謡《どうよう》でも口ずさむように喜々としてゴム長靴で水溜まりを踏んでいる。男の子に声をかけるべきか、無視するか。しかし無視するには、雷雨のなか、幼い子供が川で独り遊びをしている状況は危険だと思えた。

見すごすことができず迷っているうちに、男の子と目があった。

ポンチョの男の子は警戒《けいかい》するように歩を見つめた。

「もしかして……わっくん？」

GLF

なぜ、その名が出たのか――わからなかった。しかし、その名を歩《あゆむ》が口にすると、ポンチョの男の子は顔をほころばせて、橋の上にいる歩のもとに駆《か》けよった。

「！」

しかし川原でつまづいて、べちゃっと転んでしまう。驚いた歩はクロスバイクを橋の欄干《らんかん》に立てかけて、土手《どて》から川辺に下りた。ぬかるんだ斜面であやうく滑《すべ》りそうになる。

自力で立ち上がったわっくんは、泣いたりはせずに、泥《どろ》で汚れた手をポンチョでぬぐった。

「来たし」

――と、男の子が歩にいった。

「…………？」

「待ってたし」

男の子は、歩をここで待っていたという。

「いや……わかんない。つか、こんなとこで、ひとりでなにしてたの？」

「遊んでた」

男の子は屈託《くったく》のない様子で答えた。

「なにして？」

「い、い、い、遊んで遊んでた」

子供っぽい独特のつたないしゃべりかたに戸惑いながら、歩は困惑を重ねた。

「…………」

「ちょっと来て」

男の子は歩の手をひいて、川の上流に行こうとした。

歩はそれをひきとめると、男の子の親の姿を探した。

夕暮れの空が覗《のぞ》く下流。そして、すでに薄暗い上流の森――ふたり以外に、どこにも人の姿はない。

「こんな時間までひとりで遊んでて……家の人、心配してない？」

「いないし」

「え……」

男の子の「いない」という言葉をどう捉《とら》えていいものか、歩はさまざまな想像をめぐらせた。

「ヒカくん、いるし」

「あのさ……ぼく、もう――行かないと」

手をほどいて川辺を離れようとしたとき、男の子が、わっと破顔《はがん》していった。

「見て見て」

楽しそうにあたりを見まわす。

と――

雨に霞《かす》む森のなかに、その〝光〟は現れた。

それは、いくつも——闇《やみ》に、たゆたう。これが……深山《みやま》の姉妹がいっていた啼沢《なきざわ》川の螢《ほたる》の大量発生なのか。いいや間近で見れば、それは螢というには大きすぎ、人魂《ひとだま》というには輪郭《りんかく》が整いすぎている。

「これって……」

「ヒカくん」

光だからヒカくん——歩《あゆむ》は目を疑った。この光の群は、いったい……？　川原一帯を埋めた正体不明の暖色の光の群に囲まれて言葉を失う。悲鳴が喉《のど》を突きかけた。男の子が光をまったく恐れていないことが、かろうじて歩の平静を保った。

「また遊べるよね」

といって、男の子は「だめ？」と歩に確かめた。

「？」

「遊んでください」

ぺこりと頭を下げてお願いされる。

「……うん」

歩は呆然《ぼうぜん》とつぶやいた。肯定《こうてい》でも否定でもなく、ただ声が漏《も》れた。

男の子は、ありがと、といってにこりと笑った。

光の群は踊《おど》るようにくるくると舞いはじめた。雨音のなかに、かすかな共鳴音のようなものしかし、この眼前の現実を。赤い光の円舞曲《ワルツ》を。歩はどうあっても現実と認めることができなかった。

こんなことは初めてだった、、、、、、、から――

「えと……螢じゃないよね。これ、なに……？」

歩《あゆむ》は光と戯《たわむ》れている男の子に問いかけた。

「ヒカくん」

「…………」

歩には、わからない。

「見てくれよぉ」

「いや、見てるけど……」

呆然とした歩が光の群のなかで首をめぐらせたその一瞬――視界の隅《すみ》にあった光のなかで、なにかの実像が結ばれた。

しかし、その輪郭《りんかく》は角砂糖《ざとう》が紅茶に溶けるように、すぐに、あいまいな暖色の光のなかに沈んでしまう。歩はなおその実体を確かめようと、川の上を流れていくその光を追った。

「ね、ね」

男の子が背中でいった。

「ヒカくん……？」

「いっしょに遊ぼ。待ってるし——」

歩《あゆむ》が追っていた光は、橋の下をくぐって、森の奥に消えていってしまった。

気がつくと——そこには、男の子の姿もなかった。

「ちょ……?」

啼沢《なきざわ》川の川辺には、歩のほかには誰もいない。

光の群は、失《う》せていた。

言葉を失って、雨の川原に立ちつくしていた。

※　※　※

闇《やみ》のなかに、赤っぽい暖色の〝光〟がいた。

ぼやけた視界のなかに浮かぶ光は、樹々《きぎ》に囲まれた古井戸の壊《こわ》れた釣瓶《つるべ》のあたりを舞って、時折、光度を変えながらただよっている。

——ぼく、どっ、、、しるを見たよ。

〝光〟は、井戸の縁に止まる。

——しっ、、、しんはいなかった。

〝光〟は、おぼろげな実像を結んでいき、

――さわりたかったけど、がまんしたの。とっても、いい感じだったから。

〝光〟は、ふっと消えて、

――また、くるかな……。

＊

…………………………………………

窓の風が、部屋に朝の空気を運んだ。

〝光〟

啼沢川《なきざわ》の上流で見た、光の、夢を見た。

「どっしる……？」

夢の語り手は、あの暖色の光をそう呼んだ。光にはそれぞれ名前があった。そのとき『どっしる』はいて『しっしん』はいなかったのだ、と。

――あいざわあゆむ

逢沢《あいざわ》 歩《あゆむ》と。目覚めかけの夢の最後に、夢の語り手はいった。

「ぼくが……?」

幼い歩は、あの〝光〟を識《し》っていた。

朝の陽光に溶けるようにこぼれ落ちていく夢。

あの〝光〟は、いったい、なんだったのか。歩の心に疑問が焼きつけられていた。

――わっくん。

父の家の二階で迎えた朝は、もう昨日までとはちがう世界の朝だった。そんな思いがした。

二　月読天文台とオカカ婆

1

亮介《りょうすけ》は阪倉《さかくら》モータースの三代目だ。田菜《たな》で自動車整備工場を起こした祖父《そふ》と、二代目の父から一字ずつをもらって名づけられた亮介は、跡《あと》取り息子《むすこ》として生まれた。亮介の父は、不肖《ふしょう》の息子を地元の高校に押しこんで卒業させたあと、一人前の自動車整備工に育てるべく、自分の手でみっちりと修業をつけるつもりらしかった。

そんな親の意気込みとは裏腹《うらはら》に、阪倉亮介にとっては、生まれた家がたまたま自動車整備工場だっただけで、それ以上の意味はなかった。生い立ちの意味など考えたこともない。ただ亮介の家は機械油臭くて、親父《おやじ》はうるさくて、爺《じい》さんはもっと怖くて、庭にはヒーローが悪役と戦う場所のように廃車のスクラップが積まれていた。だから遊び場にはこと欠かなかった。スクラップ場で遊んでいるのが見つかるたびに隕石《いんせき》のような親父のゲンコツが落ちた。いつしか亮介は、歩きから自転車に、そして原チャリに乗りかえてオカカ婆《ばばあ》を捜《さが》すようになった。

オカカ婆。

千切《ちぎ》れ耳の三毛猫《みけねこ》（♀）

オカカが大好きだからオカカ婆という。田菜をうろつく野良猫《のらねこ》の一匹でしかなかったあの猫は、最初は、きっと方々《ほうぼう》の家でいろんな名前で呼ばれていたのではないか。いくら化《ば》け猫でも、生まれたときからお婆《ばあ》ちゃんだったということはあるまい。ただ、亮介は物心ついたときからオカカ婆と呼んでいた。たぶん御子柴《みこしば》さんがそう呼んでいたから。

ともかく、あの日——

幼い亮介は見たのだ。啼沢《なきざわ》川の上流で、オカカ婆が河童《かっぱ》と戦っているところを。

オカカ婆はこの世の猫ではない。

それが証拠に、そのときの勝利とひきかえに、オカカ婆は片耳が千切れてしまったのだから。

＊

「捜し物？」

と、呼びかけられて、亮介はあわてて動物病院の縁の下から這《は》いだした。

「えっと……」

「歩《あゆむ》の友だちかな？」

獣医《じゅうい》の稀代《きしろ》先生はいった。亮介《りょうすけ》は稀代のことを知っているが、稀代は亮介を知らない。阪倉《さかくら》モータースの息子《むすこ》だといえばわかるだろうが。

「あぁ〜……まぁ、そんなような……ボク――歩《あゆむ》くんは？」

猫《ねこ》を捜《さが》していたとはいいだせず、亮介はごまかした。

「縁の下にはいないだろうなぁ」

真面目《まじめ》にいわれて、亮介はリアクションに困って愛想《あいそ》笑いした。

稀代先生は田菜《たな》の出身ではなく、亮介が小さいころに移りすんできた。田菜では、出ていく家はあっても引越してくる家はほとんどない。別荘地のエメラルドランドに、ごくたまに定住する家族がいるくらいだ。たとえば中学のとき東京から越してきた海野潮音《うんのしおね》みたいに。

「そうスか……じゃ、そ〜ゆ〜ことで」

ともかくその場を離れようとすると、

「そっちから出た方が楽だと思うよ」

ごていねいに玄関に案内された。頭を掻《か》いて退散しようとした亮介だったが、思いなおして、稀代先生に尋ねた。

「あの……オカカ婆《ばば》ぁって知ってます？」

「……知らないな」

「そうスか……」

この先生は野良猫《のら》調査をやってると御子柴《みこしば》さんがいっていたから、オカカ婆のことを知っているかもと期待したのだが。

「あ、そうだ」

「はい？」

「今度来るときは、玄関からにして」

やっぱり叱《しか》られたのだった。亮介はすごすごと稀代動物病院をあとにした。

しかたなく、ファームサイドマート田菜屋に寄って燃料補給することにした。

亮介がスポーツドリンクのボトルをカウンターに置くと、現れた麻子《あさこ》がレジに通した。

「御子柴さん、今日も休み？」

「見てのとおり」

麻子がボトルにテープを貼って、亮介に渡す。

「……変なこと訊《き》いていい？」

「だめ、って言ったら訊かない？」

「いや――それはちょっと」

「だったら、そんな前置き無意味」

この藤堂《とうどう》麻子も、稀代先生同様、田菜の大人《おとな》のなかでは少し空気感がちがう。女の人が化粧《けしよう》して働く客商売というと、このあたりでは、このビミョーなコンビニしか思いあたらないせいだろう。地元のおっちゃんたちにいわせると、麻子《あさこ》さん派と御子柴《みこしば》さん派に分かれるらしい。

深山《みやま》商店は看板娘《かんばんむすめ》が美紀《みき》だから論外――

「オカカ婆《ばばあ》、もともとは御子柴さんちの猫《ねこ》だったって、ほんと?」

亮介《りようすけ》は尋ねた。

「知らない――だって……あたし、そのころいなかったし」

「空白の十年?」

「人の人生を、そんなふうに勝手にくくるな」

亮介は麻子にやんわりと叱《しか》られた。

店を出て、猫がいないか注意しながら道路を走っていると、呼びとめる声があった。

「おう、亮介。今日も悪いのか?」

小憎《こにく》らしい声だけで、誰かはわかる。

「悪いかって? まあ、そこそこ悪いな。さっきも動物病院の床下に潜《もぐ》りこんできたとこだ」

「ちっさいな」

カエルのぬいぐるみを抱えたチビ――深山美玖《みく》は、へっと笑った。

「ちっさいって言うな! 小さな事からこつこつと――」

「ほら、ちっさい」

「堅実ってゆーんだよ」

「むだだ。オカカ婆は、そんなとこいない。追いかけまわすの、やめれ。したら、むこうから出てくる」

まるで子供をたしなめるババアのようなことをいう。このガキはいつもこんな調子だ。姉の美紀もたいがい強気なやつだが、その小型版みたいな美玖の破壊力といったら……。

「それはなぁ……最後の夏休みかもしれねぇんだよ。オカカ婆もいいかげん歳《とし》だろ？　死んだって話聞いたときの、あのアレ。なんだ……あの気持ち——」

「喪失《そうしつ》感、か？」

「おまえ……すごい言葉知ってんのな」

ソーシツカンと漢字で書ける自信はなかった。亮介が息をつくと、しかし美玖は妙《みょう》にしょげて、ぼそぼそとカエルのぬいぐるみにいった。

「知ってるだけで、わかってないからダメなんだけどな……」

亮介には、そんなことをいう美玖が理解不能だ。

「なんかよくわかんねーけど……もう、あーゆーのはヤなわけ！　だからよ、復活したって聞いたとき、どんだけうれしかったか……」

亮介は十年間、オカカ婆を追ってきた。

亮介の人生は、オカカ婆とむきあわないことには、はじまらないのだ。猫だけど。

「そだな」

「だろ……？　だからおれはこの夏、あいつと会わなきゃなんねぇんだ」

猫捜《ねこさが》しの意味を考えたことなどない。亮介《りょうすけ》の心は、あの日からオカカ婆《ばばあ》とともにあるのだ。だから亮介は田菜《たな》を捜しまわる。オカカ婆を捜してまわる。

亮介は、美玖《みく》と別れて原チャリを発進させた。

しばらく行くと小学校の三階建ての校舎が見えてきた。田菜小学校は盆地《ぼんち》から少し外れた山裾《やますそ》にある。中学校はずいぶん前に廃校になったので、田菜の中学生はバスで神凪中《かんなぎちゅう》まで通う。

「どってことねぇちっせー盆地だが、猫一匹捜すにゃ広すぎるぜ……」

小学校の校門の前で、亮介はひとりごちた。

原チャリに跨《また》がったままスポーツドリンクを飲んでいると、背後からクラクションを鳴らされた。一台のピックアップトラックが停まって運転手が顔を出す。

「やっべ」

「なに、こんなとこで油売ってんだ！」

亮介の父が拳《こぶし》をふり上げた。

「わかってくれよ！　決着つけねぇと、さき行けないんだって！」

「また、それか……猫にかまけてるヒマがあったら、手伝いしろ！　何度も同じこといわせんじゃねぇ！」

ゲンコツはたまらない。亮介は原チャリをUターンさせた。

「だから、それはアレだって！　これだけは譲《ゆず》れねぇんだって！」

亮介のオカカ婆捜しの毎日は、こうして今日もつづく。

——亮介！　亮介！

田菜の大人《おとな》は叱《しか》ってばかりだ。そして亮介は、叱られてばかりの子供だった。

2

道路に面した離れの部屋の窓を亮介が叩《たた》くと、文机《ふづくえ》の前に座っていた拓馬《たくま》がこちらをむいた。

座椅子《ざいす》と本棚があるだけの、こざっぱりした和室だ。

亮介は窓ガラス越しに人懐《なつ》っこい笑みを浮かべると、窓を開けるようにうながした。

「拓馬、悪ぃ……！　しばらく、かくまってくれ」

亮介が拝《おが》むと、拓馬は小さく笑って、窓外に目を移した。

「……少し、風にあたるか」

「なんでよ？　エアコンあるだろ～」

「風がいい。縁側にまわれよ」

拓馬は亮介を、中庭を挟《はさ》んだ母屋《おもや》のほうに誘った。

鏑木《かぶらき》さん、といえば地元の人間なら誰でも知ってる。家はとにかくでかい。親戚《しんせき》筋には町会議員もいて、砂防ダムの工事のために尽力したり、ずいぶん前に田菜《たな》が大きな地震の被害を受けたときには、鏑木《かぶらき》の家が中心になって村を復興したらしい。

そして鏑木の坊っちゃんといえば鏑木拓馬《たくま》だ。頭脳明晰《めいせき》、品行方正、成績優秀——これほど四字熟語が似合うやつを亮介《りょうすけ》はほかに知らない。剣道もかなりの腕前で、その実力といったら、小学校から道場に通っていた亮介でさえ、拓馬には絶対に勝てないとあきらめてしまった。

亮介が縁側に腰かけると、拓馬は持ってきたお盆《ぼん》を置いた。きれいにカットされた麦茶のグラスに、さりげなく氷が入っているあたりが、亮介にしてみればお上品で、いかにも鏑木家らしいおもてなしだった。

「なんで離れに部屋、移ったんだ?」

「惣領息子《そうりようむすこ》のささやかな親への反抗とか。……今日は、なにから逃げてるんだ?」

「今日はって……いっつも逃げてるようないいかたすんなよ」

亮介は息をついた。

「おれからすれば、猫《ねこ》追いかけまわしてるんだって逃避《とうひ》だけどな」

「……おまえ、変わったよな」

鏑木の家には政治家の血が流れていると、亮介の祖父《そふ》などはいっていた。小学生のころの拓馬は、学級委員の常連。性格は積極的で行動的、自分の意見をしっかり述べて、それを貫き、時には先生さえ困らせるほど優秀な子供だった。少し変わったと感じたのは中学に入ってから。

中学でもテストで学年一位の座を失ったことは数えるほどだったはずだが、まず口数が減った。あまり自分の意見を周囲にぶつけなくなった。丸くなったといえば聞こえはいいが、どっちかというと淡白になった印象が強い。剣道が強いリーダー格の少年は、まわりの人間関係からちょっとひいたところにいる、すました優等生に変わった。

「成長したんだろ」

と、拓馬は他人《ひと》ごとのようにいう。剣道の腕は今も上達しつづけているはずだ。

「おれが成長してないと？」

「うん」

「うん⁉」

亮介は思わず声を裏返した。

「でなきゃ持ち味、とか」

「おれ、おちょくられてる？」

「全然」

相手によって態度の使いわけを覚えたことが、成長といえば成長なのかもしれない。

「なんか、おまえと話してるとイ～ッてなる」

亮介は麦茶を一気に飲むと、立ち上がって「ごちそうさん」をいった。

「おまえ、つづけたほうがいいよ、剣道……いつでも戻ってこいって」

拓馬《たくま》の言葉を背中で聞いて、亮介《りょうすけ》はひらひらと手をふった。剣道道場に戻る気はない。亮介はオカカ婆《ばばあ》を追って、河童《かっぱ》がいたことを証明し、次に、進まなければならなかった。

3

原チャリを一時停止して、亮介は、盆地《ぼんち》のまんなかにある森を仰いだ。

トウヤ——〝頭屋《とうや》の森〟

道路に面して崩《くず》れかけた門があり、竹垣《がき》と、鬱蒼《うっそう》とした深緑の壁のような木立のむこうには破れた廃屋《はいおく》の屋根が見えた。今は、誰も住んでいない。

——入ってはいけない。

子供のころから、親や先生に耳にタコができるほどいわれていた。オカカ婆を追って田菜《たな》を徘徊《はいかい》していた亮介などは目をつけられていて、小さいころは近づいただけで叱《しか》られたものだ。

実際、入ってみたいと思ったことはある。田菜の子供なら誰でもそうだろう。でも、亮介は誓ってこの森に入ったことはない。いかにも猫《ねこ》がいそうなので気にはなっていたが。

お辞儀《じぎ》をする。

ちらりと門の奥を覗《のぞ》きながら、亮介は原チャリを発進させた。

原チャリに乗った少年の影はすでに、長く田んぼに伸びていた。亮介の貴重な夏休みの一日は、今日も猫捜《ねこさが》しで暮れてしまった。父から逃げたあとでは家にも帰りづらい。

「阪倉《さかくら》！」

むこうでコンビニ袋を下げた深山美紀《みやまみき》が手をふった。亮介は美紀のそばで原チャリを止めた。

「今日、うちに来たよ」

「オヤジか？　おれ、捜されてたか？」

「いんや、オカカ婆《ばばあ》……逢沢《あいざわ》くんも見た」

美紀の言葉に、亮介はうなった。昼間、逢沢歩《あゆむ》が深山商店に来たときに、偶然、オカカ婆が現れたらしい。オカカをあげようと取りに行っているあいだに逃げてしまったという。

「くっそ～、なんで、おれだけ出会えない？」

「危険なオーラ、感じてるのかもね」

——追いかけるの、やめれ、といった美玖《みく》の言葉が思いだされた。あの千切《ちぎ》れ耳はふつうじゃない。人の心の声が聞けるのかもしれない。

「あり得るな……あいつ復活して、前以上にチカラつけてんのかも」

「復活って、死んでないって」

「おれはよ……エメランの幽霊《ゆうれい》だって、やつの仕業《しわざ》だと思ってるんだ」

「笑う関取《せきとり》？」

「……え？　泣き叫ぶ、まだらの老婆《ろうば》だろ？」

美紀《みき》と亮介《りようすけ》は、それぞれが聞いていたエメラルドランドの幽霊《ゆうれい》騒ぎの噂《うわさ》を口にした。

「んっと……道ばたに、なぜかお相撲《すもう》さんが立っていて、声かけたり目があったりすると、げらげら笑いながらどこまでも追っかけてくるって――」

「追っかけてくるのは同じだけど、それお相撲さんじゃなくて老婆《ろうば》だって。婆《ばあ》さんが泣き叫びながら追っかけてくんだ」

「……どっちにしてもオカカ婆《ばばあ》との接点ないよ？」

「だって老婆だぜ。ババアだろ？　しかもマダラだぜ――三毛《みけ》だろ？　絶対、あいつパワーアップして人に化《ば》けてるんだって！」

亮介が想像力をたくましくして、持論を展開すると、

「阪倉《さかくら》――それ、無理あると思う」

「ちげぇ～よ。そこが深山《みやま》の限界なんだって！　なんせ、おれは河童《かっぱ》見ちまってるし」

「ん～……河童は、美玖《みく》もいるっていってたけど……あたし、見てないしな～」

美紀は腰に手をあてて、難しそうな顔をした。

河童を見たと騒ぐ亮介のことを、友達はみんなバカにした。先生はあきれ、親は聞く耳を持たなかった。亮介を笑い者にしようとする悪意のたくらみに積極的に加わらなかったのは、美紀と拓馬《たくま》くらいのものだ。亮介が見たものは、なかったことにされた。無視された。誰も共感はしなかった。そして亮介は狼《おおかみ》少年の扱いをうけた。

幼い心に、誰にも、自分を信じてもらえなかったという傷跡《きずあと》を残して――

それでも亮介は河童を信じることをやめない。十年間。そしてオカカ婆を追いつづけていた。

高台のエメラルドランドからは茜《あかね》色に染まった富士山が見えた。白樺《しらかば》の林を抜けるつづら折りの坂道に沿って、洋風の別荘がゆったりと建ちならんでいる。盆地《ぼんち》の底の田園風景とはひどく対照的だ。夏休みということもあり、展望レストランのあるゲストハウス前の駐車場には、たくさん車が停まっていた。近隣の沼津《ぬまず》ナンバーだけでなく、相模《さがみ》、横浜、八王子、品川など、首都圏のナンバープレートをつけた車も目につく。

エメラン周辺で猫《ねこ》が多いのは、エサにありつきやすい家のそばと、砂防《さぼう》ダムのあたりだ。あの千切《ちぎ》れ耳の化け猫ときたら、北は啼沢《なきざわ》川の上流から南は別荘地まで、盆地の外にまで行動範囲を広げている。あの猫は、まるで田菜《たな》のヌシだと亮介だからこそ思う。

付近の住居表示をした案内看板《かんばん》の前に、新品のクロスバイクをひいた七分丈《だけ》のズボンの少年の姿があった。そいつ――逢沢歩《あいざわあゆむ》は、原チャリの音に気がついて亮介を見た。

「ボクも幽霊《ゆうれい》見に来たか？」

声をかけると、逢沢はむっとした表情をした。うっかり冗談《じょうだん》もいえないボク。しかし、なにかを思い出したようなそぶりでポケットに手を入れた。亮介は歩の脇に原チャリを寄せた。

逢沢が、携帯電話を開いて亮介にさしだした。

亮介《りようすけ》はびっくりした。深山《みやま》商店で撮ったのだろう。尻尾《しっぽ》しか写っていないが、逢沢《あいざわ》の携帯電話に写っていたのはまちがいなくオカカ婆《ばばあ》だった。

「おまえ、勇気あるな〜……！　オカカ婆、写真に撮ろうとして無事だったやつって、いねんだぜ……」

「どゆこと？」

「長い話になるんだが……」

亮介は考えこむしぐさをしてみせた。今のは、口からでまかせ。十年間オカカ婆を追ってきた亮介が、一回もオカカ婆の写真を撮ったことがないのに、昨日今日来たような逢沢にあっさりと写真をすっぱ抜かれたことが、悔《くや》しい。

「なんで、ここにいるわけ？」

「？」

亮介が脈絡《みゃくらく》なく話を変えると、逢沢は、写真の話はどこ行ったんだ、という顔をした。

「ボクも、オカカ婆と幽霊《ゆうれい》の関係に気づいたか？」

「……別に、そんなんじゃないけど」逢沢は言葉を選ぶようにして、いった。「ねぇ……エメランの幽霊って、もしかして電球みたいな暖色系のやつ？」

「いや、泣き叫ぶまだらの老婆《ろうば》だ」

「？」

逢沢は目を丸くした。

「深山のやつは、笑う関取《せきとり》だっていうけどな……夜、このへんの道ばたに立って、追いかけてくるんだ。んで、それは絶対、オカカ婆が……」

「笑ったり泣き叫んだりするわけ？」

逢沢はうさんくさそうにつぶやいた。

「なにか見たのか？」

こいつは今「電球みたいな暖色系のやつ」といった。つまり逢沢はなにかを見たのだ。

「エメランの幽霊と……トウヤの森の幽霊は関係あるの？」

「おまえ、あの森のこと知ってるのか？」

よそ者の逢沢から頭屋《とうや》の森の名前が出たことに奇妙な違和感があった。よそ者が、それにふれることは許されないような気がした。亮介が動物病院の軒下《のきした》に忍びこむよりも、はるかに。

「よくは知らない」

「頭屋の森の幽霊は、ず～っと昔から出る。おれが生まれる前からだ……おまえ人魂《ひとだま》でも見たんだな……？　はは ぁん、それでエメランの幽霊と。でもな……頭屋の森には近寄るな」

いつもは自分がいわれていることを、他人に注意すると、ちょっと気持ちがいい。

「みんな、そういうね……」

「おれはオカカ婆を捜《さが》して、たいていの場所に行ったけど、あの森だけは入ったことがねぇ」

むしろ亮介《りょうすけ》は、オカカ婆《ばばあ》のねぐらは頭屋《とうや》の森ではないかとさえ思っていた。河童《かっぱ》と戦った化《ば》け猫《ねこ》の住《す》み処《か》として、あの森ほどふさわしい場所はない。だが、あの森だけはだめなのだ。もし森に入ったことが知れたら、亮介は一生、後ろ指をさされながら生きていくことになるだろう。あいつは頭屋の森を荒らした大バカ者だ、と。祖父《そふ》の怒る鬼《おに》のような顔が目に浮かぶ。

「タブーなんだね」

逢沢《あいざわ》は小難しい言葉を使った。

「……わかった。いい。多くをいうな。おれたちは仲間かもしんない」

美紀《みき》の話では、逢沢は一日中、自転車で田菜《たな》をまわっているらしい。猫捜《ねこさが》しをしている亮介のようにだ。なんとなく退屈して、噂《うわさ》を聞いて、田菜をまわっている――それで十分。亮介のオカカ婆捜しの協力者になり得る存在ではないか。

そのとき「ねぇ」と後ろから呼ぶ声がした。

亮介がふり返ると、そこにはお団子《だんご》頭の女の子――海野潮音《うんのしおね》が立っていた。

「逢沢くん?」

海野は亮介の存在を無視して、逢沢に歩み寄った。こいつら知りあいなんだ――と亮介は驚いたが、どうも海野が一方的に知っているだけらしい。

「そうだけど……」

「よかった! 一度、話したかったんだ!」

前にバス停ですれちがったよね、と海野はなれなれしく逢沢に話しかけた。

「なんで、ぼくのこと知ってるの？」

「狭い場所だし、新しいことはすぐ話題になるから」海野はまくしたてた。「御子柴《みこしば》さんからの、また聞きなんだけどね……わたし、小学校のときは世田谷《せたがや》で、親の都合で中学からこっちなんだ。もう毎日、退屈で死にそう……！　逢沢くん、いつまでこっちにいるの？」

「まだ、決めてない」

「友だちになってもらえないかな？」

と、海野が愛嬌《あいきょう》を作ってみせた。

はは ぁ、と亮介は得心《とくしん》した。都会者同士、仲よくしましょうというわけだ。海野は田舎《いなか》だとバカにしている。かならず「東京から来た」という前置きを自分につけるのだ。

「急に、そういわれても……」

「そうだよね――……とりあえず、携帯番号交換しない？」

「なんで？」

「なんでって――わたしと友だちになるのいや？　わたしじゃダメ？」

「だって、会ったばっかりだし」

「これから知りあってけばいいじゃない」

いくら海野がアプローチしても、逢沢はモジモジしているばかりだ。それを脇で聞いている亮介《りょうすけ》はのけ者だ。海野《うんの》は亮介など眼中にない。海野がつきあっているのは拓馬《たくま》だ。

「わたし、海野潮音《しおね》。家はここ……エメラルドランド。幽霊《ゆうれい》騒ぎで今が旬《しゅん》のエメラン。よかったら遊びに来て」

看板《かんばん》の案内図を指で指すと、海野は笑顔で手をふりながら坂道を上がっていった。

それは一幅《いっぷく》の絵のような光景だった。沈む残照に、藍《あい》色のシルエットを浮かべた富士山を背景にして、別荘の造成地に寄りそって座る千《ち》切《ぎ》れ耳の三毛猫《みけねこ》と、カエルのぬいぐるみを抱えた女の子の姿があった。

そして、その絵は亮介の原チャリの音で破られた。

「あ、てめぇ！　逃げるな！」

耳を立てて体を起こしたオカカ婆《ばばあ》は、亮介の姿を一瞥《いちべつ》すると斜面を駆《か》け下りていった。その姿は、谷底に不法投棄《とうき》された家電品や廃材などの粗大《そだい》ゴミのなかに消えてしまう。別荘地は人の目の監視が行きとどかない。都会からやってきた業者が、夜中に棄《す》てているという噂《うわさ》だ。

「ったく、亮介は～……空気、読めよ。いい感じだったのにぃ」

美玖《みく》は亮介をたしなめると、立ち上がってお尻《しり》の土を払った。

「おまえら、いい感じなの？」

「そこそこね」

さりげなくそういわれると、ますます、なぜ自分はオカカ婆に逃げられてしまうのかという思いが強くなった。亮介はオカカ婆に河童《かっぱ》のことを訊《き》きたいだけなのに。

少し遅れて、自転車をこいで逢沢《あいざわ》がやってきた。

「いた……」逢沢は息をつきながら美玖を見つめた。「今日一日、ずっと捜《さが》してたんだ」

いた、というのは美玖に対してらしい。

「こいつを？」

亮介が美玖を指すと、逢沢が頷《うなず》いた。深山《みやま》商店に行って、寺や啼沢《なきざわ》川のほうまで、一日中、美玖を捜しまわっていたという。

「おまえ……ロリコン？」

といった途端、亮介のむこう脛《ずね》に激痛。美玖の蹴《け》りが入った。

「会えたんだね……」

美玖が逢沢にいった。誰に会えた……？　亮介には、なんのことかさっぱりわからない。

「うん……でも、あれ、誰？」

逢沢はあいまいな様子で美玖に尋ねた。

「わっくん！」

「だから、わっくんって誰？　何者？」

「もう、バカ！　そんなことも思いだせないの！　逢沢歩《あゆむ》！　なにしにここに戻ってきた！」

「…………」

美玖《みく》がいらだって声を上げた。逢沢《あいざわ》は黙ってうつむく。こいつはこればっかだ。

「亮介《りようすけ》！」

「なんだよ！」

猫《ねこ》に逃げられて、脛《すね》を蹴《け》られて、亮介は踏んだり蹴ったりだ。

「送って」

「はぁ？」

原チャリで家まで送れという。それが人にものを頼む態度かと亮介がいいかけたとき、視界の隅で、太陽の最後の輝きが山の端《は》に消えた。

「な……出えたぁなぁ……！」

亮介は思わず声を上げた。

い、い、い、い、い、い、い、

それは宙に浮かんでいた。

頭がパニック。亮介はその場で腰を抜かした。啼沢《なきざわ》川の螢《ほたる》の大量発生。エメランの幽霊《ゆうれい》騒ぎ——頭のなかで単語がぐるぐるとめぐる。しかし亮介の目の前をただようそれは——〝光〟は、螢にしては大きすぎて、人魂《ひとだま》にしては形が崩《くず》れていない。

電球みたいな暖色系のやつ……！

「これも憶《おぼ》えてないの？」

光の群に驚きもせず、美玖《みく》は、まるでそれがあることが当然のようにすまして——

「？」

二つの光が、斜面を低く這《は》うようにして美玖のもとに集まった。

まるで美玖が、それらを呼びよせたように。

「『どっしる』と『しっしん』も忘れたの？」

美玖が口にした意味不明の言葉を亮介《りようすけ》は呆然《ぼうぜん》と聞いていた。逢沢《あいざわ》は表情をこわばらせている。

二つの光はからみあうように交差して、そして美玖の頭上でふっと消えた。

三　名物アナウンサーがやってきた

1

「こんにちは！　須河原晶《すかわらあきら》です。す・か・わ・ら――濁《にご》りません。今日はここ、神凪町《かんなぎ》、田菜《たな》にあるエメラルドランドにやってきました。ご覧のように、ここは富士山を望む静かな別荘地なんですが……この夏、このあたりでは、なにやら奇妙《きみよう》なことが起こっているようです」

――カット！

ハンディカメラを構えたディレクターの堂丸史郎《どうまるしろう》がOKを出した。須河原晶は、よし、と自分にいうと、別荘地からの眺めを見わたした。青空をバックに富士山がきれいだ。

「じゃ、次行くぞ」

堂丸がむこうに駐《と》めた『39CTV《サンキュー》』と書かれたバンに歩いた。堂丸はとにかくでかい。プロレスラーみたいな図体《ずうたい》をしている。業務用カメラを構えると、そのたくましい背中は、ロケットランチャーを担《かつ》いだターミネーターに見えないこともない。

晶《あきら》の職場、39《サンキュー》ケーブルテレビは三島《みしま》市にある。三島急行ケーブルテレビで『三急《39》』。神凪《かんなぎ》町は三島の東隣にあり、駅なら一つだが、晶が田菜《たな》盆地《ぼんち》に足を伸ばしたのは公私ともに初めてだ。

「次は？」

「インタビュー拾う」

晶を助手席に乗せると、堂丸《どうまる》がバンを出した。

「ここって温泉もひかれてるんだよね。いつか、わたしも別荘が持てる身分になりたいなぁ」

「絵が浮かばん」

「なにおう？　わたしだって……」

いつかはガツンとネタをあててやる。いつかはジャーナリストとして全国区にのし上がるのだ。それが須河原《すかわら》晶の夢だった。

野望である。

2

エメラルドランドに住む海野潮音《うんのしおね》という女の子は、晶をいらだたせていた。テレビの取材と聞いて二つ返事でOKしてくれたまではよかったが、着がえて、髪《かみ》型をいじって、へたくそなメイクを済ませて出てくるまでに三十分以上。大人《おとな》をなめんな。

「幽霊《ゆうれい》──だと思う?」

そんな感情はおくびにも出さずに、晶は、海野潮音にエメラルドランドの幽霊騒ぎについてインタビューした。お仕事、お仕事。

「正直、わたしは見てないし、なんともいえないんですけどぉ……これだけ噂《うわさ》になるってことは、なんかあると思うんですよね──こわいですよ……」

そこで可愛《かわい》コぶってカメラ目線をくれる。

「カット」

堂丸のダメ出しが飛んだ。堂丸は目を離して「カメラ見ないで」と事務的に告げる。

「あ……ごめんなさ～い」

──いったい誰にむかって愛想《あいそ》をふりまいているのだろう。海野潮音の脳内ビジョンには、全国ネットのゴールデンタイムに放送される自分の姿が映っているらしい。

「ふつーに。ふつうにわたしと話してくれれば、それでいいから。ね」

「はい」

芸能人気分の海野潮音に、晶はいらっとしたが、相手は素人《しろうと》──抑えて、抑えて。

「だから、そんな気負わなくていいから。オーディションとかじゃないんだし……いい?」

*

『──怒りくるう幼児なんです。四歳《さい》くらいの男の子が道ばたに立ってて、話しかけると──ううん、目があっただけでも、ものすごい勢いでおこって、どこまでも追っかけてくる、って。それと啼沢川《なきざわ》の螢《ほたる》の話とかもあって。螢にまぎれて、なんかこの世のものじゃないものもいる、とか……あたし、もうこんなとこ、いや。早く東京に帰りたいよ──』


「使えないな」

バンのなかでインタビュー映像を確認した堂丸史郎《どうまるしろう》は、ひとこと、主演女優を気取ったかんちがい娘《むすめ》──海野潮音《うんのしおね》にいいすてた。

「どうせ、ヒマネタだし」

ニュースがないときの埋めあわせ用のネタ。堂丸のプロの目の判断に晶《あきら》も溜飲《りゅういん》を下げる。

「ヒマネタとしても成立してない。それと……ヒマネタだからって、どうせ、とかいうな」

堂丸がバンのリアハッチを閉めた。

「あ。はい」

「ヒマネタだって、流れればネタはネタだ」

「追加取材すれば、なんとかなるんじゃないかな？　無理矢理だろうがなんだろうが、形にするのがディレクターの――」と、自分の二の腕を叩《たた》いてみせる。「腕じゃなかったっけ？」

「ダメなもんはダメと見切りつける嗅覚《きゅうかく》も腕のうちなわけでな……おれはいい。やりたければ、こいつは、おまえにまかす。できるもんなら料理してみろ」

「やたっ！　もらいっ――もらったからね！」

「お！」

道端の猫《ねこ》に気がついた堂丸は、爺《じい》やが孫《まご》を見るように相好《そうこう》を崩《くず》すと、「ちちち」と舌をならしながら貧相《ひんそう》な野良《のら》猫にデジカメをむけた。

「またぁ～……」

晶はげんなりした。堂丸の猫好きは有名。取材の合間に猫を撮るのは日常茶飯事《さはんじ》だ。

「なにもしないよぉ……写真一枚、撮らしてちょうだい。こわくないよぉ」

歯医者が子供をあやすような甘《あま》い声でいって、堂丸はシャッターを切った。

「にしても……別荘地って、こんなに閑散としてるもんなのかね～」

人はいるのだろうが、出歩いている人はほとんど見かけなかった。

――これなら幽霊《ゆうれい》の噂《うわさ》の一つや二つは……。

別荘地というのは独特の空気を持っている。見ず知らずの家族が、休みのあいだだけ近所同士になって余暇《よか》をすごす。そこに近所づきあいはあるのだろうか。また、休みが終わればゴーストタウンのような無人の町に戻るのだろう。

そこに隙間《すきま》がある。

時間の隙間、空間の隙間、そして人の隙間。

奇妙《きみよう》な事件、ことに幽霊《ゆうれい》とかＵＦＯとか、そっち側のからんだ噂《うわさ》というのは、たいてい、こうした隙間からにじみだすようにして現れるのだ。


田菜盆地《たなぼんち》に下りると、ようやく一軒の店が見つかった。ファームサイドマート田菜屋——どこの系列店でもない牛舎《ぎゆうしや》の隣のコンビニらしき店。こっちのほうがヒマネタに使えるんじゃないかと思えるような斬新《ざんしん》なコラボレーションだ。

晶《あきら》がバンを降りて店に入ろうとすると、駐車場の片隅で子供たちがたむろしていた。ペットボトルを手にした七分丈《たけ》ズボンの少年、棒《ぼう》アイスを食べているヘルメットの少年、それと髪《かみ》の長い女の子の三人。地元の子だろう。

「見たよな！」

ヘルメットの子が、七分丈の子に同意を求めるようにいった。

「マジっすか？」

女の子が驚いていった。

「やっぱ、オカカ婆《ばばあ》だって」

「いや……ぼく、あそこではオカカ婆、見てない」

ヘルメットがいうと、七分丈が首を横にふる。

「いたんだよ！　美玖《みく》といっしょに」

「……美玖？」

女の子がいったとき、ヘルメットが、こちらを見て目の色を変えた。

「れ？　須河原《すかわら》？」

「うん。そうみたい……まちがいないよ」

ヘルメットと女の子が、晶の存在に気づいて互いに見あう。顔バレ、してる。

「誰？」

「おまえ、知らねぇの？」

「逢沢《あいざわ》くん、地元じゃないから」

七分丈は田菜の子ではないらしい。そういえばどことなく毛色がちがう。

「そっか。地元じゃ最強の須河原も、しょせんはローカルってことかぁ……」

これをいったのはヘルメットだ。晶はちょっぴり苦いものを感じながら店のドアを開けた。

いらっしゃいませと声をかけてきたのは、晶より少し年上くらいの美人。トイレを借りたいと伝えると、にこやかに店の奥を示された。

…………

トイレを済ませて出ると、晶《あきら》はレジにいる美人の店員に、

「ありがとうございました」

「いいですよぉ。でも、あなたはお客さんだから、それをいうのはわたしですね」

アルカイックスマイルでいわれると、なんか申しわけなくなって、手近のガムを取ってレジに置いた。トイレ代。

「取材ですかぁ？」

「ええ……あ、ご存じありませんか、幽霊《ゆうれい》の噂《うわさ》……？」

レジを通したガムを受け取ると、美人がにこりと笑った。

「幽霊はいいですけど、盆地《ぼんち》のまんなかにある森には、入っちゃだめですよ」

「なんでです？」

「たま～にいるんですよ。あの森に入ろうとしてしまう、よその方が……田んぼのまんなかに、ぽつんと、あんな森があると気になるんでしょうかね。今は誰も住んでいませんが、いちおう人の家ですから」

「はぁ……廃屋《はいおく》ブームってやつですか？」

怖いもの知らずの若者が、廃業したホテルや病院などに押しかけて問題になっている。興味本位で特集するテレビや雑誌の影響もある。

さて、晶が店を出ると、妙《みょう》なことになっていた。

駐車場でたむろしていた子供たちが並んでつっ立っていた。まるで怖い先生に立たされたみたいに、晶に助けを求めるような視線をむける。その前で堂丸《どうまる》がカメラをスタンバイしていた。

「やろうか」

と堂丸。晶はとっさに状況を整理した。

「……追加取材？」

「それ以外になにがある？」

堂丸がカメラを担《かつ》いだ。

つまり、こういうことだった。車で待っていた堂丸は、晶が店に入ったあと、子供たちの話のつづきを聞いたらしい。子供たちはエメランの幽霊騒ぎについてなにかを知っていて、晶を見て、ついにマスコミが動きだしたかと話しはじめたという。そして自分たちは幽霊の噂の当事者だ、というようなことをヘルメットが口にしたようだ。プロレスラーみたいな堂丸に声をかけられたら、子供たちが緊張してしまうのも無理はない。面識のない相手にとっては、堂丸の巨体が発する言葉だけで凶器《きょうき》だ。

晶は、さっきの海野潮音《うんのしおね》と同じように三人の名前を聞いてから、エメランの幽霊騒ぎについてのインタビューをはじめた。七分丈《たけ》が逢沢歩《あいざわあゆむ》。ヘルメットが阪倉亮介《さかくらりょうすけ》。女の子が深山美紀《みやまみき》。

「笑う関取《せきとり》とか」

「……怒りくるう幼児じゃないの？」

晶《あきら》は阪倉《さかくら》亮介《りようすけ》に確かめた。さっきの海野潮音《うんのしおね》の証言とはくいちがう。

「ちがう。泣き叫ぶ老婆《ろうば》」

深山美紀《みやまみき》がまた別の証言をした。

「お？」

「な、混乱してるだろ？　そこが狙《ねら》い目なんだ……ほんとは幽霊《ゆうれい》なんかいないんだって。結局、全部あいつの仕業《しわざ》で、おれたちは踊《おど》らされてるだけなのさ」

阪倉亮介が訳知り顔でいった。

「……あいつの仕業？　陰謀《いんぼう》？　誰？」

「オカカ婆《ばばあ》」

と亮介がいった途端、ほかのふたりが「あ〜」とげんなりした顔をしたのが印象的だった。

「オカカ婆——そりゃ、すごい！　で……なに、それ？」

「知りたい？」

「教えてくれる？」

晶が阪倉亮介をうながすと、

「スイッチ、押しちゃったよ……それ、ちがうから……オカカ婆じゃないって」

深山美玖《みく》が苦笑した。

「じゃあ、なに？」

「それはわかんないけど……」

「だから！　人魂《ひとだま》が出たとき、あいつ、いたんだぜ！　んで、おれ見て逃げたんだぜ！」

「よし！　整理しようか」

晶は子供たちに提案した。ともかく、なにかを見た、というのは興味がある。

「こいつも見てるもん、人魂！」阪倉亮介が、逢沢《あいざわ》歩《あゆむ》を指していった。「こいつ来たとき、オカカ婆は逃げたあとだったけど、逃げるとこはおれが見てる。んで、そのあとのあれ……」

「人魂を？」

晶は逢沢歩にマイクを向けた。阪倉亮介が「見たよな？」と同意を求めると、逢沢歩は逡巡《しゅんじゅん》したあと、

「ぼくは……なにも見てない」

阪倉亮介のいったことを頭から否定した。阪倉亮介は愕然《がくぜん》として、言葉を失った。

田菜《たな》の子供は、嚙《か》みあわないことばかりだ。

3

晶が39《サンキュー》ケーブルテレビに就職したのは、就職活動で受けた在京のテレビ局、新聞社、出版社にすべて落ちたからだ。縁もゆかりもない静岡のローカルテレビ局だけが晶を拾ってくれた。

女子アナというとテレビ局お抱えのタレントみたいなイメージがあるが、地方のケーブルテレビ局はそんな華《はな》やかなイメージとは無縁だ。もちろん芸能人やJリーガーに接する機会がないわけではないが、晶《あきら》はつねに、自分はキャスターでありジャーナリストだと思っていた。そういう姿勢で仕事に接していた。よく我《が》を出しすぎて、堂丸《どうまる》にダメ出しをくらうのはそのせいだ。

けれども晶はめげたりしない。

地方のケーブルテレビ局に勤めているのは、堂丸には悪いが、晶が望んでいる本来の姿ではなかった。いつかは全国区へ。むしろ堂丸を腰かけにしてやろうというくらいの貪欲《どんよく》さと図太《ずぶと》さを、須河原《すかわら》晶という女は持ち合わせていた。

ただ、まだチャンスと、実力がともなっていないだけだ。――ダメじゃん。

田菜《たな》の取材を終えて局に戻った晶は、編集室にこもってモニターにくらいついていた。ボールペンをくわえて思案顔をしていると、

「降参《こうさん》？」

と、隣でノートパソコンとむきあっていた堂丸が、画面を見たままプレッシャーをかけた。

「逆……この子――」モニターの静止画に映った逢沢《あいざわ》歩《あゆむ》をボールペンで叩《たた》く。「なんか知ってて隠してる。隠さなきゃいけないなんかがあるんだ……」

「そこが糸口になるか？」

「なるね」

「だけど『どうせヒマネタ』だ」

「あのさ……わたし、雷が鳴ると血が騒ぐ。夜中に電話が鳴ったら、もっと血が騒ぐ——『事件ですか？』って。たいがい酔《よ》っぱらった友だちや、昔の男からの電話だったりするんだけど。それでもわたしは、いっつも臨戦態勢なんだ……」

「それは、知ってる」

ディレクターの堂丸も、晶を、ただのお飾りみたいな女性レポーターとしては扱っていない。だから「どうせヒマネタ」の編集をまかせて、育ててくれているのだ。ただ、晶はどうも仕事の打率が安定しない。そのことは晶自身もわかっていた。全国区に出れば一度の失敗が致命傷になることも。

「この子の、この表情見てると、すっごく血が騒ぐのはなんでかな？　ヒマネタなのに……なんかあるよ、これ」

そのとき、堂丸がいきなり晶の背中を叩《たた》いた。

「よし。合格！」

「痛ったぁ～……！」

プロレスラーの張り手チョップに顔をしかめた。——加減しろ、バカ。

「これ、どう思う？」

堂丸《どうまる》はノートパソコンの画面を晶《あきら》にむけた。エメラルドランドで撮った趣味の猫《ねこ》写真だ。

「どう……って?」

「わからん?」

いいつつ、さらに拡大——猫の瞳がアップになった。

くいいるように猫の瞳を見つめた晶の表情が、あっ、と変化した。

「見えた?」

「……見えた。なんだろ? これ——」

モニター上の猫の瞳に、なにかが映りこんでいた。解像度の関係で、はっきりとは判別できないが、丸い形状をしたなにかが、猫の視線の角度からすると宙に浮かんでいる。

「光と影のいたずらじゃないと思う。猫の目に映りこんでるってことは、これはあんとき、あそこにいた。だから猫の瞳に映った。だけどおれたちは……その存在に気づいてない」

「……幽霊《ゆうれい》?」

「幽霊は人だろ? これ見て幽霊というヤツはいない」

「じゃあ……待って待って」晶は興奮を抑えながら、考えた。「田菜《たな》には、わたしたちの知らない、なんかがいるってこと……?」

可能性の問題だがな、と堂丸が答えた。

それって——まさかUFO?

「それって、すごい金脈見つけたってことじゃない！」

「そうともいえない。ことは、それほど単純じゃないんだ」

「だって――これ、証拠だよ」

「映像が証拠になる時代はとっくに終わってるんだって。CG使えばなんだってアリだ。金脈と思ったときこそ、慎重《しんちょう》であれ。中途半端に首突っこむとヤケドする。こいつは、そういう類《たぐい》のネタだ。それだけはいっとく」

「ついでにいえば……ヤケドが名誉にならないネタだよね」

うかつにこの謎の物体のことをテレビに流せば、まちがいなく晶は「嘘《うそ》つき」扱いを受けるだろう。それはジャーナリストにとって致命傷だ。一度でも「嘘つき」のレッテルを貼られれば、そのあと、どんな真実を伝えようとしても視聴者は晶を信じなくなる。

「――だな。なんせヒマネタだから……それでも追っかけるか？」

堂丸は晶を試すように、にんまりと笑みを浮かべた。

「そうしちゃダメな理由、なんかあるかね？」

晶はこのとき、このネタにのめりこみはじめていた。田菜。田菜。田菜。

「ないな……このネタはおまえにやったもんだし。好きにすればいい」

堂丸がいった。晶は編集室のモニターの映像――逢沢《あいざわ》歩《あゆむ》に目を移した。

堂丸はノートパソコンを見つめながら、ぽそっと独り言のようにつぶやいた。

「ロ、ッ、ズじゃないもんな」

4

翌日もひとりで田菜《たな》を取材に訪れた晶《あきら》は、アルカイックスマイルの店員に声をかけた。昨日撮った逢沢《あいざわ》歩《あゆむ》の写真を見せると、動物病院の息子《むすこ》さんですよ、と教えてくれた。夏休みを利用して、横浜から父親のところへ遊びに来ているらしい。情報料はガム一個。

教えられた稀代《きしろ》動物病院——苗字《みょうじ》がちがうのは家庭の事情か——を訪れると、いざ突撃取材、玄関のチャイムを鳴らした。

出てきたのは逢沢歩、本人だった。

「………………」

なにもいわずドアを閉められそうになる。「地元じゃ最強も、しょせんはローカル」の須河原《すかわら》晶だと気づいたらしい。

「待て待て待て！」

とっさにドアの隙間《すきま》に片脚を突っこんだ。逢沢歩は、びっくりしたように晶を見た。

「おはようございます！」

逢沢歩を連れて公園に場所を移した。断層公園というらしい。昔、起きた大地震のときに生じた断層のずれが露天《ろてん》で展示されている。園内には東屋《あずまや》もあって、きれいに整備されていた。

「撮るんなら話さないよ」

ビデオカメラのファインダーのなかで、不機嫌顔《ふきげん》の逢沢歩がいった。

「カメラまわさなきゃ話す？」

「…………」

昨日の海野潮音《うんのしおね》みたいな子はテレビカメラをむければしゃべるが、逢沢歩と接するにはカメラは逆効果だと、晶は実感した。

「いいんだ……今日は。話すのはきみじゃなくてわたしだから」

「…………？」

カメラを東屋のテーブルに置くと、ベンチに座った逢沢歩のむかい側に腰をついた。

「わたしもね、幽霊《ゆうれい》はいないと思う」オカカ婆《ばばあ》がどんなお婆《ばあ》さんかは知らないが、もちろんオカカ婆の仕業《しわざ》でもない。「ロッズってのがいるんだって。うちのディレクターの受け売りだけど。大きさは十センチから一メートルくらい。そんなのが、速いのだと時速三百キロ近いスピードで空を飛んでるらしい。九〇年代の中頃になるまで、人はこの不思議な生物の存在を知らなかった。おもしろくない？　日本じゃスカイフィッシュって名前で呼ばれてるけど——」

晶はＰＤＡを操作して、昨日ネットで拾ったロッズの画像を表示した。

棒状《ぼう》の本体の両側に、波打つひれのようなものがある。それが空を飛んでいた。

逢沢《あいざわ》歩《あゆむ》はロッズの画像を見て、ビミョーな顔をした。その表情の変化を、実はテーブルに置いたカメラで撮っているとは気づいてはいないだろう。

「……どう思う？　こんな生きもの、ホントにいるかね？」

「そういわれても……」

「結論からいうと、いないんだって。堂丸《どうまる》さん、そういってた」晶《あきら》はタネあかしをした。「これ、ビデオに撮られることが圧倒的に多いらしい。ビデオは秒三十フレーム。一コマは三十分《ぶん》の一秒。写真だったら手ぶれを起こしそうなくらいのシャッタースピードなんだ。だから、レンズ前をよぎった羽虫《はむし》が残像ひいて、こんなんなっちゃう。九〇年代のなかばって、ビデオカメラが家庭に普及しはじめた時期だから、それとも符合《ふごう》するしね」

「話の意図が見えません」

逢沢歩はうんざりといった顔をする。知らない人といっしょにいるのが、もう限界らしい。

「もうすぐ見える……わたしはさ、その話聞いて納得した。こりゃ虫だよ。でも、世のなかには『これは未確認生物だ』と思いたがる人もいるわけ。思いたがる気持ちもわかる……だって、世界は――」

公園の梢《こずえ》をゆらす風に乗せて、囁《ささや》いた。

「？」

「……なんでもない！　だからさっ、ロッズは羽虫だけど、そうじゃなくて全然別のなにかが、もしかしたら意外に身近にいたりするんじゃないかと。今年の夏は、須河原《すかわら》、それを探してみようかと！」

晶はさりげなくビデオカメラを片づけた。ひとまずこのあたりまで。いっぺんに要求しすぎて、きらわれてしまうと、あとで困る。

逢沢歩は、晶がなぜ自分にそんなことをいうのかわからない様子で、考えこんだ。

ああ、まじめな子なのだなと晶は思った。深く考えずに受けながすことが苦手なだけかもしれない。そうであれば、見込みはある。今どきの子供は——子供に限らず大人《おとな》も、考えないくせに悩んでいるやつが多すぎるから。

「いっしょに探してみる？」

「やだ」

「お？」

拒絶と否定の意思表示だけは、はっきりとできるわけだ。情報源としてあてこんだ逢沢歩は、なかなかてごわそうだ。

歩と別れた晶が車を運転していると、昨日の三人のうちのヘルメット——阪倉《さかくら》亮介《りょうすけ》が農道を歩いていた。今日はヘルメットはかぶっていない。

「こんにちわ〜！　す・か・わ・ら！　濁《にご》りません！」

　車の窓から手を出していうと、阪倉亮介《さかくらりようすけ》は驚いた顔をした。このあいさつは晶《あきら》の持ちネタだ。三島《みしま》あたりの幼稚園児《ようち》は、これをやってあげると大よろこびする。

「なにしてるの？」

「オカカ婆《ばばあ》、捜《さが》してるんスよ」

　遊びたい盛りの少年が、昼間から怪しげな老婆《ろうば》を捜しているというのは、おもしろい。

「オカカ婆って誰なの？」

　晶は車から降りると阪倉亮介に切りだした。まっすぐ行ってだめなら、まわりから攻めるのも取材の手法だ。たとえ本人がだんまりでも、他人の口に蓋《ふた》はできない。

「聞きたい？　長くなるけど――」

「あ、いや、訊きたいのは逢沢《あいざわ》くんのことなだけど……」

「オカカ婆は、河童《かっぱ》と闘った千切《ちぎ》れ耳の化《ば》け猫《ねこ》なんだ！」

「か、河童？　猫？」

「あれは、おれがちっちゃいころ……忘れもしないあの日――」

　……白昼夢《はくちゅうむ》のような時間だった。

　阪倉亮介に取材をしようとした晶は、気がつけば彼とオカカ婆なる猫――昨日「見た」というのは猫のことだったらしい——となれそめから、十年前に見たというオカカ婆と河童の勇ましい闘いぶり。それから、河童を見たといった彼を笑いものにしたまわりを見返すために、オカカ婆を追いつづけていることまで。じっくり、たっぷり、阪倉亮介劇場を堪能《たんのう》させられたのだった。下手《へた》な落語を聞かせられたような、拷問《ごうもん》のような時間だった。田菜《たな》の子供は、どうして、こう癖《くせ》が強いのばかりそろっているのだろう。

しかし収穫はあった。河童の話は置いておくとして、この夏、田菜を流れる啼沢《なきざわ》川の上流で螢《ほたる》が大量発生しているという。それも、どうもこの世のものならざる奇妙《きみょう》な螢が——という噂《うわさ》。昨日、海野潮音《うんのしおね》も証言していたが、ともかく現場を確認する必要はあるだろう。

「河童を見に行く」と阪倉亮介にうそぶいて、晶は川沿いの道を車でさかのぼった。

途中、富士山の山頂に昔あったレーダードームみたいな奇妙《きみょう》な建物があった。麦わら帽子《ぼうし》をかぶった、これも妙《みょう》な犬に吠《ほ》えたてられたので、すぐに車を出して立ちさったが、田菜という場所はなにもないようでいて興味深いものばかりだ。

神凪《かんなぎ》原生林を奥へと進む。あたりは富士の樹海が出張してきたように、鬱蒼《うっそう》としている。林道がどこまでつづいているのか不安になった。

やがて、雰囲気がよいあんばいになったところで、川をまたぐ橋のところで車を止めた。

夏の日差しも森のなかまでは届かない。自然の音が聞こえた。渓流《けいりゅう》の冷気がひんやりと肌に心地よい。

橋から川上にビデオカメラをむけた。
ジュッジュッと濁《にご》った声で地鳴きしたセキレイが飛びたつ。
小鳥を見送りながらあたりを確かめる。確かに人里離れた山奥ではある――
「……河童《かっぱ》は無理だろ」
ビデオカメラのモニターを見た。
エメランの幽霊《ゆうれい》。笑う関取《せきとり》。泣きさけぶ老婆《ろうば》。怒りくるう赤ん坊。
啼沢《なきざわ》川の上流の螢《ほたる》。
そして堂丸《どうまる》がデジカメで撮った、人の目には映らない、カメラには映るもの。
「映るかな」
――田菜《たな》には、まだ人に知られていない、なにかがいるかもしれない。
それを確かめるのが、この夏の須河原晶《すかわらあきら》のテーマだ。

四　光誘う樹木の宮

1

田菜で酒屋を営む深山《みやま》家の次女である美紀《みき》は、夏休みは毎日のように店先に出て、お酒やおしょうゆの配達に忙しい。バイト代はなし。そんな話を学校の友達にすると「ありえない」と首を横にふられる。労働基準法違反だと。

でも、小学生のころから店を手伝っていた美紀にとっては、働くのがあたりまえだった。あたりまえの基準が、ほかの家の子とはちがうだけ。お金は欲しいし、横浜で働いている姉の美佳《みか》のように、独り暮らしに憧れもあるけど、いろいろ含めて美紀にとっては少しさきの話で、今は深山家のあたりまえの枠《わく》のなかで不満もなく暮らしていた。だから詮索《せんさく》されるのはゆかいではないし、所帯《しょたい》じみているといわれれば腹が立つ。褒《ほ》められるのもくすぐったいだけ。

「お父さん、これで最後」

外のビールケースを運びこんだとき、美紀の携帯電話のメールが鳴った。

——逢沢《あいざわ》くんかな？

逢沢歩《あゆむ》が、昨日、家の電話にかけてきた。妹の美玖《みく》に訊《き》きたいことがあったらしいが、あいにく美玖は母と三島《みしま》に買い物に出かけていた。この前も逢沢は、美玖に会いに家まで来たことがあった。いったい妹とどういう関係なのだろう。同い歳《どし》の男の子が、小四の妹と必要以上に仲がいいことには少し違和感がある。ともかく美紀は逢沢とメールアドレスを交換した。用事のたびに店の電話にかけるのは、気がひけるだろう。とにかくナイーブみたいだから、あの人。

「……阪倉《さかくら》？」

メールの差出人を確認した美紀は、ビミョーな表情をして返信を打ちはじめた。


夏休みで閉ざされた校門を、うんせっ——と乗り越えて小学校に侵入すると、校庭で待っていたのは幼なじみの阪倉亮介《りょうすけ》だった。

校庭の鉄棒《てつぼう》に懸垂《けんすい》でぶら下がって、炎天下《えんてんか》、体操選手のように脚を直角に伸ばしてぶら下がった阪倉は、

「っしゃ〜！　おれの勝ち」

「はいぃ？」

「深山《みやま》が来るまで足上げてられたから、おれの勝ち」

わけのわからないことをほざいた。わざわざ女の子をメールで呼びだしておいて、そういう

低レベルなことをするやつだ、阪倉は。

「なにと勝負してたんだか」

「そこんとこは、おれもわかんねぇ」

と笑顔。そんな阪倉の一途《いちず》でおバカなところは嫌いではない。

「どした？　阪倉が、あたしに話なんて、なんか変」

「逢沢って、どう思う？」

「どう……って？」

「あいつ、なんで須河原《すかわら》に嘘《うそ》ついたかな。いっしょに見たはずなのに、なにも見てない、って……」

阪倉は沈んだ声でいった。オカカ婆《ばばあ》と河童《かっぱ》が戦った話をするたびに、嘘つき呼ばわりされたときの寂しそうな顔をする。美紀はエメランにいなかったから、阪倉や美玖が見たといっている人魂《ひとだま》のような光のことは、判断できない。というか——阪倉は幼《おさな》なじみだから、会いたいといわれればこうして来るが、河童や幽霊には正直興味がない。

「かかわりあいになりたくなかったんでない？　てか、そんなこと本人に訊けよ〜」

遠まわしにたしなめた。阪倉は阪倉で、逢沢とは、また少しちがった感じでナイーブだ。

「微妙《びみょう》に苦手なんだよなぁ……ボク」

「まず、そっからなんとかしないと。ふつうに名前で呼ぼうよ」

「あぁ……それがまた照れくさい」

ふたりして、なんだかなあ、とため息をついた。

「それはそうと、深山《みやま》……鏑木《かぶらき》とはどうよ？」

阪倉《さかくら》がいきなり妙《みょう》なことを口走った。

どうよ、もなにも美紀《みき》と鏑木拓馬《たくま》は幼《おさな》なじみだ。それより近づいたことも疎遠《そえん》になったこともない。メールくらいはするし、配達に行ったときにしゃべったりもする。それだけだ。

「タっくんは海野《うんの》でしょ」

そして海野潮音《しおね》が、どうやら拓馬とつきあっているらしいことは、美紀も、夏休み前には気がついていた。海野の美紀に対する態度が、あからさまに刺々《とげとげ》しくなったから。この前、三島《みしま》に猫《ねこ》おどりの祭りで使う衣装の材料を買いに行ったとき、ちょうど塾《じゅく》帰りの潮音とバスのなかで鉢《はち》合わせたことがあった。

——そもそも、お祭りがめんどくさいのに、よく、そんなことやってられるね。

潮音はつんと澄ました調子でいった。それだけなら「人それぞれ」で済んだのだが。

——わたし、あんた嫌い。

堂々と「嫌い」宣言をされて、さすがの美紀も、そのときは乾いた笑いを浮かべるしかなかった。

「納得いかねんだよ、それ……あいつの本命って絶対、深山のはずなんだけどな」

「そんなことないって……！」

——阪倉《さかくら》が、わたしとタっくんをくっつけて、なんの得があるのだろう。

「わかんねぇ～！」

阪倉が鉄棒《てつぼう》に飛びついた。

鉄棒や校舎《こうしゃ》が小さく感じるのは、自分たちが成長したからだろうか。

「小学校通ってたころ《ここ》って、いろんなことが単純で、もっとわかりやすかったけどな」

「……そうでもないよ」

美紀《みき》はいって、そのあとで、なんでもない——と自分の言葉を打ちけした。子供は子供なりに複雑だったはずだ。たぶん。ほとんどの人は今に追われて、それを忘れてしまっただけだ。

2

校門をよじのぼって学校から出ようとしたまさにそのとき、偶然、逢沢《あいざわ》歩《あゆむ》と出くわした。

鉄柵に跨《またが》った美紀をぽかんと見上げて、自転車に乗った逢沢は表情が固まってしまう。「なにやってるの？」といえば「女の子が校門に跨っている」わけだが——珍獣《ちんじゅう》を眺めるような逢沢の生暖かい視線が胸に刺さる。

「……よっ」

とりあえず、あいさつ。

で、自転車の後輪に立ち乗り——ステップはついてないので、後輪の出っ張りに無理して乗って——して、家まで送ってもらうことにした。

「いいの？　見られたら、まずかったりしない？」

「逢沢くん、見られて困る人いる？」

「ぼくは平気だけど……」

「じゃ、問題な〜い！」

逢沢の両肩に手を乗せて、二人乗り。夏の日差しのなかを駆《か》けぬけていく。

ついでに、ちょっと話があるからといってコンビニに寄り道してもらった。ファームサイドマート田《た》菜《な》屋で棚を物色しながら、目についたお菓子《かし》を手に取る。

「あ、新製品」

「話って、なに？」

逢沢は所在《しょざい》なさげに、あとについてくる。この人は話すときいつも深刻な顔しかしない。

「美玖《みく》のことなんだけど……そっとしといてもらえないかな」

美紀の言葉が意外だったのか、逢沢の眉間《みけん》にシワが寄った。

「妹って……どんな子なの？」

「美玖？　ああいう子だよ……変わってるでしょ？　ふつうには知りえないことを知ってたり

する。たまにね……美玖《みく》、独りで、なにかと話してることがあるんだ。目には見えないなにかと……ほら、子供には、大人《おとな》には見えないものが見えるってよくいうでしょ」

「幽霊《ゆうれい》……？」

「ふつうはね、そんな話は流されるんだ。でなかったら病気とかってひかれる。でも――」

「あぁ……うん」

逢沢《あいざわ》は美紀のいわんとすることが呑《の》みこめたように答えた。

「そ。逢沢くんは美玖の言葉をまともに受けとめてくれて――あたし、それが怖いんだ。ちょっとだけね……なんてかな？」

美紀《みき》は探るように歩《あゆむ》を見つめた。

「わからない」逢沢は視線をそらした。「こういう理由って、言葉で説明できる感じじゃなくて……」

「逢沢くんも――エメランで、なんか見たんだよね？　美玖といっしょにいた……」

「…………」

逢沢はあいまいに頷《うなず》いた。阪倉《さかくら》の話では、美玖は、エメランに現れた人魂《ひとだま》みたいな〝光〟とふれあっていたという。逢沢はそれを黙って認めた。

いらっしゃい――という声にふりむくと、店の奥から麻子《あさこ》が現れた。

「邪魔《じゃま》？　いないほうがいい？」

男の子とふたりでいれば、そういうふうに誤解されやすいお年頃、土地柄というわけだった。

美紀は麻子に笑いかえすと、新製品のお菓子《かし》をレジに持っていった。


「わっくん……ポンチョ着て長靴履《は》いた四、五歳《さい》くらいの男の子かぁ……このへんには、そんな子いない。盆地《ぼんち》内はほとんど顔見知りだから、それは確か。いるとしたらエメランだけど」

美紀は、南側の山の斜面にある別荘地を見やった。

それから北の山並みを仰ぐ。こちらにあるのはお寺と墓地だ。

「啼沢《なきざわ》川の上のほうって、小さい子が、ひとりで遊びに行く距離じゃないよね……」

美紀の言葉に、逢沢は立ちどまって考えこんだ。

――この人は、なぜ田菜《たな》に来たのだろう。逢沢は毎日、自転車で盆地《ぼんち》を走りまわっているようだ。まるで、噂《うわさ》――啼沢川の螢《ほたる》やエメランの幽霊《ゆうれい》騒ぎを追っているようにも思えた。そのくせ徘徊《はいかい》仲間のはずの阪倉とはぎこちなくて、取材に来た須河原晶《すかわらあきら》にも興味がなくて、美玖とだけ奇妙《きみよう》に通じあっている。

「エメランのことだったら、海野《うんの》に訊《き》けばわかるかも」

「いない気がする。エメランにも、たとえば隣町にも……あの子はどこにもいない気がする」

途方に暮れているような逢沢に対して、美紀は慎重《しんちよう》に言葉を選ばなくてはならなかった。

「会ったんでしょ？」

逢沢《あいざわ》は啼沢《なきざわ》川の上流で、わっくんという男の子に会ったという。雨の降った日だ。それから何度か、同じ場所に足を運んだが、男の子には会えずにいるという。

「逢沢くん、今までも、そういうことあった……?」

見えないはずのものが見える。

見えないはずのものと話して、見えないはずのものと遊ぶ。美玖《みく》のように——だから、割れたガラスが散らばった床の上を歩くような危うさが、逢沢との会話にはあった。それは妹の美玖と接しているときに感じる印象と、少し近い。ささいな言葉が彼の心を否定してしまい、それきり自分から離れていってしまう、怖さ。

「えっと、要するに、そこにはないはずのものが見えたり……」

美紀《みき》が話しかけるが、逢沢は黙ってしまった。美紀はあきらめたように歩きだした。

「昔から、ああなの?」

逢沢がぽつりといった。

「美玖? 二年前かな……二年生んとき、神隠しに遭《あ》ってるんだ」

「え?」

「大人《おとな》たち……御子柴《みこしば》さんとか、そういってる。実際には半日、迷子になってただけなんだけどね。でも神隠しに遭って帰ってきてから——」

「今みたいになった?」

「そう。変わったたね。カエルのぬいぐるみと話すようになったのも、そのころから。それまではオクテな子だったんだけど――」

ひっこみ思案な美玖というのは想像しがたいだろう。

「…………」

「結局、あそこ――頭屋《とうや》の森で見つかって」

美紀が盆地《ぼんち》の中心にある森を見ると、逢沢も森を見やった。

「ねぇ、トウヤって……」

「アタマって字と屋敷のヤで『頭屋』――」

「で、結局、なんなの？」

「昔、庄屋《しょうや》様の家があったから」

「でも、庄屋の森じゃなくて、頭屋なんだ？」

「あれ？　そういやそうだね……なんでだろ」

気にしたこともなかったが、頭屋というのは、そういえばなんのことだろうか。

「……入ったことある？」

「とんでもない！　そんなことしたらバチがあたるよ！　前もいわなかった？」

「また、幽霊《ゆうれい》か……」

逢沢は、あきれたようにいった。それはちがう。昨日今日現れたようなエメランの幽霊と、頭屋《とうや》の森とでは重みがちがう。そのことを教えたかったが、うまい言葉が浮かばない。

「ここの盆地《ぼんち》は、なんか特別なんだって！　それで盆地のヘソみたいな頭屋の森は、さらに特別な場所なんだって……御子柴《みこしば》さん、いってた」

美紀《みき》がいうと、短い間があって、逢沢《あいざわ》が、

「……頭屋の森には秘密が隠されてるんだ」

まるで遠い記憶を掘りおこすように、つぶやいた。

「かもね……秘密……なんだろう？　意外とその秘密が、逢沢君が会ったわっくんとか、美玖《みく》のこととか、暖色系の人魂《ひとだま》とか、いろんなことの謎《なぞ》を解く鍵だったりして」

美紀のふとした言葉に、逢沢はやや動揺したように目を泳がせた。その反応の意味は、美紀にはよくわからなかった。

「あ～、逢沢 歩《あゆむ》！　おねぇちゃんもいっしょだっ！」

猫《ねこ》ガ辻《つじ》にさしかかったとき、地蔵に手をあわせていた美玖が立ち上がって、こちらを見た。

「デート？」

美玖の言葉に、違《ちげ》ぇよ、と逢沢が露骨に不快な顔をした。かならずしも美玖と仲がよいわけではないらしいが、まちがいなく美紀や阪倉《さかくら》とよりはずっと打ちとけていた。

「いろいろ話してただけ」

「いろいろ話すのはデートじゃないのか？」

美紀がいうと、美玖がまぜっかえした。「うっさいな～」と辟易《へきえき》したように息をついた逢沢を、美玖がじっと見上げた。

「バカだ」

「美玖……！」

たしなめるが、美玖は構わず、

「捜《さが》したって無駄《むだ》だ。わっくんは見つからない」

美玖もわっくんを知っているのだ。ポンチョにゴム長靴の男の子を──見たことがある？

「…………」

「わっくん、ずっと待ってた。今だって待ってる！　捜す必要なんかないんだって、さっさと気づけ！」

ぬいぐるみのカエルをおたまじゃくしに変えて、べ～っと舌《した》を出して、走りさっていった。

「……なんで、あんなおこってるかな？」

美紀は妹の背中を見送った。

「美紀」

と声がして──ふりかえると、そこには拓馬《たくま》がいた。

「……稀代《きしろ》先生んとこの？」

拓馬は遠慮のない視線を逢沢にむけた。

「そう。逢沢《あいざわ》くん。で、鏑木拓馬《かぶらきたくま》くん。同級生。てか、幼《おさな》なじみ」

美紀《みき》が紹介すると、逢沢が小さく頭を下げた。

ぎこちない沈黙が生まれた。拓馬も逢沢も話をしようとしない。拓馬は明らかに『よそ者』の逢沢を警戒しているし、逢沢はひけ目でもあるように顔を伏せてしまった。まったくもう、プライドだけは一人前のつもりの男の子はめんどうくさい……

「タっくん、猫《ねこ》おどりはどうすんの？」

場を取りつくろうように、美紀は拓馬に話をふった。

「まだ、決めてない。もしかしたら出ないかもな……美紀は？」

「あたしは出るよ。美佳《みか》姉《ね》ぇ、帰ってくるし。深山《みやま》三姉妹、出ないわけがない！」

「また、コスプレ？」

「コスプレっていうな！」

「今年は、どんな？」

「教えるか！　祭りの当日に、見て驚け」

「だから、行くかどうかわからないって」

美紀と拓馬の地元トークに、逢沢は所在なさげにしている。

そのとき、拓馬が、美紀の肩ごしにむこうを見た。

美紀がふりかえって視線を追うと、そこには海野潮音《うんのしおね》がいた。三人がいっしょのシチュエーションに、海野は——たぶん拓馬と、猫《ねこ》ガ辻《つじ》のそばにある断層公園で待ち合わせだったのだろう——最初こそ戸惑ったようだったが、

「歩《あゆむ》もいっしょだったんだ」

なれなれしく逢沢に語りかけた。逢沢は表情をこわばらせる。

「あのこと、聞いてみれば？」

「なに？」

美紀が逢沢をうながすと、海野は期待満々の様子で逢沢を見た。

「いい」

逢沢は拒絶した。海野がむすっとなった。

「いいかけて、なによ⁉」

「美玖《みく》のいうことが、正しい気がするから」

そこへ軽自動車が来て、停まった。

「ねえ、きみたち！」

声をかけてきたのは、あの須河原晶《すかわらあきら》だった。

「悪い……ぼく、行くとこあるから。今日はありがと。メールする」

歩は美紀にいうと、自転車に乗ってすばやくその場を離れた。須河原晶から逃げたのだ。

「こんにちは、須河原晶です！　ちょっと話聞かせてもらっていい？」

須河原晶《すかわらあきら》は車から降りて、残った美紀《みき》たちにいった。

「マスコミとか嫌いなんだ……また、連絡する」

拓馬《たくま》は須河原晶に、後半は海野《うんの》にいって、踵《きびす》を返した。

「ちょ――タク！」

追おうとした海野が須河原晶に腕をつかまれた。

「なんなのよっ！」

「ほんと、なんなのよっ――だわね。ね。協力して」

「取材なら、こないだ受けたでしょ」

「もっと込みいった話。お礼はするから……とりあえず、そこの公園行こっか」

「……なに話せばいいの？」

「まずは、逢沢《あいざわ》歩《あゆむ》とゆかいな仲間たちのことかな」

こんがらがった顔の海野を人柱《ひとばしら》に残して、美紀も早々にその場から立ちさった。

3

夜――店のシャッターを下ろしかけたとき、閉店後の深山《みやま》商店の前に人影が立った。
田菜《たな》の夜は暗い。シャッターを少し戻して、店の明かりで人影を照らすと、

「ちょっといい？」

それは鏑木拓馬《かぶらきたくま》だった。

「うん……」

美紀は家のなかを気にしながら、外に出た。人目を避けるように光の影に入る。

「散歩の途中なんだ。ちょうど見かけたから」

「……いいのかな？」

「息抜きくらいしないと」

「そうじゃなくて。タっくんは海野とつきあってるでしょ？」

「そう思う？」

おれはつきあってるつもりはないよ、と拓馬はいった。

「それって、ひどくない？」

「どうして？　美紀は阪倉《さかくら》や、あいつ——稀代《きしろ》先生んとこの……」

「逢沢くん」

「つきあってるって意識はないだろ？　それといっしょさ」

「ちがうよ……阪倉や逢沢くんも、あたしとつきあってるとは思ってないけど、海野はタっくんとつきあってると思ってるもん」

海野はベタベタだ。仲がいいのを他人に見せつけたいタイプ。相手の反応を見て優越感に浸れるから。だから少しでもステータスの高い彼氏をつかまえようと一所懸命《いっしょけんめい》。正直、拓馬《たくま》はそういうのが嫌いだと思っていた。美紀《みき》のなかで拓馬のイメージは硬派な剣道少年だったから。

「どっちだっていいよ、そんなこと」

「……あたし、戻るね」

拓馬の返事を待たずにシャッターを閉じた。今の拓馬は少し嫌いだ。いいかげんだから。

「！」

ふりかえると、そこにカエルのぬいぐるみを抱えた美玖《みく》がいた。

「遅いから見てこい、って」

美玖は意味ありげに笑《え》んで美紀を見た。

――見られた？　聞かれていた？

「なんでもない……」

「ふ～ん」

聡《さと》すぎる小四の妹の視線が怖くなって、美紀は逃げるように家に上がった。

※　※　※

樹葉《じゅよう》が夏の日差しを遮《さえぎ》り、竹の匂いがする風が涼《すず》やかで心地よい。

――これは夢。

歩《あゆむ》の、幼い記憶だ。歩は夢のなかで夢を自覚していた。

「ね……ねこ」

わっくん――粗末《そまつ》な着物を着たわっくんが、幼い歩に言葉を投げる。そう――このころ歩とわっくんは同い歳《どし》くらいの印象だった。だからこれは十年くらい前の記憶。

「コンピュータ」

幼い歩が言葉を返す。これは、しりとり遊びだ。

「なに?」

「コンピュータ」

「なに、それ?」

「テレビとか、ビデオとか、そうゆうみたいなの」

「知らない……」

「え～っ⁉　テレビだよ」

幼《おさな》い歩《あゆむ》は信じられないようにいった。

「……知らない」

わっくんはテレビを知らない。

「テレビ、ないの？」

おうちにテレビがないのかと尋ねると、

「ない」

「……次、た。コンピュータの『た』」

「……たんぼ！」

「ぼ……ボーナス！」

「……なに？」

わっくんは、またわからない。わっくんは知らない言葉がいっぱいある。幼い歩は、自分のいった言葉を説明してばかりで、ちょっとつまらなくなった。

どこか遠くで――夕方を知らせるチャイムが鳴った。

「帰る」

歩は、わっくんにいった。

「わかった。また明日ね！　ずっと遊ぼうね」

「……あのね」

幼い歩は——そのとき、なにをいいたかったのか。

わっくんに、なにを伝えたかったのか。

——伝えられなかった。

幼い歩の言葉を、そのとき、風にゆれた竹林の音が持っていってしまった。

五　約束の重さと夢の軽さ

1

風が渡り稲葉をゆらす、そのむこう——田菜盆地《たなぼんち》のまんなかに頭屋《とうや》の森はあった。

こんもりと盛り上がった雑木林には長い樹齢《じゅれい》を重ねた木々が茂り、鎮守《ちんじゅ》の森のような、人を拒む陰のオーラをまとっている。

車が一台やっと通れるほどの農道を抜けると、歩《あゆむ》は、頭屋の森の前に出た。道にいたセキレイが飛びたって梢《こずえ》に消えた。それを目で追う。

「…………」

視線を戻すと、そこには廃屋《はいおく》の門があった。

ちがう世界へのとば口のような……小さいながらも、そこはまぎれもなく〝森〟だった。崩《くず》れかけた門は、鬱蒼《うっそう》とした森の、むこう側に呑《の》み込まれかけていた。門の奥はさらに薄暗く、わずかに垣間《かいま》見える母屋はひどく荒れはてている。

で　でっぽっぽ……

詰まったラッパのような、くぐもった鳴き声がした。

鳴き声のヌシ――キジバトは森のなかに何十羽もいて、侵入者を警戒するように叫びあう。

――頭屋の森に入っ、て、は、い、け、な、い、……。

われにかえって、歩はクロスバイクに跨《また》ると逃げるようにその場を離れた。

森は、ここに在る。

何百年何千年と田菜に生きつづけている。盆地に根を張った、人間のものさしでは計りきれない存在感と、蓄えられた森の生命力そのものに、歩は耐えられなくなって逃げたのだ。

＊

歩は今日も、あてもなく、啼沢《なきざわ》川沿いを自転車でさかのぼっていた。

坂道を立ちこぎで上っていくと、やがて月読《つくよみ》天文台が見えてくる。尻尾《しっぽ》をふって現れた麦わら犬のロクが、歩《あゆむ》に気づいて勢いよく飛びかかってきた。

「ちょ……やめ」

まとわりつくロクに抵抗していると、後ろ手に手を組んだ平五郎《へいごろう》が姿を見せた。

「ほぉ、なつかれたか」

「怖いんだけど……そもそも、犬はつないどかないとダメでしょ」

歩はもっともらしいことをいって、平五郎に精一杯、抵抗してみせた。

ロク、来い——と呼ばれて、麦わら犬は平五郎のかたわらに戻っておすわりした。

「なにがあった？」

平五郎は腹の底を見すかすように、まっすぐに歩を見た。

「……別に」

「ふん……ちょっと来なさい」

平五郎が呼んだ。これでは、まるで先生に叱《しか》られているみたいだ。歩が黙っていると、

「聞こえなかったか？」

「なんで？」

「小賢《こざか》しい大人《おとな》に育てられると小賢しいだけの子どもができあがる——おまえは、その見本みたいなもんだな」

いわれてることはよくわからなかったが、歩は悔《くや》しかった。

そして、気がつくと平五郎の畑で草むしりをさせられていた。なぜ自分が手伝わされているのか、歩にはよくわからなかい。これでは学校の罰掃除だ。

歩は、おおげさに背中を伸ばして、畑仕事をしている平五郎の反応をうかがった。

「あのさ……『世界の被膜《ひまく》が薄くなる』って、どういうこと？」

最初に平五郎に会ったときいわれた言葉が頭にこびりついていた。それはどこか、頭屋《とうや》の森に象徴される、田菜《たな》という土地の謎《なぞ》めいた雰囲気にふれるような意味を持って、響いた。

「やっぱり、なんかあったか？」

平五郎がぼそりといった。

それは、歩にもよくわからない。啼沢《なきざわ》川の上流と、エメランで見たあの暖色の〝光〟――見えないものを見る幼い少女、美玖《みく》。そして、わっくん……

平五郎はまっすぐに歩を見た。歩は、どうにか、目を伏せずに平五郎の顔を見る。

「まあ、そういうことだ」

「いや……わかんないから」

「追い追い、ゆっくりとな……わかる」

ロクがのっそりと木陰に移動した。投げだした前脚に顎《あご》を乗せて、昼寝の体勢になる。

犬にまでバカにされたようで、やっぱり不愉快だった。

結局、歩《あゆむ》が草むしりから開放されたのは夕方近くだった。土で汚れた手を洗って、月読《つくよみ》天文台をあとにした。

あらためて啼沢《なきざわ》川の上流にむかう。途中、稀代《きしろ》に携帯で電話した。

「あのね……悪いんだけど、今日、食事の準備、できそうにないんだ」

『それは構わんが……なにしてるんだ？』

訊《き》かれてみても、自分がなぜ啼沢川に通っているのか、自分でもよくわからない。

「なんか妙《みょう》な具合で……自分でも、よくわかんないんだけど——確かめたいことがあって」

『トラブルか？』

「そういうんじゃない」

『そうか。そんなら、話せるようになったら話してくれればいいよ』

稀代は「好きにしていい」という最初の言葉どおり、いった。

もしも歩が稀代にひきとられていたら、歩の人生はだいぶ変わっていたろうか。もし田菜《たな》で育っていたら。深山《みやま》や阪倉《さかくら》たちと同じ学校に通っていたら。いや、それは母にとって不公平な仮定だろう。稀代であっても、暮らしていれば粗《あら》も見えてくる。歩は、まだよく知りあっていない父に対して淡い期待を抱いているにすぎない。歩は田菜に、なにも期待していない——

「父さん……ぼくが、前に田菜《ここ》に来たのって、いつ？」

『三つか四つのときじゃなかったかな……』

「そんとき、なんかあった?」

『どうかな。なにもなかったと思うが……突然、どうした?』

「なんか、全然、憶《おぼ》えてないから」

歩が三つか四つのときのことを、歩が思いだせないほど昔のことを、なぜ小学校四年生の深《み》山美玖《やまみく》が知っているのだろう。

──わっくん、ずっと待ってた。今だって待ってる!

美玖は、歩とわっくんについて、なにを知っているというのか。

『……ってことは、取りたてて、これといったことはなかったんじゃないか?』

「逆の場合もあるよね」

『よほどのことがないかぎり、記憶の封印なんてことは起こらないよ……どうした?』

「わからない……」

ほんとうにわからない。歩は、遅くなるかもしれない、といって携帯電話を切った。

すでに薄暗くなりかけた原生林のなかで。

「……待ってたって?　待ってるのは、ぼくのほうだろ」

先日、わっくんと出会った橋にさしかかった。

橋の上で、ヤブ蚊《か》を叩《たた》いたりしながらしばらく川を眺めていると、がさりと藪《やぶ》が動いた。

現れたのは……暗がりで目を凝《こ》らしてみれば、あの千切《ちぎ》れ耳の三毛猫《みけねこ》──オカカ婆《ばばあ》だった。

この猫《ねこ》は、南のエメラルドドランドから北の原生林まで、いったいどれほどの範囲を縄張《なわば》りにしているのだろう。オカカ婆《ばばあ》は歩《あゆむ》の存在を意に介《かい》さず、川辺で水を飲みはじめた。やがて、じろっと歩を睨《にら》むと、ふん、と鼻を鳴らして、背をむけて木立の中に消える——が、立ち止まり、しゃがれた声で啼《な》いた。

「……ついてこいって？」

歩はクロスバイクをその場に置いて、オカカ婆を追った。千切《ちぎ》れ耳の猫は、時折立ち止まって歩をふりかえりながら、森の奥へ入っていった。まるで歩を誘うようにだ。田菜《たな》の年寄りは、人間も猫もやることがよくわからない。落ち葉の積もった斜面を滑《すべ》りながら登った。

「で、どうしろと？」

オカカ婆にいうと、老猫《ろうびょう》は前方に顔をむけた。

原生林の薄闇《うすやみ》のなかに、

——ぽうっ

暖色の〝光〟。

歩がそれを認めたとき、光は、宙をただよいながら原生林の奥へと進んだ。

光に導かれるように、さきへ進む。

――ぽうっ

ぽうっ

ぽうっ

森の闇《やみ》に、いくつもの光が舞っていた。

歩を導いてきた光が、それらの光の群に合流する。そして光の群のなかで戯《たわむ》れる、ポンチョにゴム長靴の男の子がいた。

「わっくん……」

歩の声に気づいて、顔を上げたわっくんは屈託《くったく》のない笑みを浮かべた。

「あむ、来たし！」

棒《ぼう》っきれを放りだして、あむ――歩に駆《か》けよる。ところが木の根に足を取られて、つまづいてしまう。たたらを踏んだわっくんを、歩が危なっかしく支えた。

「ありがと」

わっくんはぺこりと頭を下げた。やはり、どう見ても小学校に入る前くらいの子供だ。歩が以前に田菜へ来たころには、わっくんは生まれてもいなかったはずだ。

なのに、わっくんは歩を知っていた。

「遊ぼ！」

「もう、暗いよ」

「暗くないもん！　約束した、し、し！」

——約束。いつ、遊ぶ約束などしたのだったか。あたりを暖色の光の群がただよい、オカカ婆《ばばあ》は身繕《みづくろ》いをしていた。そんな日常と非日常がごちゃごちゃになった光景のなかで、

「ねぇ……きみは誰？」

「わっくん」と自分を指すと、わっくんは歩を指さした。「あむ！　遊ぼ！」

「今日は、もう遅いし……」

わっくんは、だから何者なのだと訊《き》いているのだ——

「明日は？　明日、遊ぶ？」

わっくんは期待に目を輝かせた。

「……うん」

「約束！」

歩《あゆむ》があいまいな返事をすると、わっくんは細い腕を歩にさしだした。

指切り、といって小さな手の小指を立てる。

歩は求められるままに、わっくんの小指に自分の小指をからめた。

「どっしるとしっしんも呼ぶ！」

「……誰?」

美玖《みく》がいっていた「どっしる」と「しっしん」。歩が夢で見た「どっしる」と「しっしん」。

「あむ。忘れてるし……」

わっくんは肩を落とすと、歩のすぐ前を飛んでくる暖色の光を見た。

歩が目を凝《こ》らすと、一瞬、光のなかに、なにかの姿が結ばれて——

「!?」

瞬間、光は飛んでいってしまった。

垣間《かいま》見えた〝光〟の実像の姿が、歩の失われた記憶をゆさぶった。

「どっしる……?」

「うん、明日ね。またね。遊ぼうね」

わっくんは純朴《じゅんぼく》な笑みを浮かべた。わっくんのよろこびに呼応するように、暖色の光は乱舞する。そして、歩は目の前の出来事に置きざりにされていた。

翌日から、歩は朝食を済ませると啼沢《なきざわ》川の上流にむかった。わっくんは、たいてい原生林の橋を下りた川縁で待っていた。そして歩は、陽《ひ》が西に傾くまでわっくんと遊んだ。

石を積んで堤防を作り、川の流れを堰《せ》きとめる。わっくんがゴム長靴で川に入り、抱えた石を放りなげた。その拍子《ひょうし》に、水しぶきが歩の顔を濡《ぬ》らした。

「ごめんなさい」

歩《あゆむ》が濡《ぬ》れた顔を無言でぬぐうと、わっくんが謝った。

「気をつけようね」

歩はいったん川から上がった。わっくんは堤防作りに夢中になっている。

歩が黙っていると、わっくんは不安になったように歩を見た。

「……帰る？」

「そろそろかな」

別れるときは、いつも少し気まずい。

「じゃあ、また――」

「ね……いつも帰ったあとって、どうしてんの？」

帰るのはいつも歩がさきだった。歩が帰ったあと、わっくんはどうしているのか。

「遊んでるし」

「どこで？」

「ここ」

「ここで、ずっと？」

――こんな、家もない森の奥で……？

「あむ。また、明日。約束だし！」

わっくんは笑顔で歩を見送るのだった。

ファームサイドマート田菜《たな》屋に寄ると、阪倉《さかくら》の原チャリが置いてあった。親に原チャリの鍵《かぎ》を隠されたらしいと美紀《みき》がメールでいっていたが、どうやら取りかえせたらしい。

店からコンビニ袋を下げた阪倉が出てきた。

歩は顔をそむけてクロスバイクから降りた。

「おまえさ——最近、どうしてんの？　毎日、啼沢《なきさわ》川の上のほう、行ってんだって？」

「だったら、なに？」

「なんか隠してね？」

といった阪倉を無視して、店に入ろうとすると、

「逢沢《あいざわ》」

阪倉が、呼んだ。

「初めて名前呼ばれた」

「いや、そこはいいから……で、どうなのよ」

「別に……てか、隠すとかじゃなくて、いわなくてもいいことだと思うけど」

——阪倉はオカカ婆《ばばあ》を追ってはいる。だが、わっくんとは関係ない。

「いや。そりゃアレだ」

「どれ？」

「須河原《すかわら》に嘘《うそ》ついた。おれにも嘘つかれんの気分悪い」

「嘘なんてついてない。啼沢《なきざわ》川の上流に河童《かっぱ》はいない。いないと思う。オカカ婆《ばばあ》は一度見た。そんだけ。ほかにはなにもない」

「……嘘くさい」

「そう思うんなら、それでいいよ」

歩《あゆむ》はクロスバイクに跨《また》って、走りさった。

須河原晶《あきら》にインタビューされたとき、もし歩がエメランで奇妙《きみょう》な光を見たことを認めていれば、亮介《りょうすけ》の主張の共謀《きょうぼう》者になってしまう。歩は、オカカ婆が河童と戦ったとも、幽霊《ゆうれい》騒ぎを起こしているとも思っていない。だから「そんなものは見ていない」といった。嘘ではない。

阪倉につきまとわれそうだったので、歩は店にはいるのをやめた。


家に帰った歩は、机にノートを広げて、考えをまとめようと、田菜《たな》で出会ったものをノートに書きつづっていた。

『わっくん』『どっしる』『しっしん』『頭屋《とうや》の森』『ミク』『美紀《みき》』『オカカ婆』『河童』『阪倉《さかくら》』『へいごろう』――などの文字を丸で囲って、相関図のように線で結んでいく。

「……だから、なに？」

つぶやいて天井《てんじょう》を仰《あお》いだ。さっぱりわからない。田菜の夏は奇妙で謎《なぞ》だらけ。最後に『歩』と書きこんだ。

いちばんわからないことは、昔、田菜を訪れたときの歩自身のことだ。

夜になって降りだした雨のなかで、わっくんはどうしているのだろう。まさか今も、森で冷たい雨に打たれながら、あの〝光〟たちと遊んでいるのだろうか。わっくんは、いったい何者か。誰が、それを知っているというのか。歩は直面していた。わっくんと歩の、今は夢のなかに沈んだ過去を。それは歩とかかわりのあることだから。無視はできなかった。それがわからなければ田菜という灰色の地下迷宮《ダンジョン》に〝終わり〟は訪れないのだ。そんな気がした。

2

翌日も雨は降りつづいていた。稀代《きしろ》に呼ばれて階段を下りると、診療室に行くようにうながされた。怪訝《けげん》に思いながら歩が診療室に行くと、診察台の上には流行《はや》りの小型犬がちょこんと座っていた。そのかたわらで飼《か》い主が笑みを浮かべている。

「あ、ごめん。フィラリアの薬もらいにきてて。呼んでもらっちゃった」

海野潮音《うんのしおね》だった。歩が返事に困って、というか、返事をする気もなく黙って立っていると、

「タルト。可愛《かわい》いでしょ……犬、嫌い？」

「そんなことないけど……なんか用？」

「用事がなかったら、会っちゃダメ？」

海野《うんの》は悪びれもせずいった。ダメなわけじゃない。でも用事がなければ話すことはない。呼びだしたのは相手なのに、歩《あゆむ》が、話題がないことで気まずくなることは、迷惑だ。

「海野さん——」

受付から呼んだ稀代《きしろ》の声が、歩には助け舟に思えた。

「ちょっと、ここ持っててもらえる？」

海野はキャリングケースの蓋《ふた》を示した。歩がいわれるままに蓋を押さえると、海野はケースのなかにチワワ——タルトを押しこんで蓋を閉めた。そのとき潮音の指先が歩の手にふれた。歩はびくっとして手をひいた。海野は、ところがその手をやんわりと押さえて、ファンシーなメモ用紙を握らせた。それを渡すつもりで来たらしい。フィラリアの薬が、ついで。

「あとで、見て」

海野はキャリングケースを下げて診療室を出ていった。

メモ用紙には、丸っこい字で携帯電話の番号とメールアドレスが書いてあった。

稀代と海野の話し声が聞こえて、やがて家の前から走りさる車のエンジン音がした。稀代が受付から診療室に戻ってくる気配がして、歩はとっさに海野のメモ用紙を握りつぶした。

「おまえ、いつもあんな調子なのか？」入ってくるなり、稀代はあきれたようにいった。「愛想《あいそ》がないというか、不器用というか……端《はた》で聞いててハラハラする」

「興味ないから」

いろんな意味でいった。海野に興味はない。わざわざ口実を作ってまで人と会ったり、メルアドを配りまくって、寝る前にメールの返信に追われるようなムダなつきあいにも。ただでさえ人づきあいは疲れるのに、わざわざペースがあわない相手に近づく必要を感じない。

歩が、昨日ノートに書いた相関図のなかに、海野潮音《しおね》の名前はないのだから。


雨が弱まったのを見はからって家を出たつもりだったが、数分もしないうちに激しい雨になった。稲光が走り、雷鳴が響く。歩はずぶ濡《ぬ》れになりながらファームサイドマート田菜《たな》屋の店先に駆《か》けこんで雨宿りをした。

今日も、啼沢《なきざわ》川の上流に行くつもりだったが、この雨ではとても無理だ。

しばらく店の前で立ちつくしていると、

「なか、入りなさい」

藤堂麻子《とうどうあさこ》が出てきて、歩にいった。歩は黙って頷《うなず》くと店に入った。

乾いたタオルを貸してもらって、髪《かみ》の毛をぐしゃぐしゃと拭《ふ》く。

「こんな雨んなか、どうした?」

麻子が苦笑混じりにいった。

「出たときは、ちょっと小降りになってたから……」

「やむの待てなかった？」

タオルで髪《かみ》を拭《ふ》く手を止めた。……待てなかった。今日も、わっくんは啼沢川《なきざわ》の上流で歩《あゆむ》を待っている気がしたから。この雨のなか、ポンチョとゴム長靴を履《は》いて。

「がんばりすぎは、結局、終わりを早めるだけかもしれないね」

「……そんなんじゃない」

麻子《あさこ》に答えながら、しかし歩は、早く終わらせたいのかもしれないと思った。新しい場所に身を置いても、新しい出会いがあっても、結局、人とかかわれば辛《つら》い傷を増やすだけだから。横浜の家でひきこもっていれば――少なくとも、新たに歩を傷つける相手は現れないだろう。

「うん……行きたいのならいいけど、それが義務になっちゃうとダメだよね」

麻子は店の奥にひっこんでしまった。その背中を見送って、ふと窓に視線を戻すと、ガラス越しに、叩《たた》きつける雨のなか、雨ガッパの阪倉《さかくら》が原チャリに跨《また》がって歩を見ていた。

「…………」

――がんばりすぎ。

轟音《ごうおん》がふるえ、遠くない場所に雷が落ちた。歩は阪倉を無視して携帯電話を取った。

「父さん……雨、ひどくて。手が空いてたら迎えにきてほしいんだけど……」

空を、黒い雷雲が川のように流れていく。北の山へ。原生林へ。

——約束はしたけど……。

今日も遊ぶ約束はしたけど。この激しい雨では、わっくんも、いつもの場所に来てはいないだろう。雨の日は、子供はおうちで遊ぶのだから。

3

夜半《やはん》まで降りつづいた雨がようやく上がった翌日、歩は啼沢川の上流にむかった。

いつもの橋に着いて、あたりを見まわした。

雨上がりの澄んだ空気のなか、川辺ではセキレイが水浴びをしている。

わっくんはいない。

わっくんが作っていた石の堤防は、雨で、水量の増した川にすっかり流されてしまっていた。

近くの森も捜《さが》してみたが、わっくんはどこにもいなかった。

奇妙《きみよう》な——胸騒ぎがした。

4

歩は、わっくんと会えなくなった。

翌日、歩《あゆむ》は、盆地《ぼんち》の北にあるお寺で美玖《みく》と出会った。美玖はよく寺で遊んでいるらしいと、美紀《みき》に聞いていた。

「手伝え」

「なにを？」

「見てわかんない？」

美玖は、お墓に供《そな》えられた枯《か》れた花を片づけていた。歩はやむなく墓地の掃除をはじめた。

「どんな感じ？」

「ここ、日陰ないし、暑いな」

歩は答えた。墓地は山の南斜面に設けられている。日あたりは抜群だ。

「ほほぉ、なるほど――って、ちがうだろ。わっくんのこと！」

「どこまで知ってるんだ？」

歩は質問を質問で返した。美玖とわっくんの関係について、はっきりと訊《き》いていなかったので、よい機会だと思った。

「……会えなくなっちゃったんだな」

美玖の言葉は正しかったが、歩の質問の答えにはなっていなかった。

「……どう思う」

「わっくん、待ってた時間が長すぎたんだ……歩と会う前も、会ってからも」

「で？」

「あたしが訊《き》いてるんだってば。どんな感じだよ」

「おとといは雨で行けなかった。昨日、行ったらいなかった。なんだか取りかえしのつかないことしたような気がした。どうしようと思いながら、どっかで、ほっとしてる自分もいた……」

もう、わっくんと遊ぶために啼沢《なきざわ》川の上流には行かなくてもいいのだ、と。

「おまえ、いいやつだな」

「そんなんじゃない」

「歩は、なんで、そんな一所懸命《いっしょけんめい》になった？」

歩自身にもよくわかんない。自分は、この田菜《たな》で、なにをしたいのか。なぜ、わっくんとかかわろうとするのか。むきあおうとするのか。

――いいや、ぼくはなにも期待していない。

ほんとうに……？

初めからそう思っておけば、あとで、なにがあっても傷つくことがないからではないか。

「待ってたわっくんは……ぼくと、同じだったから……」

――ひとりぼっちだったから。つぶやいた歩の背を、美玖が突然、思いきり叩《たた》いた。

「歩はだいじょうぶだ。みんな見てるから」

「……みんなって？」

　本気で痛かったので、顔をしかめていうと、

「みんなはみんな！」

　そのとき、歩《あゆむ》と美玖《みく》のあいだを風が吹きぬけて、髪《かみ》をゆらした。

　なにかが目の前を通ったような気配に戸惑いながら、歩は、風の吹きぬけた盆地《ぼんち》の中央の方向――頭屋《とうや》の森を見やった。

「頭屋の森には……誰か、住んでるの？」

　歩は、ふとつぶやいた。

「あそこに人は住んでない」

「家は、あったよね……いつから人が住まなくなったの？」

　歩は、頭屋の森の廃屋《はいおく》を思いうかべた。もしかすると――わっくんは、あそこの家の子ではなかったろうかと、なぜか思いついた。

「ずっと昔だ」

「十年前は？」

「もっともっと昔から」

　無人の廃屋だったという。歩は美玖から、それ以上を聞きだすことができなかった。

家に帰った歩がクロスバイクに鍵《かぎ》をかけていると、背中から声をかけられた。

「ここの子だったのか」

覚えのある声にふりかえると、平五郎《へいごろう》がいた。歩に駆《か》けよろうとしたロクのリードをひく。

「……………」

「どうした。河童《かっぱ》に尻子玉《しりこだま》を抜かれたような顔をして」

「河童はいない」

「河童はいない。そうか……河童なんかいない、ではなく、河童はいないと明言する。おもしろいな……」

「……………」

平五郎は歩が黙っていることに満足したように目を細めて、まじまじと歩を見た。

「世界は人が考えるより、遙《はる》かに豊かで、複雑で、そして——もろい」

「おじさん……霊感《れいかん》が強いとか、そういうの？」

「霊感とは、そもそも感じだな。印象とか雰囲気とか。そんな曖昧《あいまい》なものに興味はない——事象の収集と分析。そして考える」

平五郎は独り言のようにいった。

「……………」

「起こってしまったこと、起こること、すべてのことには意味がある。すべては必要なプロセスなんだ——と、爺《じい》さんはそう思う」
平五郎《へいごろう》は、そういって動物病院に入っていった。ロクはおとなしくついていった。

・
夕食のあと片づけをしながら、歩《あゆむ》はダイニングで座っている稀代《きしろ》にいった。

「今日、平五郎さん、来たよね」

「来たよ」

「前、いろんな噂《うわさ》があるっていってたでしょ」歩は洗い物をする手を止めて、平五郎のことを尋ねた。「なんか最近、ロクになつかれちゃって。時々、話すこともあるから」

「噂は噂だ」

「うん……」

稀代が飲んでいた麦茶のコップを持って、キッチンにいる歩の横にきた。

「三パターンくらいかな……元大学教授。ある作家。流れ者」

「流れ者って……」

「ここにくる前がわからないから、そう考えることで、わかったつもりで安心できるだろ」

月読《つくよみ》天文台なんていう変な名前の、変な形の家に住んでいるよそ者は、そういった偏屈《へんくつ》な印象のある職業に就いていたとするのが、田菜《たな》の人々にとっては理解しやすい。平五郎は生まれながらの田菜の人間ではない。だから盆地《ぼんち》のはずれの原生林の縁《へり》に住んでいる。そこならば、よそ者が住んでいても盆地のなかに住まれるよりは安心だ。あんな建物が盆地のなかにあったら、それは異様だし、問題が起こらないとも限らない。

「父さんは、どれだと思う」

「さぁな……案外どれでもないのかも。……あ、そうだ。淳子《あつこ》……母さんが連絡欲しがってた」

「父さんと母さんって、連絡取りあってるの？」

日常的に連絡を取っているのだろうか。離婚した夫婦の心境はよくわからない。

「そりゃ、まぁ、歩がいるし。母さん、なにかと心配性《しょう》だし」

「そうか……そうなんだ」

離婚は絶交とはちがう。相手に、まったく責任を負わなくてもよくなるわけではないのだ。

――ぼくがいるから、か。

淳子、といったときの稀代の口調の奇妙《きみょう》な親しさに、歩はひどく敏感になった。

机の上で鳴った携帯電話を取ると、着信表示は『逢沢《あいざわ》淳子』――母からだとわかって、歩はわずかの間考えたあと、覚悟《かくご》を決めて電話を受けた。

『元気なの？　あの人に、伝言、頼んだのに』

母は不機嫌《ふきげん》な様子だった。

「聞いた」

『聞いたんなら、どうして連絡くれないの？』

「ごめん。いろいろあって」

『……だいじょうぶなんでしょうね』

母がため息混じりにこぼした。

「お風呂《ふろ》から出たばっかりで、まだ頭乾かしてないから、あとでかけなおしていい？」

『あ、うん……風邪《かぜ》ひかないようにね』

携帯電話を切ろうとしたとき、歩《あゆむ》は、母に確かめたいことがあったのを思いだした。

「あ、待って――変なこと聞くんだけど。母さん、こっち来たときにさ……」

『田菜《たな》？』

「うん。ポンチョ着て、ゴム長履《は》いた男の子、見たことなかった？」

歩がいうと、電話のむこうの母親は突然、笑いだした。

「……なに？」

歩が不安になって尋ねると、

『見たことあるわよ。ないわけないじゃない』

「…………！　どんな子だった？」

『とっても可愛《かわい》い子――歩、憶《おぼ》えてないの？』

「……うん」

『それ、歩だわ』

母の思いがけない言葉に、歩は声を失った。

『歩、あのころってポンチョとゴム長がお気に入りで、いつだって、その格好だったもの』

――がつん

歩はびくっとふりかえって、なにかがぶつかった窓を開けた。

夜空に、からみあうようにして飛んでいく二つの暖色の光があった。その動きは到底、螢《ほたる》とは思えない。ましてや人魂《ひとだま》のような、人の心の恐怖に訴えるような曖昧《あいまい》な印象や雰囲気もない。

UFO――まさか。

『歩……聞こえてる？　もしもし？　どうしたの？』

それは――そこに、い、た、のだ。だから窓のガラスが鳴った。

歩は呆然《ぼうぜん》と、闇《やみ》の、頭屋《とうや》の森のほうに消えた光を見送った。

※　※　※

母がスキャナでパソコンに取りこんで、携帯電話のアドレスに送ってくれた写真には、若いころの両親に挟《はさ》まれた三、四歳《さい》くらいの歩《あゆむ》が写っていた。

撮影場所は断層公園らしい。しかし歩に、当時、田菜《たな》を訪れた記憶はほとんどない。それは無論、わっくんについての記憶もだ。年齢《ねんれい》的にいってわっくんは、このときまだ生まれていないはずだ。わっくんを覚えているほうが変だった。

そして写真の歩は、確かに、わっくんと同じポンチョを着てゴム長靴を履《は》いていた。

「ぼくが……?」

——幼いころの自分が、わっくんと同じ格好をしている。そのことに意味などあるのだろうか。携帯の写真を見つめた歩は、現実の、目の前にある断層公園を見つめた。そこには昔の写真と変わらない風景が広がっている。変わったのは歩のほうだ。そして田菜は、森は、変わらず歩を待ちつづけていた。

六　世界の被膜が薄くなる

1

深山美紀《みやまみき》が部屋でくつろいでいると、電話に出ていた父の大声が聞こえてきた。

「――そりゃ消防団の仕事とは関係あんめぇ。水が枯《か》れたってんならともかく、出てきたことのなにが問題だ。あ？」

なにごとかと階段を下りて店のほうを覗《のぞ》くと、父の様子を窺《うかが》った。

「田んぼの水温が下がる……？　そんな冷たい水なんか？　……バカ！　そういうことは、ちゃんと水温計《はか》ってからいえ！」

美紀の父は乱暴に受話器を置いた。

「……どしたの？」

「観音池《かんのんいけ》の近くに湧《わ》き間《ま》ができたと」観音池は盆地《ぼんち》の南東にある沼だ。「地震で断層ができる前は、盆地のそこここに湧き水があったらしい。その一つが、どういうわけか復活したんだろ」

つまり新しく湧《わ》き水が出て、その冷たい水が田に流れ込むと、稲の生育に悪影響があるんじゃないか、という話だったらしい。美紀《みき》の父は消防団の中心的な役割を果たしていて、なにかというとあてにされていた。

「湧き間《ま》かぁ……啼沢《なきざわ》川の上のほうとかも、そうなのかな？　ほら、螢《ほたる》が大量発生してるっていうし。水がきれいじゃないとダメなんでしょ？」

知らん、と答えた美紀の父は配達の仕事に出ていった。

「ああ、そうだ……ビデオ、録画しておいてくれるか？　帰りが間にあわないと困る」

「『愛ゆえに、愛はすべてを越えて』……？」

「時間まちがえるなよ」

いつも視《み》ている昼ドラの録画予約を頼んだ美紀の父は、軽トラックで配達に出かけていった。

逢沢《あいざわ》歩《あゆむ》が観音池《かんのんいけ》に行くと、緑にかこまれた小さな沼の近くに問題の湧き間があった。人垣《ひとがき》のむこうを覗《のぞ》くと、湧きだす水が、底の小石を巻き上げている様子が見えた。

歩の携帯電話が鳴った。

着信表示は『逢沢淳子《あつこ》』——母であることを確かめて、歩はため息をついて電話を受けた。

『写真、届いた？』

開口一番、母はいった。

「……うん」

『歩、ほんとにだいじょうぶなの？　昨日はかけなおすっていうから、待ってたのに連絡ないし。気を利かせて写真送っても、返事ないし……』

「ごめん……それなりに忙しくて」

「あ、そっか……あの人から聞いた。友だちできて、毎日、家空けてるんだって？　すごいじゃん。よかったね！」

――この人は、いったいなにをよろこんで、なにを褒《ほ》めているのだろう。歩にはまったくわからなかった。歩が外をうろついていれば、不登校やひきこもりの問題も解決したと、どうして、そんなふうに自分に都合よく考えられるのだろう。外を徘徊《はいかい》していればいいというのなら、遊びまわってプチ家出でもすれば安心するのだろうか。

『どんな子？』

「どんなって……」

『まさか、彼女とか？』

歩の問題はなにも解決していない。横浜から田菜《たな》に来ても。何百キロ旅しても。一日中、田菜を走りまわっても。クロスバイクを手に入れても。ワープポイントで飛ばされたさきには別の地下迷路《ダンジョン》があるだけだ。歩の心に見える、世界は変わらず、出口はなく、答えもなく、灰色のまま、その灰色の世界のどこにも歩の居場所はなかった。そして色を帯びたふつうの人に出会えば——逃げなければ傷つけられた。歩《あゆむ》にとって人と接することは、そのたびにウィンドウがポップして、戦闘コマンドを選択しなくてはならないシビアな戦いだった。

『でも、夏休みにそっち行かして正解だったのかもね。やっぱり環境ってあるのかも。もう、母さん腹くくったから。一週間なんていわないし。気の済むまで、そっちいていい——』

いいかけた電話の母の声が、切れ切れになって、

「もしもし……？」

ついには聞こえなくなってしまう。携帯電話の画面を見ると、さっきまでは確かに三本立っていたアンテナが圏外になっていた。

歩は、通じない携帯を握りしめて立ちつくした。

店に入ってきたお得意様——稀代秋之《きしろあきゆき》を、藤堂麻子《とうどうあさこ》は笑顔で迎えた。稀代は、以前は日に一度といわず二度三度とコンビニを訪れていたものだが、近ごろぱったりと足が遠のいていた。

「ご飯を作ってくれるいい人でもできたんじゃないかと、御子柴《みこしば》さんと噂《うわさ》してました」

「いや、そういうんじゃなく……」

稀代は困ったようにはにかむと、弁当の棚のほうに歩いていった。

「冗談《じょうだん》ですよ……歩くんがご飯を作ってるんですってね。息子《むすこ》さんは？」

「なにかと忙しいらしい」

「この夏は、大変らしいですよ」

「大変なのは夏だけじゃないさ」

稀代が弁当をカウンターに置いた。麻子はレジを通すと、弁当をレンジに入れた。

「今年の夏は特別なんだって——御子柴さん、いってました」

「異常気象も日常になってしまえば、なにが特別なんだか……」

「いいえ。いろんな事が起こるって」

「……たとえば？」

稀代がいうと、麻子は、さぁ、と首をひねる。

「あの人、いっつも具体的なことは話してくれないから」

「前から不思議だったんだけど、御子柴さんって、どういう人？」

「どうもこうも、御子柴さんは——御子柴さん」

麻子がいったとき、レンジが異音を発したかと思うと、ぼんっ、と大きな爆発が起こった。

「あら？　あらあら……」

あわてた麻子がレンジの蓋《ふた》を開けた。お弁当の中身がレンジのなかに飛びちっていた。

「故障《こしょう》……かな？」

「ごめんなさい……！　同じお弁当、持ってきます」

麻子はあたふたしながら新しい弁当を取りにいった。

2

三島《みしま》の39《サンキュー》ケーブルテレビのオフィスで、須河原晶《すかわらあきら》は領収書を並べて計算機と格闘していた。アナウンサーといっても、ニュースやナレーションを読んだり、インタビューやレポートだけをしていればいいわけではない。番組の企画から編集、それに付随する業務まで。ローカルのケーブルテレビでは社内の雑用までやらされることもあった。

「よし、と」

最後の数字を入力して計算機のボタンを押した晶の表情が、まっ青になった。

うああ……と愕然《がくぜん》となってうめいていると、通りがかった堂丸《どうまる》が、丸めた台本で晶の頭をぽこんと叩《たた》いた。

「しゃきっとしろ、しゃきっと」

「だって……」

「だって、禁止」

「こんだけの領収書整理してて、最後になって数字があわなかったら脱力もするわさ……」

晶は、再び領収書の束に立ちむかおうとしたが、どうにも気力が湧《わ》いてこない。

そんな晶の様子を見ていた堂丸が、丸めた台本で肩を叩きながら、いった。

「……気持ちきりかえてこい」

「いいのっ？」

晶は堂丸を見上げた。

「あぁ……戻ったら、仕事に集中できるな？」

はい、と答えるやいなや、晶は机の下に置いた鞄《かばん》をつかんで飛びだした。

3

型紙を確認しながら、猫《ねこ》おどりの衣装に使う布を慎重《しんちょう》に裁断していた美紀《みき》は、突然耳を破った大声に、あやうくハサミを滑らせてしまいそうになった。

「くぉら～！　武雄《たけお》と千鶴《ちづる》は、どぉ～なったぁ～⁉」

階段を下りて居間を覗《のぞ》くと、配達から戻って遅めの昼ご飯を食べていたはずの父が、テレビにかじりついて叫んでいる。

「ぬぅおぉぉぉ～、映れ！」

テレビ画面にはザーっと砂嵐が吹きあれていた。昼ドラの放送時間には間にあったはずだが。

美紀の父はリモコンでチャンネルをいじり、しまいにはテレビをばんばんと叩いたが、ブラウン管には白と黒のノイズだけが走っている。

「お……お父さん……！」

カンフー映画みたいな気合いの声もろとも、美紀《みき》の父がテレビ画面を強打した。

しかし美紀の父は空手《からて》の達人ではない。殴《なぐ》った拳《こぶし》のほうが悲鳴を上げた。あわてて美紀は止めに入った。父がケガをしたら、深山《みやま》商店はたちまち立ちゆかなくなってしまう。

「今日の『愛ゆえに、愛はすべてを越えて』——どうしてくれる！」

三度のご飯より大好きな昼ドラのタイトルを叫び、美紀の父は映らぬテレビにむかって泣きわめいた。美紀は父が泣いたところを、ほんとうにひさしぶりに見た気がした。

「御子柴《みこしば》さんの都合がついたら、届けますから」

買い物カゴいっぱいの食料品や日用品をレジに通すと、藤堂麻子《とうどうあさこ》は平五郎《へいごろう》にいった。

いつもまとめ買いをしてくれるお得意様の平五郎は、支払いを済ませると麻子に配達を頼んだ。それから、ふと『故障中』と紙の貼られたレンジを見た。

「故障しちゃったんです」

お手上げのポーズ。機械は黙って壊《こわ》れるから信用なりませんな、と平五郎が小さく笑う。

店の前につないでいたロクが立ち上がる——と、飛ぶ鳥を追うように頭をめぐらせた。

そんなロクの様子を見ながら、

「世界の被膜《ひまく》は、薄くなってますか？」

麻子がいうと、平五郎は驚いた顔をした。

「…………!?」

「平五郎さん、よく口癖《くちぐせ》みたいにいってるから」

「口癖か……口癖になっちゃ、いかんな」

好々爺《こうこうや》のように笑《え》んで、平五郎は店から出ていった。

それを見送った麻子が、品物の整理をしようとレジを出たとき、

「あら……あらら？」

店の天井《てんじょう》の照明がいっせいに点滅して、ぷつりと、今度はすべての蛍光灯《けいこうとう》が消えた。

阪倉亮介《さかくらりょうすけ》が猫《ねこ》ガ辻《つじ》で原チャリをいじっていると、「ついに壊《こわ》れたか」といいながら深山美紀がやってきた。そのうしろには小型版——妹の美玖《みく》がくっついている。

「ついに、とかっていうなよ」

亮介はお手上げのポーズを取った。

「家で直せばいいのに……どれどれ」

美紀はしゃがみこむと、原チャリをしげしげと見た。亮介が「わかんの？」と訊《き》くと、「いや、わかんない」と素直に苦笑する。

「ＥＦＩとかって、どうにもなんねぇよな」

「エレクトリック・フューエル・インジェクション——電子燃料制御装置《せいぎょ》」

美紀《みき》がほぉっと感嘆の息を漏《も》らした。亮介《りようすけ》が英語をぺらっと口にしたのが意外だったのだ。

「キャブレターとかなら、なんとかなんだよ、おれでも……さっきまでふつうに走ってたのに。パタって止まって。なんの前ぶれもなしだぜ……わけわかんね」

「うちのテレビといっしょだ」

今度は美紀が「突然なぁ〜んも映らなくなった」とお手上げのポーズを取った。

「そりゃアレだ。寿命《じゅみょう》だろ」

「おととし買いかえたばっかだよ。ね」

「壊《こわ》れてない」

美玖《みく》が原チャリをさわりながらいった。

「ま、テレビなら電波とかもあるし……」

亮介がいったとき、美玖が原チャリにさしたままだったキーをひねった。

「あ、こら、勝手に——」

亮介がいうよりも早く、原チャリのエンジンが始動した。

「な？　壊れてない」

「直ってる……」

「いーえふあい？」

美紀が驚いた。

「壊れてないいんだもん。直ったとはいわない」

「でも、さっきは……」

亮介が納得いかない顔をすると、

「寝てたんじゃないか？」

美玖がいった。

「んなわけね～だろ」

「亮介じゃなくて、機械」

「あのな……機械は勝手に寝たりしないの。勝手に寝ちゃうのは故障《こしょう》なの」

「なるほど。そうともいうか」

そんな亮介と美玖のやりとりを聞いていた美紀が、ぼそっといった。

「あんたらの会話、ビミョーに変だよ」

熱《ねっ》神《かん》道路を東に走りながら、須《す》河《かわ》原《ら》晶《あきら》はクーラーを効かせた車内でラジオを聴いていた。

『なんかね、情報が錯綜《さくそう》してるっぽいんだけど、横浜市旭《あさひ》区――』

『ズーラシアのあるとこね』

男女のパーソナリティがまことしやかに噂《うわさ》話をしている。

『あ、そう？　そのへんでＵＦＯの目撃情報が、いっぱいあったんだってさ』

『錯綜《さくそう》してるってのは？』

『ちっちゃいんだって。大型の螢《ほたる》とか、人魂《ひとだま》とか、そんな感じ』

ラジオに反応した晶《あきら》は、幹線道路から出て田菜盆地《たなぼんち》に下りながら、助手席に放りだしてあるバッグからＩＣレコーダーを取りだして録音ボタンを押した。

『じゃ、大型の螢か、人魂なんじゃないの？』

『螢はきれいな川のそば。人魂は墓地でしょ。んでね、目撃されたのは団地とからしくて』

『ああ、それでわけわかんない未確認の飛んでるものだから――』

――未確認飛行物体《ＵＦＯ》、と、なつかしのヒット曲のように声を合わせていったそのとき、晶の左脇をなにかが通りすぎて髪《かみ》の毛が風にゆれた。

「!?」

反射的にブレーキを踏んだ。

エアコンの風ではない。フロントガラスからリアウィンドウへ――まるで車内を、目に見えないなにかが突きぬけたようだった。車から降りた晶は、フロントガラスを覗《のぞ》きこみ、つづいて後ろにまわってリアウィンドウをあらためた。

ガラスに異常はない。もちろん割れてもいない。

「……なに？」

声に出してつぶやき、あたりを見まわした。

夏の日差しにあぶられた田舎道《いなかみち》のアスファルトは溶けそうなほど熱く、陽炎《かげろう》が立っていた。

4

歩《あゆむ》が月読《つくよみ》天文台を訪れると、あいにく平五郎《へいごろう》は留守《るす》だった。建物のなかを窺《うかが》っていると、むこうから現れたロクが吠《ほ》えて、一直線に駆《か》けてきた。

身構えた歩だったが、ロクは意外にも歩の前におすわりして、尻尾《しっぽ》をふった。歩がおそるおそる手を伸ばすと、ロクはべろんと歩の手を舐《な》めた。

その様子を、気がつくと平五郎が目を細めて見ていた。そして——それでいい、とでもいうように頷《うなず》いた。

平五郎は買い物の帰りだったらしい。木陰に座った平五郎のそばで、歩が立ちつくしていると、平五郎は自分の脇の地面をぽんぽんと叩《たた》いた。

「なにか話すことがあって、来たんじゃないのか?」

「…………」

歩は、おずおずと平五郎の隣に腰を下ろした。歩が座ろうとした場所から、足のたくさんある虫が這《は》いだして逃げた。

「ここの上の山だって、昔は入っちゃいけなかったんだ」平五郎《へいごろう》がぼそりといった。「今は、誰でも入れる」

そういった平五郎の言葉のつづきを、歩《あゆむ》が待っていると、

「聖《せい》と俗。日常と非日常――昔は、そういうもんの境界は、きっちりと守られていたもんだがな……」

「頭屋《とうや》の森とか、啼沢《なきざわ》川の上のほうは、行っちゃいけない場所なの？」

「どうかな……どう思う？」

「……わかんない」

「考えろ」

平五郎は、稀代《きしろ》――父のようなことをいった。

「……入っちゃだめ、行っちゃダメっていわれても、ダメな理由がわかんない。聖と俗、とか、日常と非日常とかも、ぼくにはよくわかんない」

歩がいうと、平五郎は首の手ぬぐいで汗《あせ》を拭《ふ》いた。

「そういうものの境界がゆれる。だから世界の被膜《ひまく》が薄くなる。薄くなるから、本来、別の領域にあるはずのものが、わたしたちの世界に顔を出す――そういうことだと、爺《じい》さんは思う」

「それは……いいことなの？　いけないことなの？」

「いい、悪いじゃなく――そういうもんなんだ」

「…………」

それでは、わっくんは……

「稀代くん、か？」

「逢沢《あいざわ》」

歩がぼそっと答えると、平五郎は頷《うなず》いた。

「田菜《ここ》はな……ふしぎな場所だ。もともと被膜が薄かったというかな。あんた、被膜のむこう――境界を越えたなにかとかかわってしまったんだろう……」

「…………」

「逃げるな。最後までかかわりぬけ。全力でだ――後悔したくなかったら、そうしろ……今、爺さんにいえるのは、それだけだ」

それだけいって、平五郎は家に入っていった。

「かかわりぬけ――ったって……」

わっくんはいなくなってしまったのだ。

歩は、どうすればよいのか、ずっとわからないままだった。

5

海野潮音《うんのしおね》が公衆電話のポールに犬のリードを結んで、セブンイレブンでもローソンでもファミリーマートでもないコンビニに入ると、店員の藤堂麻子《とうどうあさこ》がなれなれしく声をかけてきた。

「歩いてきたの?」

——そんなの、あんたに関係ないじゃん。

いちいち人づきあいをしないとお菓子《かし》一つ買えないところが「腐《くさ》ったような」田舎《いなか》臭い感じだというのだ。『ファームサイドマート田菜《たな》屋』という名前のセンスも耳を疑う。牛舎《ぎゅうしゃ》のそばにある家畜臭いコンビニなんて、ありえない。

「タルトの散歩もあるし、運動しないと」

「えらいね~」

「ねぇ……なんで、電気暗いの?」

潮音は麻子にいった。店の蛍光灯《けいこうとう》が半分くらいしかつけられていない。

「なんか、いっぺんに切れちゃって。予備が足りなくて。お店の売り物まで使っちゃった」

「ふぅん」

潮音はお菓子をレジに置いた。麻子がレジに通す。

「一万五千四百円……あらら？」

「？」

バーコードリーダーを通されたお菓子が、とんでもない値段をはじきだした。

「故障《こしょう》……レジも？」

麻子はすっかり困った様子で、ともかくひきだしから電卓を出して、計算しなおした。潮音は息をついて、支払いを済ませた。

——ボロい店……。

小声でけちをつけながら店を出た。こんなコンビニでも、なくなると困るのが辛《つら》いところだ。

潮音は公衆電話につないでいた犬のリードをはずした。

「行こっか」

タルトにほほえみかける。可愛《かわい》いチワワはうれしそうに尻尾《しっぽ》をふった。潮音に逆らわないのはタルトだけだ。おとなしくいうとおりにして、思いどおりになるのはタルトだけ。

潮音は携帯電話を取りだした。

『タク』

アドレス帳から鏑木拓馬《かぶらきたくま》の番号を選んだ。

——なんで、ためらってるの。

潮音は、気がつくと拓馬に電話することを躊躇《ちゅうちょ》していた自分自身につぶやいた。

潮音《しおね》は、拓馬《たくま》とつきあっているのだから、電話したってなにもおかしくない。ただ——そうだ。拓馬はあまり電話で話すのが得意じゃないから。電話は用事を伝えるものだと考えているタイプ。そのへんが古風なだけ。もう少し自分のことを、潮音にも打ちあけて欲しいとは思うけれど。それは、そのうち……そう、これからもっともっとなかよくなればいい。拓馬はシャイなのだ。そのことは知っていた。だから潮音が積極的になればいい。それでバランスがいいくらいだ。きっとうまくいく。今日の星占《うらな》いは悪くなかった。

潮音は歩きながら拓馬に電話をかけた。コール音がくりかえす。

『もしもし』

「あ、もしもし——今、へーき?」

甘《あま》えた声でいった。

『……なに?』

ほら、電話は用事を伝えるものだと思っている。そういう堅いところも、きらいじゃない。

「んと……下降りてきたから、なんとなく電話してみた」

エメラルドランドと田菜盆地《たなぼんち》は、車ならすぐだが、歩きでは少し遠い。なにしろ山道だ。下りはともかく上りはかなりきつい。でも、少し離れているくらいがいいのだ。恋は、互いの距離感を楽しむもの。あの深山美紀《みやまみき》みたいに、小さいころからずっといっしょで、お酒の配達に歩いていくような場所にいたんじゃ、距離感もなにもあったもんじゃない。

『会おうか』

「え……だって、勉強は？」

と、拓馬を気づかっているところをアピールする。

『いいよ。気晴らししたいし』

拓馬がいった。潮音は思わず顔をほころばせた。

「うん！」

『公園、行ってて』

いつもの公園で待ちあわせ。断層公園って名前はデートの待ちあわせにはありえないけど。

「うん、すぐ行く」

『じゃ、あとで……』

携帯をしまうと、潮音はタルトを抱き上げた。

「公園、行こ！」

潮音がいうと、タルトはふしぎそうに首をかしげた。

今日は、なんかいい感じだ。拓馬は機嫌《きげん》がいい。今日は、なにかあるかもしれない。

——富士山が見える、自然の豊かな場所で暮らしませんか。

「温泉権利付」「新幹線で東京まで一時間」という別荘地の売り言葉に惹かれた両親の、人生の決断にひきずられて、東京都世田谷区《せたがや》から静岡県神凪町《かんなぎ》に引越してきた海野潮音《うんのしおね》は、初め、カルチャーギャップでノイローゼになりかけた。

どんなにきれいな家でも、潮音が暮らすことになったのは「山」の上だった。バスや電車の時刻表は、いたずらで消されてしまったように空欄《くうらん》だらけ。日々の買い物にも不便するような僻地《へきち》だ。そして同級生たちは、東京とは全然ちがった。いくら寒くたって、スカートの下にジャージとかハニワみたいなのはありえない。それは要するに、みんながそうしているからそれでいいのだ。でも、潮音は田舎《いなか》に染まることを拒否した。潮音は、東京では決して目立つほうではなかったが、神凪町の中学生としてはあきらかに浮いていた。両親を恨《うら》んだ。住みなれた東京から引越したことを。自分たちの「自然の豊かな場所で暮らす」という勝手な希望のために、子供を犠牲にしたことを。

——もういい！　お父さんもお母さんも大嫌《きら》い！

ある雨の夜、もろもろの不満を爆発させて家を飛びだした潮音のことを、両親は追いかけてもこなかったのだ。

両親に潮音の気持ちを受けとめる気がないとわかったとき、潮音は醒《さ》めた。誰も潮音のことなど見ていなかった。田菜には、潮音が求めているものはなにもないことだけはわかった。

たったひとり、鏑木拓馬《かぶらきたくま》を除いては。

転校してきた潮音に、同じ田菜《たな》地区ということで気を使ってくれたのが拓馬だった。先生にいわれたからかもしれない。でも拓馬は潮音のめんどうをみてくれた。同い歳《どし》だけど年上に思えるほど、優《やさ》しく。育ちのよさは容姿と立ち居ふるまいでわかった。勉強ができて、剣道に打ちこんでいる地元のお金持ちの家の子。気がついたら好きになっていた。理由はない。拓馬を好きにならない理由なんてない。潮音は別に、東京の街によく転がってる、会話も頭も軽そうな男が好みなわけじゃない。むしろ頭は固いほう——比較的。そして鏑木拓馬はたぶん、こういう田舎でなければ出会えなかったタイプの男の子だった。

拓馬は、きっと東京の有名大学に進学するだろう。そのときは潮音も東京に戻ると、固く心に決めた。いっしょの大学は無理だけど、まわりが見て釣《つ》りあうくらいのレベルの大学には行く。そのために塾にも通っている。あと何年かの我慢《がまん》だ。

潮音にとって田菜の暮らしは、すなわち我慢の毎日だった。

タルトと断層公園の東屋《あずまや》で待っていると、猫《ねこ》ガ辻《つじ》からつづく坂道から拓馬がやってきた。

「待った？」

「全然」

潮音は首をふった。

夕暮れ空、公園には誰もいない。ふたりきり、並んで東屋に座る。拓馬はそれきり黙ってしまった。こういうところが少し困る。ムダ話がきらいなのだろうけど。

「勉強……はかどってる？」

——結局、話題はそっち方面になるのだ。いっそ勉強を教わるというのもありか。

「まあ、そこそこ……」

拓馬《たくま》は視線を伏せたまま、潮音《しおね》のほうを全然見ない。シャイなのだ。でも、潮音はいつも拓馬を見ていた。

「塾《じゅく》の帰りにさ……深山《みやま》さんに会ったよ」

潮音は先日のことを思いだしていった。

「深山に？」

拓馬がすぐに反応した。潮音は複雑な気持ちになった。もし……深山美紀《みき》が潮音のことを拓馬に話したとしたら、今のような反応をするだろうか。

「ん……バスのなかでね。猫《ねこ》おどりの衣装の買い物だってさ……笑っちゃうよね」

「そか……」

「毎年、衣装作るなんてバッカみたい」

バカを強調していうと、拓馬はとがめるような視線をくれた。

なんだか気まずい雰囲気になった。深山美紀のせいだ。

「んと……」

重たい空気を消しさる都合のよい言葉を探した。潮音は、拓馬にはっきりと告白したわけではない。とりあえず学校からいっしょに帰ったり、公園で会ったり、遊びにいったり、メールしたり……なんとなく、いっしょの時間を増やそうと努力した。初めはそうしているだけで、自分の——けなげな——行為に満足できたが、拓馬からの確かな見返りが欲しくなった。言葉でも、プレゼントでも、そのほかのことでも……なんでも。好きな人に、なにかをしてもらいたいと思うのは自然なことだと思う。潮音が、寡黙《かもく》な拓馬に対して焦《じ》れていたのは事実だった。

「つきあってるんだよね」

言葉を飾ることもせず潮音は尋ねた。本心をさらけだした。不安だった。拓馬が自分をどう思っているのか。どんな気持ちで時間をともにしているのか。好きなのか。大好きなのか。愛しているのか。拓馬は自分だけを必要としてくれているのか。潮音は拓馬の横顔を見た。腰を浮かせ、吐息《といき》がかかるほど唇《くちびる》を寄せると拓馬の横顔に口づけた。鼓動《こどう》が高鳴る。初めてのキス。自分から、そのまま強引に拓馬の顔をひきよせて、こちらをむかせて、拓馬の唇に——

「…………？」

潮音は目を見開いた。

目の前には大好きな拓馬の顔がある。でも、その目は、蛇《へび》かなにかのように冷《さ》めきっていた。潮音のしていることを、わずらわしいとでも思っているように視線を地面にそらす。

キスはした。

拓馬は、しかし潮音の想いを受けとめてはくれなかったのだ。潮音は顔をまっ赤にした。羞《しゅう》

恥《ち》と、絶望と——心臓は熱湯と氷水を交互に流しこまれたように、めちゃくちゃな鼓動を刻んだ。わけがわからなくなった。

「なんで……?」

拓馬《たくま》を突きはなして、立ちあがった。

涙で視界を曇らせながら、タルトを抱きかかえてその場から逃げだす。

東屋《あずまや》から駆《か》けだした潮音《しおね》のことを——拓馬は、追いかけてもこなかったのだから。

どこをどう走ったのかは、よく覚えていない。気がつくと潮音は、ひとけのないエメラルドランドの造成地の道を、とぼとぼと歩いていた。

暗い夕闇《ゆうやみ》があたりを染めていた。潮音が住んでいる別荘地の家は絶望の山の上に建っているようだ。東京からは遠く離れ、かといって地元に根を下ろしはしない。人が楽しむために余暇《よか》をすごす別荘地に、なぜ潮音は、辛《つら》い思いを我慢《がまん》しながら一年中住みつづけなくてはならないのか。山を睨《にら》んだ。写真のように美しい富士山を破ってしまいたいと呪《のろ》った。

すすり泣きながら歩いている潮音を、小さなタルトがてくてく一所懸命《いっしょけんめい》に追ってくる。

そのタルトが、急に吠《ほ》えはじめた。あまり吠えない子なのに——潮音は奇妙《きみょう》に思った。立ちどまってタルトをふりかえった直後、潮音はすくみ上がった。

――――ぽうっ

タルトが吠《ほ》える。〝光〟に吠える。バレーボールくらいの大きさの暖色の光は、ふわふわと夜の闇《やみ》をただよって目の前で浮かんだ。怖気《おぞけ》をふるった。潮音《しおね》はタルトを抱きかかえると、駆《か》けだした。

しかし暖色の光は目の前にまわりこんで潮音を押しとどめる。

「なによぉ……」

悲鳴のような言葉を漏《も》らした。光は、潮音の様子を窺《うかが》うように、まわりをただよう。うなる飼《か》い犬をなだめようとした潮音は、そのとき思いがけないものを見た。

「え……!?」

タルトの目に映りこんだ光が、なにかの形をなしていた。それは潮音が、これまでに見たことのあるどんなものにも似ていない。丸っこいなにかのオブジェのような。強いていえば――前にちょっと流行《はや》った、動物を模した機械のペットにも似ていた。ただ、それはまちがいなく潮音の目の前にいて、浮かんでいて、タルトの目には映っているが、潮音の目にはただの光としてしか見えていないのだ。

声もなく光を仰《あお》いでいると、それはやがて高く――高く昇って、やがて輝きはじめた星にまぎれて、わからなくなってしまった。

「今のって……」

——エメランの幽霊《ゆうれい》……？

光が失《う》せてから、しばらく呆然《ぼうぜん》と星空を仰いでいた潮音は、しだいに恐怖が増してきた。とにかくその場を離れようと、タルトを抱いたまま家に駆けだした。

6

歩《あゆむ》がミネラルウォーターのボトルをレジに置くと、藤堂麻子《とうどうあさこ》がそれをレジに通した。

「袋、いる？」

「このままでいい」

ポケットから小銭を出したとき、なにかの紙片がいっしょに出てきた。ウサギのキャラが印刷された、くしゃくしゃのメモ。いつだか海野《うんの》潮音に渡された携帯電話とメアドのメモだ。

店から出た歩は、そのメモをレシートといっしょにゴミ箱に捨てた。

「…………？」

「ちと、つきあえ」

暮れかけた店の外には、原チャリに乗った阪倉《さかくら》亮介《りょうすけ》が待ちかまえていた。

「なんで？」

「気になんだよ。また川の上のほう、行ってきたんか？」

「…………」

歩《あゆむ》が黙っていると、阪倉《さかくら》はくしゃくしゃと頭を掻《か》いた。

「逢沢《あいざわ》さ」阪倉は慎重《しんちょう》に言葉を選んでいた。「なんか……なんだかよくわかんねぇけど……全部、自分が悪いみたいに思ってねぇ？」

歩は表情をこわばらせた。わっくんがいなくなったのは、歩が約束を破って遊びに行かなかったからだと。確かに、歩はそう考えていた。だから自分がなんとかしなくちゃいけなかった。でも、なにをどうすればいいのかわからない。それ以前に、なにをしたいのかがわからない。

「とりあえず、移動しねぇ？」

阪倉がいった。店のなかから麻子《あさこ》がこちらを窺《うかが》っている。

歩は、原チャリのあとについて小学校に移動した。

「話してみ」

雲悌《うんてい》にぶら下がった阪倉が、歩にいった。歩は校舎を眺めた。もしも自分が父にひきとられていたら、この小学校に通っていたかもしれないのだと考えると、ふしぎな気分になった。

「……話したって、信じないよ」

「それ決めんのは、おれだろ。話聞いたおれが信じるかどうか決めんだ。だから、まず話せ」

阪倉は雲悌から飛び下りた。

「……わっくん」

「河童《かっぱ》?」

「ちがう、わっくん」

「あ……そういえば美玖《みく》がいってたっけな。あと、どうっふるん、とか」

阪倉は、前に三人でエメランの〝光〟を見たときのことを思いだして、いった。

あのとき、あの暖色の光を、阪倉はエメランの幽霊《ゆうれい》だと思い、歩は、その前日に啼沢川《なきざわ》で見ていた〝光〟だと思い、美玖は「どっしる」と「しっしん」だと捉《とら》えた。

「どっしる、と、しっしん?」

「うん。そんな」

亮介が頷《うなず》く。

「そういや、あんとき、きみもいたんだっけ」

「そうだよ……だから、もう全部、話してみろって」

阪倉は笑顔を見せた。

歩はおおまかに、これまで啼沢川の上流であったことを阪倉に話した。わっくんという男の子と出会ったこと。いっしょに遊んだこと。雨の日に、約束を破って遊びにいけなかったこと。

「――てぇと、なに？　わっくんとの約束守れなかったから、こうなってると?」

阪倉《さかくら》は、いろんな意味で「こうなってる」といった。だから今年の夏は変——だと。

「そんなこと、あると思う？」

「オカカ婆《ばばあ》もからんでるみたいだしなぁ……」

阪倉は姿を見せはじめた星空を仰《あお》いだ。

「結局、そこか……」

——訂正。阪倉は〝光〟を「オカカ婆が起こしたエメランの幽霊《ゆうれい》」だと思っている。

「ポンチョ着て、ゴム長履《は》いたわっくんは、十年前の逢沢《あいざわ》と同じかっこで……あれ？」阪倉が
ふと、なにかひっかかったように考えこんだ。「あ——思いだした」

阪倉はそういって、まじまじと歩《あゆむ》を見た。

「なに？」

「あれ、逢沢だ……おれたち十年くらい前に会ってるわ」

「え？」

阪倉の言葉に、歩は耳を疑った。

「おまえさ……頭屋《とうや》の森に入ろうとしてたんだよ、それで……」

頭屋の森という言葉に歩は強く反応した。

わっくんと、ポンチョとゴム長靴、幼い歩、そして頭屋の森が——一本の線でつながった。

※　※　※

幼い歩がいる。

そして、幼い阪倉がいた。

今と変わらぬ田菜《たな》の、頭屋の森の入り口で、幼い歩は、やはり幼い阪倉に腕をつかまれていた。阪倉がなにかをいっている。歩は阪倉の剣幕《けんまく》にたじろぎながら、それでも必死に反論していた。歩は頭屋の森のなかに入りたかった。理由は覚えていない。言葉の記憶はすっかり劣化《れっか》して、欠けおちていた。テレビの音量をゼロにしたような無声の記憶のなかで、なぜか蟬《せみ》の鳴き声だけが耳にこびりついていた。

とうとう阪倉が、いうことをきかない歩を頭屋の森の前からひきずりだした。

歩は転んだ。子供のころから阪倉は体が大きくて、歩は小さくて痩《や》せっぽちだった。

そして、たぶん——歩は泣いた。

ゴム長靴にポンチョを着た歩は……それは転んだ痛みではなかったような気がした。

＊

「思いだしたか?」

そして——阪倉《さかくら》がいった。

すっかり日も暮れた田菜《たな》小学校の校庭で、歩《あゆむ》と阪倉は、お互いの過去の記憶が重なるのを確かめあった。

「……なんとなく」

これは再会だった。歩は十年ぶりに田菜を訪れて、今、記憶のなかで阪倉と再会したのだ。

「逢沢《あいざわ》、あんとき、なんであんな必死だったんだ?」

阪倉の問いかけに、歩は答えることができなかった。なぜなら——

「ぼくは、それを思いださなくちゃいけないのかもしれない」

七　三度めの約束の夜

1

「そうか！」

縁側にいる妹の美玖《みく》の声が聞こえた。

お風呂《ふろ》上がり、パジャマに着がえた美紀《みき》が縁側をそっと窺《うかが》うと、美玖が、誰もいない夜空にむかって話しかけていた。

「こんばんは！」

ぺこりとあいさつをする。

美玖は、変わった子だ。

二年前に行方《ゆくえ》不明――神隠し――になってから、美玖の言動は少しずつ「常識」からはずれていった。見えないものが見えるように。見えない相手とお話をするようになった。まるで、そこに美玖だけが見ることのできるなにか、たとえば幽霊《ゆうれい》のお友達でもいるように。

　そうした美玖《みく》の奇行を、両親は、すべての理由を美玖が「まだ子供だから」だと思いこむことで、納得してしまっている。ひとりで、おしゃべりごっこをしているのだと。妄想《もうそう》のなかの相手と話をしているのだと。美紀《みき》も、初めはそう思っていた。二年前の神隠し騒動以来、ぬいぐるみを手放さなくなったのも子供だからだと。あれと同じ——スヌーピーに出てくるライナスの毛布。学校をさぼって放浪癖《へき》がついたことには、親や先生ともども困ってはいたが。それも結局、盆地《ぼんち》から出てしまうようなことはなかったので、深刻な問題にはなっていない。

「うん……わかった。ちゃんと伝える」

　美玖が見えないものにいった。その視線が、夜空を仰《あお》ぐ。まるで飛びさっていくなにかを見送るように。

「美玖……まだ起きてたの？」美紀は妹に話しかけた。「開けとくと、蚊《か》が入るよ」

「ん、もうちょっと」

　美玖が夜空に目を戻す。

「なにか見える？」

　美紀は妹のかたわらに座った。

　いつもと変わらぬ、田菜《たな》の、星を鏤《ちりば》めた夜空があった。

「誰と話してたの？」

「どっしる」

「誰？」

「どっしるはどっしる」

「宇宙人？」

美紀が他愛《たわい》のないことをいうと、

「んなわきゃ～ない」

美玖はふっとバカにするように姉を笑って、ぬいぐるみを抱えて部屋に入っていった。美紀は、この妹の頭には、もしかして宇宙人のチップが埋めこまれているんじゃないかと訝《いぶか》った。

＊

翌日、あらためて会う約束をした歩《あゆむ》と阪倉《さかくら》は、クロスバイクと原チャリを止めて、啼沢川《なきさわがわ》の土手《どて》に座っていた。

「ムダだと思うよ」

川縁《かわべり》に足を投げ出した歩は、川面《かわも》をぼうっと見ながらいった。

「ムダとか、簡単にいうな。おまえといっしょにいれば、オカカ婆《ばばあ》と会える確率はまちがいなく、上がる！」

昨日、歩と阪倉は再会した。それが再会だったことに気づいた。思いだした。ずっと昔、出会っていたことを。それは確かに劇的なつながりではあった。

——でも、河童《かっぱ》はいない。

この田菜《たな》で確かに歩《あゆむ》が見たのものは、オカカ婆《ばばあ》という猫《ねこ》であり、わっくんであり、謎《なぞ》の暖色の光の群——「どっしる」や「しっしん」。それらのものだ。いっぽう阪倉《さかくら》の目的は、河童だ。歩は、その期待には応《こた》えられないし、つきあう気もない。勝手に猫《ねこ》でもなんでも捜《さが》せばいい。

「わっくん……だったよな。その、ポンチョにゴム長靴の子供。そいつを見つければオカカ婆にもきっと……」

それは順序が逆だろう。歩と阪倉は、追っているもの——過去の自分の記憶——は同じようでいて、求めているものはちがう。阪倉は河童を。歩はわっくんを。そしてわっくんは……どことなく、あの暖色の光と同じで、平五郎《へいごろう》の言葉を借りれば世界の被膜《ひまく》のむこう側から現れる

——


「逢沢《あいざわ》歩っ！」

そこに、カエルのぬいぐるみを抱いた美玖《みく》が土手《どて》を滑《すべ》るように下りてきた。

「なんだ……おまえもいっしょか」

美玖は阪倉をしかめっ面で見た。阪倉が「も」扱いに対して不満の声を上げたが、美玖は阪倉を無視して、歩の横にちょこんと座った。

歩は美玖に、わっくんのことを尋ねようとした。わっくんと歩の関係の、なにを知っている

のか。阪倉の前で、なんときりだしたらいいのかを考えていると、

「亮介《りようすけ》、じゃま！」

美玖が阪倉をさらにジト目で睨《にら》んだ。

「なっ⁉　おまえら、いったい――」

「ちょっと話があるだけだ」

「だってよ、おまえら妙《みよう》に仲よくない？」

「いっしょにいれば、仲いいってもんでもないだろ？」

「おれらは仲いいもん」

阪倉が歩を見た。

「そうでもない」

「逢沢ぁ……そりゃ、ないだろ～」

阪倉がしおらしい声を出した。

そのとき、川沿いの道を近づいてくる一台の車があった。

「あれ……須河原《すかわら》晶《あきら》？」

阪倉が声を上げた。それはあのケーブルテレビの女子アナの車だった。

「ぼく、逃げるね」

「あ、うん……よし」

歩《あゆむ》が立つと、阪倉《さかくら》もつられて立ち上がる。土手《どて》を上がってクロスバイクと原チャリに跨《また》った。

「ちょっと、待って！　待ちなさいって！　なんで逃げる？」

車から叫んだ須河原晶《すかわらあきら》の脇をすりぬけて、歩と亮介《りょうすけ》は、美玖《みく》を残してめいめい逃げだした。

2

海野潮音《うんのしおね》は、自分の部屋のベッドで膝《ひざ》を抱えて顔を埋《うず》めていた。

昨日——あれから拓馬《たくま》からの連絡はない。携帯電話は鳴らない。そして潮音は、部屋にこもりきっていた。昨日の夜からなにも食べていない。喉《のど》を通らない。親はふたりで買い物に出かけてしまった。誰も、潮音のことなど見ていない。こんなに辛《つら》いのに。

携帯電話を睨《にら》みつけた。

そのむこうには、いつでも拓馬がいる。いるはず、なのに——

「なんで」

なぜ拓馬は自分を受けいれてくれなかったのか。なんだってできるのに。初めてのキスもあげた。拓馬が求めるならそれ以上のことも受けいれるつもりだった。

——わたしは、こんなにがんばってるのに。

拓馬が好きだから。大好きだから。拓馬のためにできること、いつも考えているのに。わたしは拓馬のために生きているのに。なのになぜ拓馬はわたしのほうをむいてくれないのか。

──なんで、誰も、わたしの気持ちをわかってくれないの。

なぜ、なにもかもがうまくいかないのか。

部屋のドアがキィと音を立てて、ゆっくりと開いた。

ドアのむこうには誰もいるはずがない。家にいるのは潮音ひとりだ。では風か……窓は開けていない。タルトは尻尾《しっぽ》をふって潮音を見上げている。

「タルト……おいで」

潮音がシーツをぽんと叩《たた》くと、タルトは小さな体でベッドに跳《と》び上がった。よしよしと頭を撫《な》でる。潮音の気持ちをわかってくれるのはタルトだけだ。どうしてタルトとはお話ができないのだろう。

「タク、どうしてるかな……わたしから電話したほうがいいのかな……」

考えていたら涙があふれはじめた。

どうしたら、この辛い気持ちは溶けてなくなるのだろう。ほかの人を好きになるという選択肢《し》はありえなかった。この腐《くさ》ったような田舎《いなか》に住んでいるかぎり、潮音には拓馬しかいない。

潮音は親の身勝手な都合で、こんな田舎に住んでいる。我慢《がまん》しているのだから、いつか潮音は報《むく》われなくてはならなかった。大学に行ったら東京で拓馬と暮らすのだ。それはあたりまえのごほうびだ。潮音は、今、こんなに辛い思いをしているのだから。拓馬のためにがんばっているのだから。がんばった子はかならず報《むく》われるのだ。

「……どうしたらいいのか、わかんないよ」

ため息混じりにいって、タルトを抱いて寝転がる。瞳を覗《のぞ》きこむ。昨日見た〝光〟を思いだした。電球のような謎《なぞ》の暖色の光。タルトの瞳のなかに映っていた光の実体――正体……。

突然、携帯電話が鳴った。着信表示は見知らぬ番号だった。

「もしもし……？」

『突然、ごめんねぇ――今、平気？』

やけにハイテンションな声が聞こえた。

「……全然。ちょっと退屈してたとこだったし。いいタイミングでオッケーです」

潮音《しおね》は空元気《から》を出していった。

『窓の外、見て』

電話の声にいわれるまま窓の外を見ると、家の前に軽自動車が停まっていた。そして若い女――「濁《にご》りません」の須河原晶《すかわらあきら》が、携帯電話を耳にあてながらこちらに手をふっていた。

一方、須河原晶から逃げた歩《あゆむ》は、しばらくして啼沢川《なきざわ》の川原に戻ったが、そこには誰もいなかった。なにかを歩にいいたげだった美玖《みく》のことが気がかりで捜《さが》していると、お寺の石段のところで美玖を見つけた。

「どこまで知ってるんだ？」歩は寺の石段に腰かけて、美玖にいった。「わっくん、どっしる、しっしん。それと……ぼくのこと」

「あんまし知らない。わっくんとは一回、遊んだきりだし」

美玖はおたまじゃくしのぬいぐるみを抱いて、答えた。

「いつ？」

「二年前」

「……神隠し？」

「美紀姉《みきね》ぇに聞いたのか」美玖は、大人《おとな》びた苦笑いを浮かべた。「遊んでただけなんだけどな」

あまり多くを語ろうとしない。いいたくないのか、覚えていないのか。

「あれ……？　でも、神隠しにあったのって頭屋《とうや》の森でだって……ってことは、わっくん、あそこにいたのか？」

美紀は、美玖は半日ほど行方《ゆくえ》不明になったあと、頭屋の森で発見されたといっていた。

「いた。いたけど、その日のうちに川の上のほう帰って、それから会ってない」

美玖はぴょこっと石段から飛び下りた。

歩は、美玖と初めて会ったときの言葉をなぞった。

——ああ、そうだったんだぁ！

おたまじゃくしのぬいぐるみを見つめていた美玖は、大きな声でいった。

――じゃあ、ようこそじゃなくて、お帰りなさいなんだね……歩《あゆむ》！

美玖《みく》はそのとき初めて、歩が昔、田菜《たな》に来たことがあると知ったようだった。歩が田菜に来たのは十年くらい前、美玖が生まれたころなのだ。では、誰に聞いたのか。

そのあとで会ったとき、美玖はこうもいった。

――そんなことも思いだせないの！　逢沢《あいざわ》歩！　なにしにここに戻ってきた！

美玖は、わっくんを覚えている歩にいらだっていた。そのときもう美玖は、歩とわっくんのかかわりを知っているようだった。では、誰に聞いたのか。

美玖に十年前の歩のことを教えたのは誰なのか。

しかし十年前、わっくんは、どう考えても生まれていないはずだ。

――これも憶《おぼ》えてないの？

あのとき、美玖はいった。

――『どっしる』と『しっしん』も忘れたの？

暖色の光たちを連れた幼《おさな》い少女は、せつなげにつぶやいた。

「待ってたわっくんは、歩と同じだって――そういったな？」美玖がいった。「きっと、あたしも同じだったんだ」

「……いや。わかんない」

美玖の言葉を計りかねていると、

「独りだ」

美玖はうつむいた。

美玖とわっくんは同じ。歩とわっくんは同じ。だから美玖と歩も同じ――

独り。

「学校も友だちも……」歩はつぶやいた。「行かなくても、誰もなにもいわない」

「うん」

相づちなのか、同意なのか、あいまいにいって、美玖はぬいぐるみの目を覗《のぞ》きこんだ。

「…………」

「帰る」

美玖は、歩に背中をむけた。

潮音《しおね》が須河原晶《すかわらあきら》に車で連れていかれたのは、エメラルドランドの近くにある砂防ダムだった。倒木と抉《えぐ》れた山肌、なによりコンクリートの巨大な塊《かたまり》であるダムそのものが、かつて、そこであった大規模な土砂崩《どしゃくず》れの痕跡《こんせき》を残していた。

「なんかこの場所、いわくつきとかじゃない？」

須河原晶が幾重《いくえ》にもめぐらされた灰色のダムを見上げていった。

「さぁ……」

「この盆地《ぼんち》には、なんかいる。それはまちがいないんだ。幽霊《ゆうれい》とか、そんなわかりやすいもんじゃなくて、もっとわけのわかんないなんか」

幽霊がわかりやすいという須河原晶《すかわらあきら》の考えはさっぱりだったが、潮音《しおね》は昨夜、盆地にいるその「なにか」を目撃したばかりだった。

「……見たんですか?」

探りを入れるようにいった。

「間接的に――猫《ねこ》の目に映ってたんだよね」

その言葉に、潮音は内心、動揺した。動物の目に映っていた――須河原晶が見たものは、おそらく潮音が見たのと同じものだ。

「……なにが?」

「それがわかんないから、調べてるわけ」

須河原晶は笑った。少なくとも彼女は、あの暖色の光を、幽霊のように気味の悪いものとは思っていないようだった。

「なんか、心あたりある?」

「……いいえ、ないです」

潮音はうつむいて首をふった。嘘《うそ》をついたのだ。

3

——深山《みやま》商店です、という声に、鏑木拓馬《かぶらきたくま》が勝手口へ出ると、配達に来た美紀《みき》が立っていた。重たそうな一升瓶《いっしょうびん》を抱えている。

「タっくん……」

「おつかれさま」

美紀は、拓馬が出てくるとは思っていなかったようで、戸惑いの表情をする。

「配達、うちで最後？」

「最後ってか……ここん家《ち》だけだったから」

避けられているのは肌で感じられた。理由は——潮音だ。美紀は潮音に遠慮をしている。

「散歩、つきあわない？」美紀の手から日本酒の瓶を受けとった。「すぐ戻るから、そこで待ってて」

日本酒の瓶を置くと、玄関にまわって靴を履《は》き、庭から勝手口にまわりこんだ。

おまたせ、といって美紀を外に誘う。美紀は困ったように息をついた。でも、今日は遠慮はしない。どうしても、いっしょにいたい気持ちがつのった。それも潮音のせいだった。昨日、あんなことがあったから。応《こた》えるべきだったか、拒《こば》むべきだったか、どっちにしてもあのときの自分の対応は失敗だった。沈黙の断りは。潮音《しおね》を傷つけたことで気持ちが塞《ふさ》いで、心がゆらいでいた。だから誰かに、いっしょにいて欲しかった。いや……美紀《みき》といっしょにいたい。

坂道を下りて公民館の前に出る。そのまま、深山《みやま》商店とは反対の方向に歩いた。

夕暮れどき――

「猫《ねこ》おどりの衣装、決まったんだ？」

拓馬《たくま》はあたりさわりのない話題を口にした。

「うん……って、なんで？」

「海野《うんの》に聞いた。布買った、って」

「そっか。うん、こないだバスで会ったしね」

風が寄せて、美紀が髪《かみ》を押さえる。

幼《おさな》なじみを、気がつけばじっと見つめている自分がいた。

「なに見てんのよぉ！」

美紀が照れたように声を上げた。

「深山の髪《かみ》、きれいだなって思って」

――いとおしい。

柔《やわ》らかな頬《ほお》に手を伸ばすのを、拓馬はぐっとこらえた。そうすれば今のささやかな幸せさえ壊《こわ》れてしまうから。しかし、美紀は、近すぎた。幼なじみでいた時間が長すぎたのだ。これで、なじんでしまっている。今さら——というのは互いに照れがあった。恋には距離も必要らしい。美紀は、自分を恋愛の対象として見てくれるのだろうか……。

美紀は赤面したまま動かない。その彼女を抱きしめてしまいたくなる。拓馬は、あきらかに美紀と潮音を比べていた。それは、ひどいことなのだろう。潮音は拓馬とつきあっていると思っている。でも——

潮音といるときは、いつも自分に違和感がつきまとう。

美紀といるときの、この安らいだ気持ちはなんだろう。

潮音は求めるだけだった。拓馬に自分の理想を押しつけて、それに応《こた》えないでいると、拗《す》ねて、おこって、拓馬に罪悪感を与える。そんな潮音は決してありのままの拓馬を見てはいない。鏑木《かぶらき》拓馬は、ほんとうは、こうやって女の子を天秤《てんびん》にかけるようなひどい男だというのに。潮音は、自分の心のなかに作った理想の虚像と話しているのだ。そこらへんは——幼稚《ようち》、だ。自分の思いどおりになる相手としか接することができないのだろう。たとえそれが思いどおりになっても、そのときは相手が折れていることに、傷ついていることに気づかない。潮音の世界にいるのは潮音だけなのだから、気づくはずがない。自己満足は心の暴力だ。あのタルトという小さな犬とさえ、潮音はほんとうに心を通わせているのだろうか。

腐《くさ》ったようなコンビニ——ファームサイドマート田菜《たな》屋の前で、携帯電話を手に、やっぱり親に迎えにきてもらおうかと思案していた海野潮音《うんのしおね》は、自転車に乗った逢沢歩《あいざわあゆむ》がこちらに走ってくるのを見とがめた。

「あっ！　待って！」

自転車は通りすぎて、止まった。潮音はコンビニ袋をぶら下げて歩のところに走った。

「ちょっとつきあってよ」

「なんで？」

「いいじゃん。そんな気分なの！」

潮音は歩の腕を取って、自転車から無理やり降ろした。

夕暮れどき——

潮音は、目の前の逢沢歩に、拓馬《たくま》の姿を重ねた。

——拓馬だったらよかったのに。

拓馬は昨日、潮音にひどいことをした。だからこれは罰だ。潮音がほかの男の子といっしょにいて、楽しそうにしていることが拓馬への罰だ。この場面を拓馬にも見せつけてやりたかった。男の子の友達は、ほかにもいるんだから。なのに、あなたを選んだのだから。あなたはわたしの特別なのだから。だからあなたもわたしを見て……

「なんで、連絡くれなかったの？」

渡したメルアドのメモのことをいった。別に、と歩が素っ気なく答える。こいつはいつもこうだ。この調子だと、きっと学校でも友達はいないのだろう。潮音も人のことはいえないけど。

「……珍しいもの見たから、教えてあげようと思ったのに」

潮音は拗《す》ねてみせた。内気な男の子は、女の子《こっち》のいうことに反抗できない。

「なに？」

「知りたい？」

おまけに切り札は潮音が握っていた。

「……いや、いい」

歩はあっさりと無視した。むかつく。

「なんでよぉ〜……もう……啼沢川《なきざわ》の上には、螢《ほたる》じゃないものも飛んでるって、聞いたことない？　わたし、それ見ちゃったかも」

「啼沢川の上のほう、行ったの？」

——かかった。興味を隠せないその顔。それにしても、むかつく。潮音のメルアドよりも、よくわかんない幽霊《ゆうれい》だか人魂《ひとだま》のほうに興味があるなんて。要するに、こいつはガキなのか。

「ううん。わたしが見たのはエメランでなんだけどぉ——」

「車のヘッドライトとか、なんかの見まちがいじゃなくて？」

「ちがうよ。わたし、正体、知ってるもん」潮音は切り札をほのめかした。「ぱっと見は、ただの光の玉なんだけど、タルトの目にちゃんと映ってた。それ見ちゃった」

潮音《しおね》は、須河原《すかわら》晶《あきら》にもいわなかった秘密を、歩《あゆむ》にあかした。

「どんな？」

「知りたい？」

歩はすっかり潮音の話に夢中になっていた。潮音は奇妙《きみょう》な優越感に浸った。こんなどうでもいいことでも、自分の思いどおりになるのは気分がいい。世界が全部、自分の思いどおりになればいいのに。みんながわたしを見て、みんながわたしのために動けばいいのに。

会話はとぎれがちで、とうとう美紀《みき》は黙ってしまった。こんなときになにを話しかけたらいいのか、拓馬《たくま》にはよくわからない。実際、拓馬は美紀のことをあまりにも知らない。昔はともかく、今の、美紀のことは。これほど近くにいたのに、なにも知らなかった。その距離を埋めたかった。だが、その方法がわからない。

「タっくん……」

美紀がいいづらそうにいった。そうやって美紀に辛《つら》い思いをさせているのが、拓馬もまた、つらかった。なぜ、黙ってふたりでいるだけで気持ちは伝わらないのだろう。なぜ人は言葉で想いを伝えなくてはならないのだろう。心を言葉にすれば、かならずギャップが生じた。言葉ほど、あやふやで難しい手段はないのだ。同じ「好き」という言葉であって、それは受け手の判断次第で、冗談《じょうだん》とも、本気ともなり、嫌気《いやけ》さえ相手に感じさせてしまう。自分の想いを乗せたはずの言葉は、相手に届いたときには、まったく別の意味を乗せて相手に響いてしまう。

そんな、言葉でしか人は通じあえない。

「ごめん……歩くの早かった？」

だから、そんなあたりさわりのないことしか口にできなくなる。大切な相手に誤解されるのが怖いからだ。そして、伝えられないまま、すれちがうのだろう。

「大事にしなきゃダメだよ？」

美紀は首を横にふった。拓馬が首をかしげると、

「海野《うんの》のこと……」

いったきり、美紀はうつむいた。軽蔑《けいべつ》されたのだろうか。二股《ふたまた》をかけるような不誠実な男と思われたのだろうか。名家の跡《あと》取り息子だから。お高くとまっていると思われたのだろうか。

――そんなことはいっていないのに。

なぜ悪いことだけは、言葉にしなくても捩《ね》じまがって伝わってしまうのだろう。

「海野は――」

角を曲がったところで、クロスバイクをひいた稀代《きしろ》先生の息子《むすこ》――逢沢《あいざわ》歩とはちあわせた。

そして海野潮音が、逢沢といっしょにいた。

潮音も、拓馬と美紀の姿に目を見開き、コンビニの袋を落としかけたのがわかった。

「…………」

「なんで……？」

最悪のキスのあとの——最悪の再会。

けれども拓馬《たくま》は、これで終わったと思った。これで終わりにできると。これで潮音《しおね》から解放されると。どれほど悪《あ》し様《ざま》にののしられてもいい。学校で妙《みょう》な噂《うわさ》が流れてもいい。潮音が自分から離れてくれれば、美紀《みき》はもう潮音に気兼ねすることはなくなる。

「それじゃ——」

空気を読んだ逢沢《あいざわ》歩《あゆむ》が、潮音にいって、立ちさろうとした。ところが潮音は、逢沢歩と無理やり腕を組んで、それを見せつけながら、「歩、行こっか！」といって拓馬の横を通りすぎた。

「深山《みやま》って最低ぇ～……」

捨て台詞《ぜりふ》を残して。

——なぜ！

拓馬は怒号《どごう》しかけた。なぜ自分でなく美紀にあたったのだ。なぜ美紀を傷つけたのだ。しかし、それは自分自身の責任だとすぐにわかってしまい、潮音の行為に対する咎《とが》めは声になることはなかった。

「海野《うんの》！　ちがうよ——」

潮音を追いかけようとした美紀の腕を、拓馬はつかんだ。

「いいんだ……深山が気にする事じゃない。ほっとけ」

早足で歩く潮音の目には涙があふれていた。ふりかえることはできなかった。拓馬と美紀が並んでいるのを見るのもいやだ。胸が破れそうだ。嫉妬《しっと》。なぜ自分が、逃げなければいけないのか。なぜ拓馬の隣にいるのが潮音ではなく深山美紀なのか。拓馬のために、たくさんがんばっている潮音ではなく、お酒を配達するだけの最低女なのか——こんなの不公平だ。

「……いいの?」

「いいわけないじゃない!」歩の腕を放して、睨《にら》みつけた。「いいわけないけど……こんなふうにしか、できなかったんだもん……!」

歩はなにもいわない。潮音はいつもそうだ。辛《つら》いときに、誰もなにもいってくれない。誰も優《やさ》しくしてくれない。

「……帰るね」

潮音は走った。

そして逢沢歩もまた追ってはこなかった。

4

歩が家に帰ると、稀代《きしろ》が出迎えて、いった。

「さっき、深山《みやま》さんとこの娘《むすめ》さんから電話あったぞ」

歩《あゆむ》はどきりとした。さっきの——海野潮音《うんのしおね》と鏑木拓馬《かぶらきたくま》のことを思いだす。ギザギザの氷の刃《やいば》で心臓を刻まれるような修羅場《しゅらば》だった。そこに自分が巻きこまれて、不愉快な思いをさせられたことは、はっきりいって腹立たしい。

「なに驚いてんだ……？」

稀代《きしろ》は怪訝《けげん》な顔をした。

「どっち？」

「たぶん下のほうだと思う」

美玖《みく》からだと聞いて、ほっと安堵《あんど》した。他人の悪意のとばっちりを受けたくはなかった。これ以上、自分の抱えている問題にかかわる人間を増やしたくないのだ。これ以上、ややこしくなったら歩は耐えられない。海野潮音と鏑木拓馬は、歩の問題には関係ない。

「仲、いいのか？」

「そういうのって、気になるもん？」

「まぁ一般論としては……でも、あれだな。友達増えたみたいで母さんもよろこぶだろう」

そんなんじゃないんだ、と稀代にいって、歩はダイニングに歩いた。電話を取って、そばに貼られたカレンダーに書かれた深山商店の番号にかける。美玖は携帯電話を持っていない。

『はい、深山商店です』

「あの……逢沢《あいざわ》です」

美玖本人か、せめて親が出てくれないかと思ったが、電話に出たのは美紀《みき》だった。

『あ。んと……さっきは、なんか——』

「妹に電話もらったらしいんだけど」

さっきのことを話す気はなかった。歩は手早く用件を告げた。

『美玖が？　ちょっと待って——』

——小さく「美玖、逢沢くんに電話した？」と声がしたあと、美玖が電話口に出た。

『もしもし……』

「電話、なに？」

『いい忘れた事があったから……どっしるの伝言』

美玖の言葉の意味が、歩にはとっさにつかめなかった。伝言——あの〝光〟が……？

「伝言……？」

『待ってるぞ、今でも。わっくん、いつもの場所で待ってる』

美玖は感情を込めずに伝えた。

「……わっくん、おこってない？」

『バカだな。待ってんのに、おこってるわけないだろ』

美玖は用件を伝えると、むこうから電話を切った。

*

逢沢《あいざわ》 歩《あゆむ》からの電話を切った妹の様子を見ていた美紀《みき》は、ふしぎそうに美玖《みく》に尋ねた。

「あんたらって、どういう関係なわけ?」

逢沢と美玖はどういう関係なのだろう。歩が電話をしてくるのは、いつも美玖だ。

「不登校仲間」

「え? 美玖、ちょっと——不登校って……逢沢が?」

驚いた美紀を無視して、美玖は居間に歩いていった。

5

美玖からの伝言を受けた歩は、すぐにクロスバイクに跨《また》がった。稀代《きしろ》には帰りが遅くなるかもしれないといった。すでに日は暮れていたが、稀代は無理には止めなかった。夕食はまたコンビニ弁当で済ませてもらう。

啼沢《なきざわ》川沿いをさかのぼり、夜の道をクロスバイクをこぐ。

か細いライトを頼りに原生林の森を走っていた歩の周囲を、ふと——ぽうっと、優しく照らす明かりが生じた。現れた。

歩はクロスバイクを止めて、ふりかえった。歩を追いかけるように飛んできた暖色の光――その〝光〟は歩を追いこして、目の前でぴたりと静止した。

と、その瞬間――光のなかに、なにかの実像が結ばれた。

「……なに？」

それがなんであったのか確かめる前に、光がまた動いた。そのとたんに実像は川面《かわも》のむこうの魚のように消えうせてしまう。光は坂の上まで飛んで、まるで歩を待つように、止まった。

すると、再び光の実像が結ばれる。その姿を言葉にすることはよほど難しい。イメージのギャップを恐れずにいえば、丸っこいデザインの、小さな機械を組みあわせたオブジェのような――牛くん。横から見た形は、強《し》いていえば、頭に角を生やした牛のような印象もあった。しかしそれは決して動かぬ置物のようなものではない。小さなＵＦＯ――いいや、それはあきらかに意思を宿した生き物のようだった。

「どっしる……？」

光の言葉がわかるような気がして、つぶやいた。

「道案内してくれるの？」

光は、歩の言葉に呼応するように明滅した。

歩は、光に――どっしるに道を照らしてもらいながらクロスバイクで走った。いつもの橋のところまで来ると、どっしるは川原《かわら》に下りていった。歩《あゆむ》はクロスバイクを降りてあとを追った。

「……いた」

遠くからわっくんの姿を認めて、走る。

「あむ!」

わっくんは、どこかで拾ったらしいスコップを手にして、歩を見ると声を上げた。

「こないだは——」

「会えたし。いいの!」

わっくんは歩の言葉を遮《さえぎ》ると、にこりと笑《え》んだ。そのまわりを、どっしるがまわる。そしてもう一つ現れた光の実体——こちらは兎《うさぎ》さん。頭の部分に両耳を立てた「しっしん」が、わっくんのまわりを照らしていた。

「でも……」

「あむ……約束しよ!」

わっくんの言葉に歩は戸惑った。正体のわからぬ〝光〟たちと通じあうわっくんと、約束をしてしまうことに奇妙《きみよう》な恐れを抱いた。

「……なにを?」

「猫《ねこ》おどりの夜は、ぼくと遊んで」

——また、遊ぶ約束。今度は、祭りの日に遊ぶ約束。

「え……」

「遊んで……ください」

わっくんはうつむいた。

歩はためらいを隠せなかった。前回の約束とはちがう。あのときはまだ、わっくんのことをよく知らなかった。森で遊んでいるどこかの子供だと思っていたから。だから指切りをした。

でも、今は——

「……わかった。遊ぶ」

しかし歩は拒《こば》めなかった。一度、約束を破ってしまった、うしろめたさがあったから。

「約束！」

わっくんは指切りの小指をぴんと立てた。

「うん……」

歩はやや気《き》後《おく》れしながら、自分の小指をわっくんの小指にからませる。

「三度めの正直！」

「え？」

「言葉、ちがう？」

「こないだと今日で……二度めだよ」

指切りをしたのに、雨の日に遊ぶ約束をすっぽかしたこと。それ以外に、なにが……

「三回めだし！」

「そう？」

「猫《ねこ》おどり、猫おどり、あむといっしょ、猫おどり…………」

そして――わっくんは二つの光、どっしるとしっしんを連れて原生林の奥へと駆《か》けていった。

その姿は徐々に闇《やみ》に溶けこんでいき、やがて見えなくなってしまう。

とたんに、ずしりと重みのある黒い夜気があたりを覆《おお》った。

夜の森に取りのこされた。

「三度めなんだ……？」

八　伝承と記憶の狭間で

1

盆地《ぼんち》の中心に茂る森は、昼間には、まわりの稲よりも濃い巨大な緑の家のように、夜には外灯一つない闇《やみ》の扉《とびら》のように、田菜《たな》の風景のなかで異質な存在感を匂わせていた。

「なんで、頭屋《とうや》？」

歩《あゆむ》の問いかけに、ランドローバーに乗ろうとしていた稀代《きしろ》は「ん？」と歩を見た。

「庄屋《しょうや》の森ならわかるんだけど、頭屋って聞いたことないから」

「そういうことか……頭屋と庄屋は、全然ちがうんだ。庄屋ならわかるって？」

「名主《なぬし》……今でいえば村長さんだよね？」

「そう、庄屋は行政担当だな。でも頭屋は、お祭りの主催者というか世話人というか……神事や祭祀《さいし》、どっちかっていうと宗教担当だ。ふつう頭屋の役目は持ちまわりだったらしい。だが田菜《ここ》では庄屋と頭屋が兼任で、しかも頭屋の役目のほうがメインだったと」

「神主《かんぬし》で村長ってこと？」

「神主とは、またちがうと思うが……どういえばいいかな……」

稀代《きしろ》が車に乗りこんだ。

往診に出かけた稀代を見送ると、歩《あゆむ》は家に戻った。病院の待合室に、ペットの予防接種のポスターに混じって「神凪猫《かんなぎねこ》おどり」のポスターが貼ってあった。祭りは今週末だ。

猫おどり。

わっくんはなぜ「猫おどりの夜に遊ぼう」といったのか。

田菜《たな》で起きている出来事に、歩は、奇妙《きみよう》な興味を抱きはじめていた。

＊

歩が自動車修理工場の前を通りがかったとき、阪倉亮介《さかくらりようすけ》に声をかけられた。阪倉は歩を呼びとめると店の裏手に連れていった。

「行ってんだろ？　啼沢川《なきざわ》の上のほう」

家から持ってきたチューチューアイスをポキンと折って歩に渡すと、阪倉がいった。

もらったアイスを持てあまし気味に、あんたには関係ないじゃん、と答える。それを食べたら阪倉のペースになってしまう気がした。

「ある」阪倉はあいかわらず強引だ。「関係あるさ……おまえ、あそこ、どう思う？」

「……どう、って？」

「河童《かっぱ》――いると思うか？」

「…………」

「正直にいえよ」

「河童って、深い淵《ふち》とかに潜《ひそ》んでるイメージがあるけど、あそこってそうじゃないよね」啼沢川の上流は浅瀬《あさせ》ばかりで、水量も少ない。「あそこに河童の居場所はない」

「じゃあ、逢沢《あいざわ》は、なんであそこに通ってんだ？」阪倉はアイスを口から放して、無言の歩を見た。「わかってんだ。おれだって……あそこで河童は無理がある。だけどよ……見ちまったおれはどうすりゃいい？　……逢沢も、なんか見たんだろ？」

「…………」

「いい。いわなくていい。それ、正解。おれ、みんなにしゃべってバカ見たから……親にも、友だちにも、みんなに笑われた。笑わなかったのは拓馬《たくま》と深山《みやま》だけだ。あ、美紀《みき》のほうな」

阪倉はふてくされたようにしゃがみこんだ。

「……うん」

「こんだけ時間が経《た》つと、どこまでが見たことで、どっからがおれの妄想《もうそう》なのか、自分でもわかんなくなることがある。けど、おれをコケにしたやつらの顔は絶対忘れねぇ。おれはオカカ婆《ばばあ》が、河童《かっぱ》と――「なにか」と闘ってるの見たし、あいつの耳は今もまちがいなく欠けてる」

「それで、オカカ婆？」

歩《あゆむ》は、阪倉《さかくら》がオカカ婆にこだわる理由が、ようやく実感としてつかめた。それはつまり――歩にとってのわっくん、どっしるやしっしんと等価値だ。幼《おさな》いときの記憶に生きているもの。ただし歩の場合は、その十年前の記憶をすっかり忘れてしまっている。

「猫《ねこ》とか犬って、人には見えないものも見えてるっていうだろ……？　おれら、なんかのはずみで、そういうもん見ちまったのかもな」

「でもさ……ライバルっていってなかった。オカカ婆」

「そのほうが話、簡単だろ」

「……昔。あそこ……」

「どこ？」

「頭屋《とうや》の森に入ろうとしてたぼくを止めたのは、どうして？」

歩が尋ねると、阪倉はしばらく考えこんで、

「その手の話なら、あいつが詳《くわ》しい」

阪倉がいったとき、歩の視界の隅《すみ》をなにかがよぎった。

それは陽炎《かげろう》だったのか――歩が目をむけたときには、しかし、そこにはなにも見えなかった。

阪倉に教えられた通り、公民館の前の坂を上ると大きな家があった。道路に面した部屋の窓が開いていて、なかをのぞくと鏑木拓馬《かぶらきたくま》が座っていた。

「…………」

「なんか用？」

歩に気づいた鏑木が、声を返した。

歩は母屋《おもや》の縁側に通された。鏑木が麦茶の載《の》った盆《ぼん》を置いて、並んで座った。

「おもしろいとこに部屋があるんだね」

庭を挟《はさ》んだ離れの建物を見た。都会育ちの歩には、門のなかに住んでいるような奇妙《きみょう》さを感じさせた。

「使用人の部屋さ」鏑木は薄い唇《くちびる》で笑った。「昔は、あそこに家畜《かちく》を置く家もあった。ちょっとしたレジスタンスかな。旧家の惣領《そうりょう》息子《むすこ》ってのがいやだから」

要するに、ちやほやされるのが嫌《いや》で、使用人が使っていたような部屋に住んでいるのだということはわかった。でも、ふつうの子供は選べるほど部屋の多い家には住んでいない。

「で——頭屋の森のことだって？」

鏑木は麦茶を飲んで、いった。

「……うん」

「昭和四十年ごろ、田んぼの整備をするために、あちこち掘りかえしたことがあったらしい。

そのとき大型の土木機械でもなかなか片づかないような杉の巨木が、ごろごろ出てきたそうだ」

「えっと、それって——」

「話には順番ってものがあるだろ」猫《ねこ》おどりや頭屋《とうや》の森と関係あるの、と結論を急ぎかけた歩《あゆむ》を、鏑木《かぶらき》が制した。「ま、そんなこともあって。このあたり一帯は、谷間の森林だったところが湖になり、富士山の火山灰とか溶岩で埋められて今の地形になったといわれてる。ただし頭屋の森だけは、湖だった時代にも島としてあそこにあったらしい……もともと、あそこは盆地《ぼんち》のヘソみたいなところなわけで、特別な場所だったんだ」

「それだけじゃ、どう特別なのかわかんない」

「実は、おれもよくわかってないけど……湖のまんなかに、ぽつんと樹《き》の茂る島があったら、なんか特別な感じしないか?」

「……不思議な感じはするかな」

「神社の境内《けいだい》に入ったときみたいな感じ——なぜか知らねどありがたき心地して、みたいな」

「ああ……うん」

そういえばRPGでも、湖に囲まれた小島には、よく神聖な城や祠《ほこら》があったりする。

「今は廃屋《はいおく》になってるあそこの家は『もりや』って名前だった。守る——」鏑木は指で字を書いた。「——谷で守谷《もりや》。あそこの家は代々、この谷を……盆地を守ってきたってわけさ」

「でも、それは外敵から守るって意味じゃないよね?」

たとえば徒党《ととう》を組んだ悪人から村を守っていたわけではない。

「どうして、そう思う？」

「それだけなら、あそこは『守谷の森』でいい。あえて頭屋な理由が説明できない」

――頭屋は、宗教の担当者だ。

「きみ、おもしろいな」

鏑木が笑った。歩はなんとなく不愉快になった。歩は、鏑木に試されるためにここに来たのではない。質問をしに来たのだ。

「たぶんだけど……」鏑木がいった。「特別な場所にある、さらに特別ななにかを守ってたのかもしれない。それを守ることが儀式化して祭りとなって、守谷は頭屋になった、とか」

「それって、なに？」

「……なんだろうな」

とぼけているのか、ほんとうに知らないのか、鏑木は独り言のようにつぶやいた。盆《ぼん》の上に置かれたままの歩の麦茶のグラスで、溶けた氷がカランと崩《くず》れた。

「ところで、きみ……」

鏑木が静かな視線をむけた。歩が、その沈黙につられたように見返すと、

「美紀《みき》のこと、どう思ってるの？」

「どうって……別に……」

「そう？　ならいいんだけど。結局、きみは夏休みが終われば田菜《ここ》からいなくなるわけだし」

「……なんだよ、それ」

「逢沢《あいざわ》君の居場所は、ここじゃないだろ」

端正《たんせい》な顔の下の、剝《む》きだしの敵意を、歩《あゆむ》は人一倍敏感に感じた。

――横浜に帰れよ。

そういっていた。鏑木《かぶらき》は、表向きはあの海野潮音《うんのしおね》とつきあっている。でも鏑木は、深山美紀《みやまみき》を気にかけている。よそ者の歩でも、そこまでは察することができた。

――ぼくには関係ない。

それは歩にかかわる問題ではない。勝手に傷つけあえばいい。その争いに、歩を巻きこんで傷つけさえしなければ。このあいだのように――

地面に目を落とした歩の視界の隅《すみ》を、一瞬、影が走った。

歩が見上げると、そこにある大気が陽炎《かげろう》のように歪《ゆが》んで、庭木の梢《こずえ》のむこうにそれが飛んでいったのがわかった。見えないけれど、わかったのだ。

2

歩が深山商店に行くと、深山美紀が表の自動販売機の補充をしていた。

「んと……美玖《みく》なら――」

「いや。ちがう……」

歩が次の言葉をいいだせずにいると、美紀は、なにかを承知したように、

「待って！　ちょっと待ってて」

といって、返事を待たずに店のなかに駆《か》けこんだ。

歩が待っていると、開けたままの自動販売機が、突然ブゥンとうなりを上げて、それきり止まってしまった。

「………」

歩は、確かに、なにかの気配を感じていた。

阪倉亮介《さかくらりようすけ》がいっていた。犬や猫《ねこ》は人間が見えないものが見えると。

海野潮音が思い出された。犬の目に、それの正体が映っていたと。

「見えないけれど……いるもの。見えるもの……」

歩は漠然とつぶやいた。

猫《ねこ》おどりと頭屋《とうや》の森の関係について尋ねると、美紀は、歩を猫ガ辻《つじ》に連れていった。

「――うん。猫おどりそのものは、昭和の終わりごろにはじまったお祭りで……二十年くらいかな……そんなもん。そのころ頭屋の森には、もう人がいなかったし」

「もっと古いお祭りかと思ってた」

「率直にいって、村おこしだもんね。でも、ここはずっと昔から『猫《ねこ》ガ辻《つじ》』っだったし、猫は江戸時代から踊《おど》ってた」

辻の地蔵《じぞう》の前で、立ちどまる。

「天保《てんぽう》年間だっけかな……」

「水野《みずの》忠邦《ただくに》の天保の改革の、あの天保？」

「そうそう。そのころの話」

そういって美紀《みき》は、田菜《たな》に伝わる昔話を語りはじめた。

*

守谷《もりや》の使用人某《なにがし》が、使いを終えての帰りの道、辻にさしかかると、どこからか人の声がする。

声は数人。

――ああ、来た来た。

――遅いじゃないか、シロ。

――シロがいないと踊りがはじまらない。

——まあまあ、トラもブチもタマも、もうシロも来たんだからいいじゃないか。

声はするのに、あたりには背の低い藪《やぶ》があるばかりで人の姿は見あたらない。これはタヌキの仕業《しわざ》か。騙《だま》されてはなるまいぞ。某は眉《まゆ》につばをつけて、そっと声のほうに近づいた。

——さあ、シロ、笛《ふえ》を吹いてくれ。

——おぉ、そうさ。踊ろうぞ踊ろうぞ。

ところがシロは、悲しそうにいったそうな。

——主《あるじ》の戯《たわむ》れで、熱いおじやを食わされた。舌のさきをヤケドしてしまって、今夜は笛が吹けないよ。

某は藪を覗《のぞ》きこんだ。そのときガサと藪をゆらしてしまい、その音に、集会を開いていたものたちが、いっせいに逃げる。猫だった。猫とわかってみれば、シロというのは守谷の家にいる猫ではないか。不思議なこともあるものだと、某は家に帰ると主にこのことを報告した。

——確かに、シロにおじやを食わせた。シロはたいそうあわてて、どこかへ逃げていったが……これは大変な化《ば》け猫を飼《か》ってしまった。なんとか追いはらう手立《てだ》てはないものか。

主は驚き、結局、その役目を某に押しつけた。

考えあぐねた某は、直接、シロに話してみることにした。

——この家でおまえを飼ってるのは、笛を吹いたり、踊りを踊ったりさせるためじゃないのだよ。もし、おまえがそんなことをやっているのなら、この家に置くわけにはいかない。どこかよそへ行っておくれ。

するとその日から、猫《ねこ》のシロの姿は見えなくなったという……

＊

猫ガ辻《つじ》の近くの断層公園で、東屋《あずまや》のベンチに腰掛けた美紀《みき》は、歩《あゆむ》に『猫おどり』の昔話を語りおえた。「よく覚えてるね」と歩がいうと、田菜《たな》の子供はかならず知っている話だという。学芸会で劇をしたので台詞《せりふ》なども覚えていたらしい。そのとき美紀は猫の一匹を演じたそうだ。

「変な話だね……」

歩は感想を述べた。

「うん。シロはなんで、おとなしく出てっちゃったのかね？」

「それは……正体、見破られた鶴《つる》が、家にいられなくなったのと同じ？」

「でも、その場合、先に『約束』があるから」

「そうか……」

そのパターンは、決して見ないでください、という「約束」があって初めて物語が成立する。

「シロの話って、昔話としては、どっか壊《こわ》れてない？」

美紀の言葉に、歩は考えこんだ。その横顔を覗《のぞ》きこむ美紀の視線に気づいた歩は、なんだか照れくさくなって顔をそらした。

「物語だと思うから。お話ってのはこういうものって、思いこみがあるからかもしれない」

「ん？」

「ぼくたちの知ってる昔話——っていうか、今、残ってる昔話って、長い年月を生き残ってきたものだと思うし、お話として、あとからいろいろつけ足されたり、改良されたりもしてきてると思うんだ。だから今の『猫おどり』の話、手つかずの原型みたいなもんだとしたら、それはそれでありなんじゃないかな、って」

「原型ねぇ……」

「でも、そのころはまだ頭屋《とうや》じゃなくて守谷《もりや》だったんだね」

「…………？　ホントだ。気づかなかった」

歩と美紀は、断層公園の東屋から頭屋の森を見やった。

その視界の隅《すみ》を——また、空間の歪《ゆが》みがよぎっていった。

美紀は、それに気づいた様子はない。

——見えないけれど見えるもの。

歩は、その存在をひしひしと感じていた。あるいは、感じられるようになっていた。しかし、そのことを口外《こうがい》するつもりはない。河童《かっぱ》を見たとふれまわった阪倉亮介《さかくらりょうすけ》と、同じ轍《てつ》を踏む気は。

「話は、猫おどりのことだけ？」

美紀《みき》がいった。

「……うん」

「逢沢《あいざわ》君は、自分のことをしゃべらないね」

その問いかけのような言葉は、まったくの不意打ちで、歩《あゆむ》にしてみればRPGで防御呪文《ぼうぎょじゅもん》の効果をまとめて剝《は》がされたように、なすすべもなく、自分の心のなかに踏みこまれてしまった。

歩は、美紀が返事を待っているのを、肌で感じて――

「嘘《うそ》をつくのが、いやだから」

自分でいっていても、自分の抱えている問題と、口から出た言葉とのあいだには、ギャップがあったが、ほかに適当な言葉が見つからない。

「嘘……？」

「前は……自分のやりたいことをいわずに、まわりにあわせていたから。それは自分と、相手に対して二重に嘘をついていたんだと思う」

それに耐えられなくなっただけだ。

それが義務になってしまえば、我慢《がまん》をするのが辛《つら》くなるだけだった。

「嘘をつかなくてもいいんだよ」美紀はいった。「嘘をつくっていうのは、相手を見下《みくだ》してるってことだもの。騙《だま》してあしらっておけば、相手が、自分の思いどおりになるだろうって」

「……………」

「自分以上になる必要はない。でも、自分以下になったら、つまんないと思う」

なぜ美紀が、そんな言葉をかけてくれたのか。歩にはわからなかった。

ただ、このとき深山《みやま》美紀は、歩の心そのものにふれてしまった。このとき美紀があと一歩、歩に近寄ろうとしていたら、たぶん、歩は――

美紀を傷つけていただろう。

視界の隅《すみ》を――また、空間の歪《ゆが》みがよぎっていった。

3

歩が啼沢《なきざわ》川の上流に行くと、道端に見覚えのある軽自動車が路駐《ろちゅう》していた。橋の上から川原《かわら》を見下ろすと、

「お――」と、須河原晶《すかわらあきら》がこちらを見上げた。「今日は逃げないんだ?」

わっくんとの遊び場を勝手に踏みあらしている須河原晶に対して、歩は、自分の机のひきだしを勝手に見られたような、そんな不快感を覚えた。わっくんの問題は、歩だけの問題だ。そこには須河原晶も、誰もかかわらせるつもりはない。真にかかわりがあるとすれば、わっくんと会ったことのある美玖《みく》――だけだ。

須河原晶は川原から上がると、車から大きめの封筒を取りだした。

「まだ、見せてなかったよね」

封筒の中身は、猫《ねこ》の画像だった。猫と、その目を拡大したものが何枚かある。

「…………？」

猫の目に映りこんだ〝それ〟の画像は、原生林の夜道で歩《あゆむ》をわっくんのもとに導いた〝光〟――どっしるやしっしんではなかったが、同じ属のものだというフィーリングはあった。それは確かに――〝意思〟あるいは〝命〟を宿したもののように思えた。

歩は写真に釘《くぎ》づけになっていた。その歩の表情を、須河原晶《すかわらあきら》がじっと窺《うかが》っている。

「CG？」

「なんのために？」

歩が写真にけちをつけると、須河原晶が苦笑を浮かべた。

「知らない」

歩は、すでに遅かったかもしれないが、無関心を装って写真を返した。

「わたし――海野《うんの》さんも、きみも、これを見たんだと思ってる」

須河原晶も海野潮音《しおね》の話を聞いたらしい。〝光〟の正体がペットの犬の目に映っていたという海野の話は、信憑《しんぴょう》性はあるのかもしれない。〝それ〟は動物の目には見えている……。

「思うのは勝手だけど、勝手な思いこみで、あれこれいわれるのは迷惑《めいわく》」

「お。それほど自己チューじゃないつもりだけどな……」

F

テレビ局の人間とかかわるつもりはない。この人を、わっくんにかかわらせるつもりはない。勝手に〝光〟を探せばいいだろう。歩《あゆむ》は、自分を利用して、腰かけにして、搾取《さくしゅ》して、須河原《すかわら》晶《あきら》が好き勝手をやることは許せなかった。

「キミも出口を探してるんだよね？」

唐突《とうとつ》な晶の言葉に、歩はとっさに言葉を返せなかった。

「…………？」

「だって世界は——」いつだか、いいかけた言葉をつづける。「世界は開いてると思いたいから……」

まっすぐに歩を見た。

歩には、須河原晶のいっている「世界」という言葉がつかみきれなかった。

「〝妖精《ようせい》の輪〟って知ってる？」晶は歩に語った。「イギリスかな……草地に丸く円を描いたように地面が露出《ろしゅつ》しちゃうことがあって、むこうの人たちはそれ、妖精が踊《おど》りを踊った跡《あと》だ、って考えてた。長いことずっとね。だけど最近の研究で、菌《きん》類——まぁ、キノコの仲間かな。それのせいで草地が丸くハゲるってことがわかったわけだ」

「……妖精はいない、と？」

「そう、そこ！」須河原晶は指を突きつけた。「そうなるのかね……？　妖精の輪は、妖精が踊った跡じゃない。それは立証されたのかもしれない。でも、そのことで妖精の存在まで否定されちゃうのか——と」

「……ちがうような気がする」

「よし！　須河原がいいたいのも、そこ。自分たちの目に見えるものだけが、すべてじゃない。世界は決して閉じてるわけじゃない。わたしらが感知できないだけで、いろんな層《レイヤー》でつながり、複雑にからみあってる——わたしは、そう思いたいんだな」

「それって、現実逃避《とうひ》じゃなくて？」

他愛《たわい》のない幻想ではないのか。漫画やゲームで描かれるファンタジーに傾倒しているのと同じ、ひどく子供っぽいスタンスに聞こえる。

「痛いとこ突くな……でも逃避じゃなくて、把握《はあく》のしかただよ。この山のむこうには、見知らぬ街がある。海のむこうには見知らぬ世界がある。そう思えばこそ、人って、がんばってこれたんじゃないの。この盆地《ぼんち》が世界のすべてです——ったら、わたしは萎《な》える」

だから須河原晶は、重なりあった世界の層《レイヤー》の接点をもとめて、この夏、田菜《たな》で起きている奇《き》妙《みょう》な出来事を追っている。『エメランの幽霊《ゆうれい》』『啼沢《なきざわ》川の螢《ほたる》』——様々な名前で呼ばれた暖色の〝光〟は——その実体は、動物の目にだけは映る。

では、その見えないけれど見えるものの正体を。層《レイヤー》の接点——世界の被膜《ひまく》の薄くなった場所で、偶然《ぐうぜん》、むこう側を垣間《かいま》見てしまった者は、どうすればいいのか。

阪倉亮介《さかくらりょうすけ》のように、須河原晶のように追いつづけるか。

深山美玖《みやまみく》のように、心に秘めて、かかわりつづけるか。

逢沢《あいざわ》 歩《あゆむ》は……

そのときだった。晶《あきら》の肩越しに、木の陰に立ったわっくんの姿が見えた。

わっくんは唇《くちびる》に人さし指をあてて、黙って、のポーズを取っている。

歩の様子に気づいた須河原《すかわら》晶が、ふりかえったが、

「……なに？」

やや不安そうに歩を見た。須河原晶には、目の前にいるわっくんが見えていない。

わっくんもまた——見えないけれど見えるものだった。須河原晶の言葉を借りれば、歩のいる世界とは別の層《レイヤー》にいる存在なのだと。奇《く》しくも歩は、この場に須河原晶が居合わせたことで客観的に確かめることができた。

「ん……別に」

歩は知らんぷりをした。歩の視線のさきで、わっくんが頷《うなず》く。

頭上で——また、空間が歪《ゆが》んだ。今日一日、ずっと……歩の近くを飛んでいた〝それ〟——牛くんと兎《うさぎ》さん——どっしるとしっしんもまた須河原晶には見えていない。

須河原晶は、偶然《ぐうぜん》、猫《ねこ》の目の写真に映った〝それ〟を見た。

しかし歩は、わっくんを通じて〝それ〟とかかわってしまった。見えるか見えないか。それは、むこう側との接点の太さ、あるいは強さの問題なのかもしれなかった。そして〝それ〟が

見えない相手に〝それ〟のことを説明はできない。〝それ〟が存在すると説得するのは徒労《とろう》だ。阪倉亮介《さかくらりようすけ》のように傷つくだけだから。

歩はわっくんに目配《めくば》せをすると、須河原晶を残して、その場を立ちさった。

夕刻——歩を追いぬいていった路線バスが公民館の停留所で停まった。降りてきたのは海野《うんの》潮音《しおね》だった。バスに乗っていたときから歩に気づいていたのか、すぐに通せんぼのポーズをして、歩を止める。

「ちょっと話そ」

乾いた明るさを見せて、いった。

二人で並んで歩く。歩くだけだ。会話はない。無言で自転車をひいていると、海野が息をついた。

「なんかないの？」

焦《じ》れたように、まるで歩を責めるようにいう。

「なんかって、なに？」

「話題」

——なぜ自分が話題を考えないといけないのか。なぜ気まずい思いをさせられるのか。歩は海野とかかわるつもりはない。話題がないことなど、最初からわかっていたはずだ。

「…………」

「んもう……」

海野《うんの》はあきれたように、歩調を早めてさきにいった。

そうやって、この子は他人を見下《みくだ》してばかりいるのだろうか。他人を傷つけてばかりいるのだろうか。歩《あゆむ》のことを無口で暗いやつだと思いたければそれでいい。でも——いやなら、かかわらなければいいのだ。

「歩……キスしたことある？」

「え？」

「ないんだ……したい？」

海野の唇《くちびる》がいった。海野の胸、海野の腰、海野の脚——海野潮音《しおね》は、突然、むっとするような甘《あま》い匂いを放った。こんなのでも女の子なのだ。目の前でキスを迫っている。

「ちゃんと見てよ……したいなら、してもいいよ」

「キスって、許可もらわないとできないもんなんだ？」

歩は、ようやくの思いで海野に通じそうな言葉を見つけた。鋭く尖《とが》った言葉の武器を。

「なに、それ!?」

「居場所がない感じは、わかる気がする。ぼくもよそ者だから。でも居場所がほしくて鏑木《かぶらき》君の彼女になろうとしてるんだったら、それはちがうと思うし、鏑木君の気を惹《ひ》きたくてそんなことをいうんなら、それは、もっとまちがってる気がする」

「…………！」

ごめん、といってクロスバイクに跨《またが》った歩の背中で、「謝るな！　バカ！」という潮音のみっともない罵声《ばせい》が聞こえた。

最悪だ。また人を傷つけた。

傷心の歩を追うように、空間の歪《ゆが》みをまとった〝それ〟が軌跡《きせき》をひいていった。

——ぼくは、早く終わらせたいのかもしれない。

そのためには、とりあえずの答えが必要だった。次の地下迷宮《ダンジョン》へのワープポイントが。

盆地《ぼんち》の中心を見やった。

森。夕暮れの逢魔《おうま》が時に佇《たたず》む、忘れさった過去の記憶を封じた筺《はこ》の蓋《ふた》に、歩は手をかけようとしていた。

※　※　※

藍《あい》色の森に、歩《あゆむ》はいた。

頭屋《とうや》の森に、長く伸びた影は闇《やみ》に溶けていく。ついにその壊《こわ》れた門をくぐり、鬱蒼《うっそう》と茂る樹木の下、ぽつんと立って径《みち》の奥を見やる。

そこには井戸と、朽《く》ちかけた釣瓶《つるべ》があった。

ためらいながら井戸の脇をすぎて、さらに奥へと歩《ほ》を進める。

と――二本の樹木に渡された、朽ちかけた縄《なわ》にぶら下がって、今にも落ちそうな、これも朽ちかけたわらじがあった。その奥には小さな鳥居《とりい》と、さらに奥には塚らしきものも見える。

刹那《せつな》、歩の脳裏《のうり》におぼろげな映像が蘇《よみがえ》った。

記憶の沼の底から浮かび上がった、幼い日の記憶だ。

縄。わらじ。鳥居。塚。

――めっ！

あのとき、わっくんが、わらじの下がった縄を越えようとした幼い歩を、呼びとめた。

そして今、十年ぶりに頭屋《とうや》の森を訪れた歩は、わらじの下がった縄を越えようとして、

「行くな」

と突然、誰かに腕をつかまれて、ふりかえった。

――そっち行ったら、ダメだし。

わっくんは、いっていた。

そして今また――歩を呼びとめたのは、美玖《みく》だった。

「そっち行くと、帰れなくなるから……な。落ち着け……」

「…………！」

美玖に諭《さと》されて、歩はわれに返った。

「帰れなくなる……あのときも――そういわれた。あたしんときも同じだった」

美玖と歩は、同じだった。わっくんに、いわれた。

夕風が梢《こずえ》を揺らして、透明な〝それ〟が実体化する。

暖色の光をまとい、飛びまわる。

どっしる。しっしん。…………

歩はもはや驚くこともなく、それらの存在を受けいれていた。

九　いつだって優先順位の問題

1

田菜《たな》小学校の近くに設けられた臨時駐車場に車を駐《と》めて、須河原晶《すかわらあきら》は、祭り用のステージを設営している校庭に歩いた。

「おはようございます！　ごくろうさまでーす！」

元気よく挨拶《あいさつ》をしたが、ステージの設営に忙《いそが》しい男たちの反応は薄い。テントのほうを見ると、あのコンビニの美人店員が紅白の花を針金に通していた。そのかたわらで、運営委員らしき中年男性がお茶を飲んでいる。

「39《サンキュー》ケーブルテレビ、須河原です」

晶はぬかりなく挨拶した。

「す・か・わ・ら。濁《にご》りません——ってか？」

男は気さくに笑った。

「お。さきにいっちゃダメっすよ……いよいよあさってですね。今年も取材、よろしくお願いします」

「こちらこそよろしくね。このお祭り、県内だけじゃなくて、全国的に広めてもらわないとね。それにはマスコミさんの協力、必須《ひっす》だから」

晶は腰を折って、男に頭を下げた。男は笑ってステージのほうに歩いていった。

ひょこ、と顔を上げた晶は、麻子《あさこ》を見た。

「お店、だいじょうぶなんですか？」

この夏のあいだ、ずいぶんあのコンビニにはお世話になっていて、藤堂《とうどう》麻子とも顔なじみになっていた。情報量はいつもガム一個。

「午前中、お休みにしました」

祭りの準備のために休みになるとは、のどかなコンビニだ。

「気合い入ってますね～」

「人手が足りないからしかたなく」

「どっちの？」

「どっちも。お祭りは過疎《かそ》で慢性《まんせい》的に人不足だし、店は御子柴《みこしば》さん、旅行に行っちゃってお祭り終わるまで帰らないっていうし——今日は、どうしたんですか？」

「会場の下見に」

「二日前から？」

「気合いです。気合い——そういえば最近、どうです？　異変の数々……」

電子レンジの爆発、蛍光灯《けいこうとう》の故障《こしょう》、レジの誤作動、ほかにも携帯の電波やテレビの受信不調、車のエンジンが止まったりと、近ごろ田菜《たな》では機械のトラブルが多いという話を、晶《あきら》は麻子《あさこ》から聞いていた。

「この二、三日は落ちついてるかな……須河原《すかわら》さん」

「はい？」

「よかったら手伝いません？　手を動かしながらでも、お話できるでしょ」

麻子はアルカイックな笑みを浮かべた。その如才《じょさい》のなさに晶は苦笑した。

2

深山美紀《みやまみき》がミシンで猫《ねこ》おどりの衣装を縫《ぬ》っていると、美玖《みく》が部屋に入ってきた。

「美佳姉《みかね》ぇ……いつ帰るか聞いてるか？」

「あさっての昼ごろっていってた」

三姉妹そろって猫おどりに出場するのが、深山家のならわしだ。それは美佳が家を出て、横浜で勤めはじめてからも変わらない。

「当日かよ！」

なんだかなぁ、と美玖がいって、こてっと横になった。踊りの合わせもあるのだ。やる気が足りないとぼやく。

「美佳姉もいろいろあんのよ、きっと……」

「も？」

「……美玖もいろいろ、ない？」

苦笑して、切りかえす。

「生きてるってのは、そ～ゆ～ことか」

「ときどき、あんたの歳《とし》がわかんなくなるわ」

ほんとうに宇宙人にチップを埋めこまれたんじゃないだろうか。美紀が息をついたとき、下で父が呼んだ。美紀は部屋から出て階段を見下ろした。

「配達、頼めねぇか？」

父の言葉に、部屋に目を戻して、まだ縫いかけの衣装を見た。祭りに間にあうだろうか……

「……いいよ。今日は、どちらさんへ？」

「おれ、会場の設営、見に行かねぇとなんねぇし……悪いな」

美紀は、危ないからさわっちゃだめよ、と美玖にいって階段を下りた。

＊

黒板でマイナスの関数のグラフが交差していた。

海野潮音《うんのしおね》は三島《みしま》の学習塾《じゅく》にいた。授業中。しかし潮音は、授業などうわの空だった。

あの日のキスのことを、拓馬《たくま》はどう思っているのだろう。そのことばかりが頭に浮かんで、こびりついて離れない。唇《くちびる》のふれた感触が思いだされるたびに、苦い味が口に広がった。

あの日に戻って、全部、なかったことにしたい。あのキスで、拓馬に性急に答えを強《し》いてしまったことを潮音は後悔していた。急ぐ必要なんてなかった。まだ東京には帰れないのだから。

――だって……好きなんだから、しょうがないよ。

気持ちを抑《おさ》えられなかった。自分がこれほど拓馬を想っているのだから、拓馬にも、はっきりと応《こた》えてほしかった。でなければ不安だった。自分の想いの重みに耐えられなかった。

＞タク

机の下で、拓馬宛てのメールを打ちこむ。どうすれば拓馬と、もとどおりになれるのか。また笑って会えるのか。もう一回やりなおせるのか。潮音は、東京の大学に、行くのだ。東京で拓馬と暮らすのだ。そのためにこうして塾《じゅく》に通っているのに。

――今、拓馬と壊《こわ》れちゃったら、意味ないじゃん……！

なんのために、我慢《がまん》して、生きているのかさえわからない。

∨猫《ねこ》おどり、いっしょに

打ちかけて、やっぱり送信することができずに、携帯電話をたたんだ。

次の言葉をまちがえたら、もう二度と、拓馬を手にすることはできない気がした。そうして気後《きおく》れしているあいだにも、拓馬がどんどん遠ざかっていくことが、ひどく恐ろしかった。

＊

コンビニ袋を下げて家に入ろうとした歩《あゆむ》を、自転車のベルの音が呼びとめた。

ふりかえると、むこうから深山美紀《みやまみき》がやってきた。

「今日も暑いね」

美紀がほほえむ。歩はよそよそしく、小さく頷《うなず》きかえす。

「……配達？」

「うん、途中。もう行く」

「……うん」

歩《あゆむ》が家に入ろうとすると、

「待って！」美紀《みき》は一瞬ためらって、いった。「あさって……猫《ねこ》おどりじゃない？　せっかくお祭りのときに来たんだし――見に来ない？」

「え？」

「おいでよ！　……ね？　待ってるから」

美紀は歩の返事を待たずに、待ってるから、といって自転車をこいでいった。

どういうつもりで誘われたのかわからず、歩は、ただ戸惑いながら立ちつくした。

「誰か来たのか？」

稀代《きしろ》が玄関に出てきた。

「……いや」

「声がしたと思ったから……あ、そうだ。電話……歩に。海野《うんの》さんから」

海野という名に歩が眉《まゆ》をしかめると、稀代はその表情だけで息子《むすこ》の心を察したいように「居留守は不許可」といった。歩はしかたなく、コンビニ袋を稀代に渡すと電話のところに歩いた。

「はい……」

『遅いぃ～』

なぜ、いちいち、そんな甘《あま》ったれた声を出すのだ。歩には、海野潮音《しおね》という子のやることなすことがすべて、わずらわしく思えた。

『なんとなく電話してみた。迷惑？』

外から携帯電話でかけているらしい。街の雑踏の音が、かすかに聞こえた。

「……うん」

『傷つくこと平気でいうんだもんな、歩は。でも、悪くないよ、それ』

「……意味わかんないし」

わかるわけがない。たぶん海野自身、自分がいってることの意味を理解していないのだから。

『こないだの事だけど――』

「なに？　よく、聞こえないんだけど」

『今、塾《じゅく》の帰りで――こないだのこと、居場所がどうとか、あたしなりに、すっごく考えたんだけど――歩、いっしょに猫おどり行かない？』

「え……？」

歩は、受話器を手に固まった。

『もしも〜し！　聞こえてる？　猫おどり、いっしょに――』

「無理」

歩は海野の言葉を遮《さえぎ》った。

『——即答!?　なんで？　そんないいきらなくてもよくない？』

海野《うんの》はおどけてみせたが、動揺は声でわかった。断られるとは思っていなかったらしい。

「鏑木《かぶらき》君、誘った？」

『……誘ってない』

「いっしょに行きたいのは、彼でしょ？　ぼくじゃなくて」

なぜ自分が、そんな説教をいわなくてはいけないのか。歩《あゆむ》は理不尽《りふじん》さを感じた。

『それができたら、苦労しないよ……』

海野はつぶやくようにいった。

「ごめん……よく聞こえないんだ」

『……歩はさ……好きな人、いる？』

「…………」

海野がいった。

『いたら、歩もわかるよ。歩、誘っちゃう、わたしの気持ち』

「それは、人それぞれだし……わかんないかも」

であれば歩にはわからない。女の子を本気で好きになったことは、たぶん、まだない。だから、こんなとき、なんといえばいいのかわからない。なんといえば海野を黙らせられるのか。

『……そか。人それぞれか。あ、バス来た。また電話してもいい？　……ごめん。またね』

海野潮音は自分の都合ばかりを吐《は》きちらしたあと、一方的に電話を切った。

歩は、いらだちの感情をためながら受話器を置いた。

3

天気予報の通り、夕方になると、暗い雨雲が田菜《たな》の空を覆《おお》いはじめた。

歩は啼沢《なきざわ》川の上流で、わっくんと遊んでいた。

「あむ。ほら！」

「上手《じょうず》にできたね」

無邪気《むじゃき》に泥団子《どろだんご》を作ってみせたわっくんに、ほほえみかける。わっくんは満足そうに、泥団子の形を整える。

「あした？」

「なにが？」

「猫《ねこ》おどり」

「あさってだよ」

「なにして遊ぶ？」

猫おどりの日はなにをして遊ぶ、とわっくんがいった。

「ん～……」

「約束……ダメ？」

不安そうな目をする。

「ダメじゃない」

歩《あゆむ》はいったが、わっくんは歩の言葉の裏になにかを感じたのか、せっかく作った泥団子《どろだんご》を地面に叩《たた》きつけてしまった。

「ちがう約束、した？」

「……してないよ」

約束はしていない。誘われたけど、誰とも猫《ねこ》おどりに行くとはいっていない。

まっすぐに歩を見つめるわっくんの視線を、歩は精一杯、受けとめた。

「なんで？　どうして、そんなことというの？」

「――独りは、やだ」

わっくんは寂しそうに背をむけた。

「独りじゃないよ。遊ぶ約束したたし」

「前も約束した……あむ、来なかったたし」

前、というのは、この前の雨の日のことではなく、十年前のことなのだろうか。

「ごめん。それが、よくわかんないんだ――憶《おぼ》えてない」

「…………」

「わっくんのその格好、なんで？」

歩は、空白の記憶の核心にふれる質問をむけた。

「あむとおそろい……」

「おそろい？」

「おそろい！」

わっくんは、わかってほしそうに声を上げた。

――それ、歩だわ。

ポンチョにゴム長靴の子供は十年前の歩自身だといった、母親の声が思いだされたとき、歩の脳裏《のうり》にかすかな記憶が蘇《よみがえ》った。

あのときは――

今、目の前にいるわっくんと同じ姿をした、幼《おさな》い歩がいた。

そして幼い歩と同じ歳《とし》ごろのわっくんは、ほころびた粗末《そまつ》な着物を着ていたのではなかったか……。まるで昔のお百姓《ひゃくしょう》の子のような。

「そだ……また、あそこで遊ぶ？」

「あそこ？　……頭屋《とうや》の森っ？」

「うん。あむと会ったね」

わっくんの話を信じれば——歩《あゆむ》は十年前にも、頭屋《とうや》の森でわっくんと会い、わっくんとまた遊ぶ約束をした。

しかし約束は守られなかった。

——そう。十年前、頭屋の森に入ろうとした歩を止めた阪倉亮介《さかくらりようすけ》は……あのとき歩はこういったのではなかったか。「わっくんと約束してるの」と。

わっくんは十年間、歩を待ちつづけていた。十年間……？

歩はこうして成長したのに、わっくんは変わらない。いいや、見た目の年齢《ねんれい》などは関係がないのだろう。それは着物を着ていたわっくんが、幼《おさな》い歩と同じポンチョとゴム長靴の姿に、自在に姿を変えたように。平五郎《へいごろう》の言葉を借りれば、世界の被膜《ひまく》のむこう側の存在だから。須河《すか》原晶《わらあきら》の言葉を借りれば、別の層《レイヤー》の存在だから。わっくんと〝光〟たちは——

それは、いったい、なにものなのか。

ぽつりぽつりと、原生林の森に雨が落ちはじめていた。

4

翌日は雨になった。鏑木拓馬《かぶらきたくま》が公民館のほうに下りていくと、男たちがトラックの荷台から鉄パイプなどの資材を下ろしていた。そのなかには阪倉亮介の姿もあった。

「拓馬《たくま》っ！　手伝え！　人手が足んねぇんだ！」

亮介の声に、拓馬はしばらく立ちどまっていたが、道路を渡って歩みよった。

「ああ……神酒所《みきしょ》開きか」

祭りの御神酒《おみき》をふるまう場所を作っているのだ。

「そういうのか？」

自分がなにを作っているのかも知らずに手伝っていたらしい。亮介らしいな、と思いながら、拓馬は傘《かさ》をたたんだ。

「少しならいいよ」

「お、さすが鏑木家のぼっちゃんだ」

亮介の父親がいった。大人《おとな》は、そういう冗談《じょうだん》が好きだ。悪気はないのだろう。でも「誰かの子供扱い」は子供を傷つけることを忘れてしまっている。子供はいつだって自分を見てほしいのだ。認めてほしいから。

「上、持つよ」

聞こえなかったふりをして、拓馬はトラックの荷台に上がった。

神酒所を置くテントが組み上がったところで、雨脚《あまあし》が強くなって作業は中断された。公民館のなかに入った拓馬と亮介は、ぼんやりと外を眺めていた。

「散歩じゃないよな……」亮介《りょうすけ》がいった。「雨んなか、どこ行こうとしてたのかと思って」

「ちょっとな……亮介は明日のお祭り、どうするんだ？」

拓馬《たくま》は質問をはぐらかした。

「特に誘う相手もいないし……また露店《ろてん》の手伝いすっかな」

「懲《こ》りないな。去年、それがバレて道場、来にくくなったんだろうに」

去年の夏以来、亮介は剣道の道場に顔を出さなくなった。

「それはそれ、これはこれ……なんか、むいてるっつーか、水があうっつーか、楽しんだって。露店の手伝い」

「理解に苦しむよ」

「知ってるか？　たとえば、みんなが欲しがる物が、射的《しゃてき》の賞品にあるとすんだろ？　でもな――それは客寄せの賞品だから、倒れないように後ろを固定してあったりすんだよ」

「ありそうなことだ」

拓馬が知ったようにいうと、亮介は経験者のプライドにさわったのか、熱くなって語りはじめた。

「じゃあ、あれ。金魚すくいのポイ」

「ぽい？　金魚すくいの道具って、それが正式な名前なんだ？」

「おう！　すくった金魚をポイと投げ入れるから『ポイ』っつーんだ。あれな、一、二匹すくったただけで破れる薄い七号から、十匹はいける厚い五号まで——号数だけじゃなくて、商品でも破れにくさに差があるんだぜ」

「あれは、すくったあとの金魚に困る」

「いや、そ〜ゆ〜ことじゃなくて！　んじゃ拓馬、型抜きの上手《じょうず》な抜きかた知ってるか？」

「地道に細かくやれば、失敗しない」

拓馬がいうと、亮介は勝ちほこったように笑みを浮かべた。

「もっと簡単な方法があるんだよなぁ……知りたいか？　教えてやるよ。実はな——裏側を舐《な》めてから型抜きするといいんだ」

「あん？」

「……しないな」

「そうか、よし、試してみよう——って気分にはならない」

「ほんっと、おまえと話してるとイ〜ッってなる」

亮介がいったとき、公民館のなかで大人《おとな》たちが動きはじめる気配がした。

「小降りになってきたから、今のうちに片づけちまうぞ」

亮介の父の声が聞こえた。拓馬と亮介は立ち上がった。

外は雨が降りつづいている。深山《みやま》商店で美紀《みき》が店番をしていると、傘《かさ》をさした客が入ってきた。

いらっしゃいませ、といいかけて表情を変える。傘《かさ》の陰から顔を見せたのは拓馬《たくま》だった。

「…………？　傘持ってるのに、なんで、そんな濡《ぬ》れてるの？」

「うん。まぁ……そんなことより」ずぶ濡《ぬ》れの拓馬はいった。「ちゃんと誘おうと思って……猫《ね》おどり、今年も三姉妹でエントリーするんだろ？　そのあとでいいから、お祭り、いっしょにまわらないか？」

「え……」

美紀《みき》が困惑の表情をすると、拓馬は優しく笑《え》んだ。

「ダメかな？」

ダメ——そうじゃないけど。

「海野《うんの》いるじゃん。もう……ちゃんとしてあげなきゃダメだよ」

美紀は、幼なじみとして、拓馬を諭《さと》すようにいった。

「おれは深山《みやま》を誘ってるんだけど」

「んと……」

美紀は赤面して、しどろもどろになった。拓馬はわかってやっている。海野のことを気づかうことで、美紀は拓馬のことを幼なじみとしてしか見ていないと、暗《あん》に伝えているのに。それがわかっているのに、それでも強引に誘っているのだ。そこまでして——

「おれじゃダメなの？」

拓馬の、こういうのは卑怯《ひきょう》だ。ふだん澄ました顔をした優等生が、こんなに感情を剥《む》きだしにするなんて。追いつめられた表情をするなんて。断ったら――拓馬は傷つく。自分のせいで拓馬が傷ついたら、美紀も傷つく。

「そんなんじゃなくって」

「用事……ある？」

「いや……」

美紀はなんと答えたらよいかわからず、拓馬から目をそらした。

「逢沢《あいざわ》と約束してんの？」

拓馬の声が沈んだ。あきらかにへこんでいる。

「そんなんでもないけど……」

誘いはしたけど、約束はしていない。してくれなかった。

「……はっきりいってくれよ」

拓馬は結論を強《し》いた。いつもの拓馬じゃない。冷静になってよ――という言葉が口をつきかける。でも、そんなことをいっても今の拓馬には通じないだろう。

「なにを？」

「深山が……逢沢を選ぶなら――」

「どうして、そうなっちゃうのかな……」

美紀《みき》は拓馬《たくま》の言葉を遮《さえぎ》った。

「…………？」

「選ぶとか、選ばないとか……それって、今、決めなくちゃいけないこと？」

「……小さな選択の積み重ねが、結局は、自分の生きかたを決めることになるんだと思う。おれたちは日々、いろんなことを選んでるし、選ばなきゃさきへ進めないこともある」

「自分の気持ちを伝えたかったら」美紀はつぶやくようにいった。「相手を……自分がどう話せば、相手がわかってくれるのか、考えないと」

「……邪魔《じゃま》して悪かった」

拓馬は背をむけた。美紀には、かける言葉がなかった。拓馬の気持ちを受けいれるつもりがない以上、なにをいっても拓馬を傷つけてしまうのだから。

拓馬は、店の出口で立ちどまり、背中をむけたままいった。

「あいつは、もうすぐ帰る。田菜《こ》にいなくなる。想ってても、口に出さなきゃ伝わらないぞ」

拓馬はふりかえらずに雨のなかへ駆《か》けだしていった。

もしかすると、泣いていたかもしれない。

「知ってるよ……知ってるけど……」

美紀が呆然《ぼうぜん》としていると、居間のほうから美玖《みく》がやってきた。

おたまじゃくしのぬいぐるみをグイと美紀に突きつける。頭でっかちのおたまじゃくし。みんな子供だ。相手に優しくしたいのに傷つけてばかりだ。美紀は妹の頭を優しく撫《な》でた。

雨のなかを歩いてきたのは鏑木《かぶらき》拓馬だった。

「よっぽどここが気になるんだな」

頭屋《とうや》の森の前で歩《あゆむ》が佇《たたず》んでいると、むこうから傘《かさ》をさした誰かがやってきた。

「…………」

「まさか入ったりしてないよね？」

「……してないけど——ここに入るのって、そんなにいけないこと？」

「タブーもある。だけどそれ以前に、人ん家《ち》だもの。廃屋《はいおく》とはいえ、勝手に入っちゃまずいさ」

拓馬はそのまま行きかけるが、ふりかえって、

「もう一度だけ聞いときたいんだけど——深山《みやま》のこと、どう思ってんの？」

「どうって……ふつー」

「きみ……当事者なのわかってる？」

拓馬の声には、敵意が伏せられていた。

「当事者？」

鏑木は海野潮音《うんのしおね》とつきあっていて、でもそれは海野の独りよがりな思いこみで、強引につき

まとってまわりにそう思わせているだけで、実は鏑木《かぶらき》は、幼なじみの深山美紀《みやまみき》に思いをよせている。それがなんだというのだ。なぜそこに、よそ者の歩《あゆむ》がかかわって敵意を浴びせられなくてはいけないのか。

鏑木がなにかいいかけたとき、歩の携帯電話が鳴って、互いの言葉を封じこめた。

歩は携帯電話の画面を見た。着信表示は――『深山美紀』。

「…………」

いや――歩は、もう、かかわってしまったのだろう。

母に。

稀代秋之《きしろあきゆき》――父に。

わっくんに。わっくんと会った美玖《みく》に。その姉の美紀に。その幼なじみの阪倉亮介《さかくらりょうすけ》に。鏑木拓馬《たくま》に。海野潮音《うんのしおね》に。藤堂麻子《とうどうあさこ》に。平五郎《へいごろう》に。あの須河原晶《すかわらあきら》にも――いつだか紙に書いた田菜《たな》の相関図には、歩が書きこまなかった者たちの名前が、見えなくても刻まれていたのだ。

この田菜の、人々に、歩はかかわってしまった。

なぜなら、彼らの住む田菜を訪れたのは歩自身の選択なのだから。

好意も、敵意も、すれちがいも、約束も、すべて相手がいることだから。

そして歩は――決して、独りになりたかったわけではなかったはずだ。独りになりたくて不登校になったわけではなかった。ただ……

この、美紀からかかってきた電話に。

よろこびを感じている歩がいた。自分を見てくれている人が、確かにいることに。

鳴りつづける電話を見かねた鏑木が「出たら？」といった。

「深山のこと、中途半端にすんなよ……」

それは忠告だったのか。幼なじみへの思いやりだったのか。裏返しの警告だったのか。鏑木はつぶやくようにいって去っていった。歩は、その背中を見送りながら通話ボタンを押した。

「……はい」

『おう！　なんだ、逢沢《あいざわ》歩も元気ないのか』

――美玖？

歩はわれにかえった。美紀の携帯電話からのはずだが、姉のものを借りたらしい。

「……も？」

『なんでもない。こっちのこと！　明日、どうすんだ？』

美玖は猫《ねこ》おどりの日のことを尋ねた。

「わっくん、頭屋《とうや》の森に来るって」

『なぬ……!?』

「なんか、このまま雨がつづいて、お祭り中止になんないかなって――そんな気分」

『そしたら、わっくんと遊ぶだけですむからか？』

歩《あゆむ》はうんと答えて、眼前の頭屋《とうや》の森を仰《あお》いだ。このまま雨が降りつづけば、なにも難しいことはないのに。歩はわっくんと遊ぶ。わっくんとの約束を果たす。それで終われるのにと。

『だいじょぶだ』

「なにが?」

『なにかわかんないけど、だいじょぶ!』

美玖《みく》のいうことは、あいかわらず意味不明だ。歩はうやむやのうちに通話を切った。

＊

携帯電話を折りたたんだ美玖が、美紀《みき》に携帯を返した。

「ありがと」

「……明日、逢沢《あいざわ》くんと会うの?」

美紀は妹に尋ねた。

「いや……なんで?」

「ううん、なんでもない」

美紀は、縁側から灰色に煙る空を見上げた。

「雨、やむといいねぇ……」

祈るようにつぶやいた。

「やむよ……きっと」

＊

海野潮音《うんのしおね》が路線バスで塾《じゅく》から帰ると、公民館の前にテントが張られて、神棚《かみだな》みたいなものが作られていた。母親がワゴン車で迎えにきていた。潮音は無言でドアを開けて車に乗りこんだ。

母親が車を出す。母親がハンカチで濡《ぬ》れた腕をふいた。

「浴衣《ゆかた》、だしといたわよ。潮音は明日、お祭り、行くんでしょ？」

母が話しかけてきた。

「…………」

「行かないの？」

「……わかんない」

ほんとうにわからなかった。拓馬《たくま》といっしょでなければ、猫《ねこ》おどりなんて下らない祭りに行く気にはならない。祭りが楽しみなわけではない。拓馬といっしょにいるのが楽しみなのだ。

*

「明日、午後イチで現場先乗りするね」

インターネットで明日の天気を確認していた須河原晶《すかわらあきら》は、堂丸史郎《どうまるしろう》にいった。

「そりゃいいけど——雨、どうなんだ？」

明日の静岡県東部の天気予報は「曇り一時雨」だ。

「わたし、晴れ女！」

「根拠ないだろ。決行か中止の判断ってのは？」

「お昼には、役場の方から出る。こんだけ降りつづけてるんだし、明日にはあがる。もう気合いで、あがる」

5

汚れた食器を洗い桶《おけ》に入れた歩《あゆむ》は、皿を洗いながら、ダイニングで座っている稀代《きしろ》にいった。

「ぼく……お祭りが終わったら、横浜に帰ろうと思う」

新聞を読んでいた稀代が、顔を上げる気配がした。

「……わかった。そのこと、もう母さんには話してあるのか？」

「あとで、電話しとく」

今、母親に電話をする気にはならなかった。帰るといえば、母はたぶん歩に「成果」を求めるだろう。母がいちばん欲しいのは「不登校が治った」というおみやげ。田菜《たな》に行ってどうだったか。友達はできたのか。二学期からは学校に行けそうか——まるで歩が、田菜に、なにかの宿題をしに行ったようにいうだろう。それはレストランで注文して料理が出てくるのを待つようなもの。料理がどうやって作られるのかは母にとって問題ではない。期待していないふりをしていたのに、実は期待満々。そして——頼んでいない、メニューどおりでないものを出されると、不機嫌《ふきげん》になるのだ。そうだ——海野潮音《うんのしおね》と母は似ているところがある。だから歩は海野が苦手なのだろうか。

母は、無関係とはいわない。

それこそ一生、縁は切れない。でも今、歩にとって母親はあきらかに重荷だった。ものごとを解決するには順序がある。歩はまず、田菜で、十年前の自分の記憶と——わっくんとのことに決着をつけなくてはならない気がした。

「田菜は、どうだった？」

「まだ終わってないから」

歩は稀代に答えた。

「そうか。なんか知らんが、それももうすぐ終わると思ってるわけだな？」

「たぶん……」

それは――わっくんとのことは、今しかできないことだから。

猫《ねこ》おどりの夜には終わりが待っているはずだ。結論は出ないかもしれない。しかし歩《あゆむ》とわっくんの再会の結末は――それがどのような形であるにせよ、訪れるだろう。

「母さんは、どんな気持ちで、おまえを田菜《たな》に送ったのかな」

稀代《きしろ》のその言葉は、おそらく、これまでで最も歩の心に踏みこんだものだった。稀代は――

父は顔を伏せてはいなかった。

「……要求されたくない」

歩は、これまでの習性で、すぐに対話を拒絶する言葉を吐《は》いた。大人《おとな》の優しさと気づかいの裏には、かならず期待があるから。見返りを求められるから。

「無理強《じ》いじゃないと思う」

「そうなのかな……」

「まわりの人や出来事が、ぜんぶつまらない、ムダなものに映る？」

稀代は、いつものように奇妙《きみょう》なところから会話をひっぱりだした。

「…………」

「でも、ほんとうに気持ちを伝えなければいけない相手がいたとき、おまえはどうする？　うまく伝えられるか？　たとえば母さんに……たとえば、好きになった人に」

「そんなの……」

「黙っていても伝わらない。黙っていたらわからない。だからまわりは、おまえについて、いろいろ考えてしまう。それは的《まと》はずれだったり、心外《しんがい》だったりするだろう。だが……独りというのは。それさえ、されなくなった人間のことだ」

「…………」

「考えてほしいんだな。自分のこと……そこから抜けだすためには、自分で考えなくちゃいけない。まわりがなにをいったって、結局――考えて、選んで、行動するのは自分だ」

灰色の地下迷宮《ダンジョン》を抜けだす出口を探して。

――どうせ、ぼくの気持ちはわかってもらえない。

あたりまえだった。歩自身が、自分の気持ちがわからないのだから。

歩は、横浜に帰る。

そのときの自分が、どんな感情を抱きながら田菜をあとにするのか。今、歩には想像することもできなかった。それは明日のことであるのにだ。

歩の毎日は、灰色に塗りつぶされていた。

家にこもり、代わりばえのない暗い地下迷宮のなかでワープをくりかえしていた歩の日々は、田菜を訪れてから、劇的に、鮮《あざ》やかな色に彩られはじめていた。そして歩は、その鮮やかな色から逃げることを、気がつけばやめさせられていたのかもしれない。歩《あゆむ》は歩いた。翼《つばさ》のようなクロスバイクで走った。出会う人、出会う人をみな「敵」として、自分を傷つける敵と決めつけて避けることに、疲れて。

「どうせ明日は急患くらいしかないだろう。せっかくだし、病院閉めていっしょに祭りに行ってみるか？」

「いや……それはいい」

歩が断ると、稀代《きしろ》は「冗談《じょうだん》だ」と肩をすくめた。たぶん父はそうしたかったのだろう。

——ごめんなさい。

父には感謝していた。歩の好きなようにさせてくれた。考える時間と場所を与えてくれた。

それは父の、大きな意味での優しさだった。

せめて歩は、だから全力で——自分で選んだこの結末を受けいれるつもりだった。

※　※　※

母が携帯メールに添付《てんぷ》して送ってきた、幼いころの自分の写真を見た。

ポンチョにゴム長靴。「あむとおそろい」——わっくんは、このときの歩の姿をまねて同じ姿になった。

——わっくんは、何者？

幽霊《ゆうれい》？　妖怪《ようかい》？　宇宙人？　どのようにもわっくんを考えることはできたが、どれもがちがっている気がした。わっくんが何者であるのかを定める言葉は、どこにもないのかもしれない。

「ぼくは、なにができるんだろう……」

窓の外に視線を移すと、窓外に、暖色の光が二つ、ただよっていた。

——ぽうっ
ぽうっ

歩《あゆむ》は窓を開けた。
雨のなか、それらは光の膜《まく》のむこうから姿を顕《あらわ》し、実体化する。

――どっしる

しっしん

「きみたちは、なに？　ぼくは……なんだか怖いんだ……」
光の精たちは、優しく応《こた》えて光を明滅させた。

十　雨のなかに錯綜する想い

1

神凪猫《かんなぎねこ》おどりの朝が訪れた。

空は、今にもこぼれおちそうな鉛色の雲に覆《おお》われていた。公民館に設けられた神酒所《みきしょ》には、一升瓶《いっしょうびん》やそのほかの供《そな》え物、寄付金を寄せた人々の名前と金額を書いた紙が貼ってある。

その前で、消防団の法被《はっぴ》を羽織《はお》った深山美紀《みやまみき》の父を中心に、男たちが集まっていた。

「さて、今年もよろしく。事故やケガのないよう、祭りを成功させっぞ！」

男たちの声とともに、祭りがはじまる。

＊

「――猫おどりコンテストは午後六時より、田菜《たな》小学校特設ステージで開催されます。飛びいりも受け付けておりますので、この機会に是非――」

校内放送を使ったアナウンスが校庭に響いた。

校庭には、水ヨーヨー、りんご飴《あめ》、チョコバナナ、お好み焼き、焼きそば――などの露店《ろてん》の準備をする香具師《やし》たちが、忙《いそが》しそうに動きまわっている。

「にぃちゃん、ひまそうやな」

うまい具合に香具師のひとりから声がかかって、ぶらぶら、ひまっぽいオーラを発していた法被《はっぴ》姿の阪倉亮介《さかくらりようすけ》はしたり顔でふりむいた。たわわな胸をきりりと巻いたサラシに包んで、だぼシャツに股引《ももひき》と、いなせな姿のオバサンだったが、そのたくましい肩はどう見ても、

「…………！」
ニ、ニュ、ニューハーフだった。亮介は腰を抜かした。
「金トトの笑子《しょうこ》さんや。笑う子と書いて『しょうこ』――にぃちゃんは？」

「阪倉……亮介」

金トトの笑子の存在感に亮介はすっかり呑《の》まれてしまった。

「よっしゃ、亮ちゃん！　それ、こっちに運んでくれへんか！」金トトの笑子は金魚がどっさり入ったビニール袋を顎《あご》で示した。「若いモンがブラブラしとったら、あかん。働き！」

「――美玖《みく》！　行くんなら早くしないと！」

美紀《みき》が居間にいる妹を呼んだとき、携帯電話が鳴った。着信表示の『逢沢歩《あいざわあゆむ》』の文字を見て、受信ボタンを押す。

『……今、いい？』

いつもどおりの遠慮がちな声だ。

「これから美佳《みか》姉《ね》ぇ迎えに駅行くとこだけど、だいじょぶ……なに？」

『あのさ……夜——行けるかどうかわかんないんだけど……行けたら、いっしょにお祭り、まわってみたい……』

逢沢が美紀を誘っていた。あの、逢沢歩が……。

『もしもし……？』

「わかった」

『ごめんね。あいまいで』

「じゃ、どうしよっか？　会場で待ってればいい？」

『うん。連絡する』

「……待ってる」

それだけいって通話は切れた。

——なぜだか察せられた。逢沢歩は帰るのだろう。だから勇気を出したのかもしれない。相手の気持ちに応《こた》えることに。そして、その相手は美紀ひとりではないのだ。だから「行けるかどうかわからない」。相手は誰だろう。海野《うんの》――ではない気がした。

居間を覗《のぞ》くと、カエルのぬいぐるみをぶら下げて、ぼぉっとした表情の美玖《みく》が立っていた。

「……どした?」

「風邪《かぜ》ひいたっぽい」

ずるっと鼻水をすする美玖の額《ひたい》に、手をあてた。

「熱あるよ」

「あるんだな」

「お迎え、ひとりで行ってくるから、薬飲んで横になってなね」

美玖は、「へい」と答えて、母親を呼びながら薬箱のある台所に歩いていった。


昼すぎに家を出た歩がファームサイドマート田菜《たな》屋に行くと、麦わら帽子《ぼうし》のロクが駐車場で観光客の子供といっしょに記念撮影をしていた。店先に出されたビーチパラソルの下では、氷水を張ったクーラーに入れた缶《かん》飲料を売っている――なぜか平五郎《へいごろう》の姿があった。

「客か? 冷やかしか?」

歩を見た平五郎が、声を飛ばした。歩はクロスバイクを立てかけて近づいた。平五郎の隣で、乳製品などの田菜みやげ――そんなオリジナル商品があったのは意外だ――を売っている麻子《あさこ》に、なにごとかと尋ねた。なぜ平五郎が店を手伝っているのか。

「祭りまでは、まだ時間もあるし。ちと、手伝いをな」

「御子柴《みこしば》さん休みだし、お願いしたの」

平五郎がいって、麻子が答えた。

「おまえが欲しいのは瓶詰《びんづ》めの水か？」

平五郎は氷水からミネラルウォーターのペットボトルをつかみだした。

「んと、ぼく、客なんだけど……こんなんでいいの？」

「平五郎さんだから。持ち味でしょ」

麻子がいったとき、急に、ぱらぱらと雨粒が落ちはじめた。

＊

『――通り雨ですよ。今日の予報は曇り一時雨。夕方には回復にむかうって……やります。ぼちぼちお客さんも来てるし。中止はしません。猫《ねこ》おどり、決行します！』

祭りの実行委員に田菜《たな》の天気を確認した須河原晶《すかわらあきら》は、その報告を聞いて気合いを入れた。

社屋《しゃおく》の女子トイレで鏡を見つめる。鏡をカメラに、携帯電話をマイクに見たてて、

「こんにちは！　須河原晶です。す・か・わ・ら――濁《にご》りません。今日はここ、神凪《かんなぎ》町田菜の猫おどり会場にやってきました！」

取材のイメージトレーニングをはじめる。いつもやることだ。トイレに誰か入っていたらしく、びっくりするような音が聞こえた。でも気にしない。

「この夏、田菜《たな》では、さまざまな噂《うわさ》が囁《ささや》かれ、噂のみならず、実際に怪奇《かいき》現象も発生しており、今夜の猫《ねこ》おどりでは——」

そのときドアがノックされた。個室のドアではなく女子トイレに入るところのドアだ。

廊下に出ると、堂丸史郎《どうまるしろう》の巨体が立っていた。

「なにやってんだ？」

あきれたように訊《き》く。

「猫おどり、決行決定！」

「……なにを期待してるのか知らんが、これだけはいっとく。予断は禁物だ。いいな」

「だいじょうぶ！　見たままを、ありのままに」

ヒマネタの取材じゃない。報道する。田菜の一日をありのままに記録するのだ。

ファームサイドマート田菜屋は客で賑《にぎ》わっていた。雨を避けて店内に駆《か》けこむ観光客もいて、麻子《あさこ》は店内に戻っている。歩《あゆむ》は店先のビーチパラソルを借りて、雨宿りをしていた。

「縄《なわ》にぶら下がったワラジか……『道切り』だな」

平五郎《へいごろう》が答えた。

「道を、きるの？」

頭屋《とうや》の森で見た、縄にぶら下がったワラジのことを、歩はそれとなく平五郎に尋ねたのだ。

「昔からある。いや、昔あったというべきか――まじないだ。疫病《えきびょう》や魔物《まもの》、村や家に災《わざわ》いをもたらすものが入ってくるのを防ぐために、ウチとソトの境界に置かれる。注連縄《しめなわ》や辻《つじ》の地蔵《じぞう》にも似たような役目がある」

「そのなかには入っちゃいけない？」

「災いをなすものは、入れない」

悪いものを村に入れないための、まじないだという。

「そうでなければ入れる？」

「まあ、そうなるが……」

「じゃあ、入ったら戻れなくなる場所って……世界の被膜《ひまく》と関係ある？」

そういった歩を、平五郎が興味深そうに見ていた。

「竜宮城《りゅうぐうじょう》、桃源郷《とうげんきょう》、アガルタ、シャングリラ。いいかたはいろいろだが、ひと言でいえば〝異界《いかい》〟――この世と幽《かそけ》き接点を持ちながら、この世ではない場所。被膜のむこう側だな」

「……」

「どっかに道切りされた異界の入り口でもあったか？」

平五郎が静かにいった。

雨がひとしきり強くなって、駐車場のアスファルトに跳《は》ねかえり歩《あゆむ》の足元を濡《ぬ》らした。

2

田菜《たな》小学校前に駐《と》まったバスから降りた団体が、傘《かさ》を手に空を見上げていた。

その脇を通りすぎた須河原晶《すかわらあきら》は、臨時駐車場に車を駐めた。ドアを開けて外に出ると、さあっと、あたりの水溜まりに落ちる波紋《はもん》が失《う》せて、空の一隅には青空までがさした。

「晴れ女パワー！」

＊

「──美玖《みく》！　美佳姉《みかね》ぇ、きたよ！」

美紀《みき》が姉の美佳といっしょに家に帰ってきたとき、美玖はおでこに熱冷《さ》ましのシートを貼って居間で横になっていた。壁の時計は二時をすぎたあたりで……いいや、姉の美佳を迎えに家を出たのが二時少し前だったはずだ。つまり時計が止まっていた。

そのとき、固定してあった扇風機《せんぷうき》が急に首ふりをはじめた。さらに、消してあったはずのテレビが勝手について、白と黒の画面がザーっと流れる。

「なに……？」

家電の異変に美紀が戸惑っていると、美玖が、むくりと起きあがった。

「寝てる場合じゃないぞ、これ……」

美玖がつぶやいて、よろけながら居間を出ていった。

「ちょ……どこ行くの？」

「わっくんだ……」

うわごとのようにつぶやくと、美玖は、帰省した美佳の出迎えもせず外に飛びだしていった。


雨が上がり、祭り会場の客足も増えはじめていた。カメラを手にした観光客。エメラルドランドの別荘客も、今日は多くが盆地《ぼんち》に下りてきているはずだ。

「車の故障《こしょう》らしいっすね」

駐車場のほうで、さっきから鳴りつづけるクラクションの様子を見て戻ってきた阪倉《さかくら》亮介《りょうすけ》は、雇い主の金魚すくい屋、金トトの笑子《しょうこ》に伝えた。盗難《とうなん》防止装置でも作動したのかと思ったが、どうもただの故障らしい。車の持ち主はビーっと鳴りつづける愛車を前に困りはてていた。

「あら、そう」

「………？　笑子さん。これ――」

亮介がふと金魚の泳ぐプールに目を移すと、それまで気ままに泳いでいた金魚たちが、いっせいに一方に集まりはじめた。

「おお～！」

笑子《しょうこ》も声を上げた。笑子が驚いたので、亮介《りょうすけ》はいっしょになって驚いて、

「なんスか？　なんスか？」

「……知らん。地震でもくるんとちゃうか」

笑子は適当なことをいった。亮介は真《ま》に受けて「ええ～っ！」と驚いた。

田菜《たな》小学校の体育館は、猫《ねこ》おどりの参加者たちの更衣《こうい》室になっていた。

実行委員が用意したメイクスタッフが、参加者に好みの猫メイクをはじめている。

「もしも～し！」

そのとき、参加者たちの携帯電話がいっせいに鳴りはじめた。

「なに？　誰？」

「ワン切り？」

たちまち困惑の声が錯綜《さくそう》する。携帯電話の不調。

「わくわく……」

その様子をデジタルビデオカメラに収めながら、須河原晶《すかわらあきら》が、異変の予感に心躍《おど》らせて取材をしていると、突然そのカメラが停止して、勝手にテープが排出されてしまった。

「お？」

テープを戻すが、ビデオカメラはやはりテープを吐《は》きだしてしまう。

来るぞ、来るぞ……と、晶は呪文《じゅもん》のようにくりかえした。それから、そろそろディレクターの堂丸《どうまる》が到着する時間だと思いだして、駐車場にむかった。

空き地に設けられた臨時駐車場に39《サンキュー》ケーブルテレビのバンが乗りつけると、堂丸を出迎えた須河原晶は、荷台から機材を下ろすのを手伝った。

「天気、持つかな……」

堂丸がつぶやいた。見れば、学校のすぐ裏手まで迫《せま》った山のむこうから、低い雲が垂れこめていた。いったん上がった雨が、また、いつ降りだすともわからない空模様だ。

「ここまで来たら、心配してってもはじまんないよ」

「おまえさ、猫《ねこ》おどりの由来って知ってるか？」

堂丸は車から機材を下ろしながらいった。

「そりゃ、もちろん！　守谷《もりや》の家のシロ――だよね」

「で、その話の結末は？」

「某《なにがし》に諭《さと》されて、シロは家を出た」

晶は、頭屋《とうや》の森の方向を見やった。笛《ふえ》を吹いた猫を飼《か》うことはできないといわれて、シロは守谷の家から出ていったという。

「ま、一般にはそうだわな」

「ちがうの？」

「別バージョンもあるんだ。つうか、後日談《ごじつだん》つきのやつ」

「後日談？」

晶《あきら》は初耳だった。

「笛《ふえ》を吹き、踊《おど》る猫《ねこ》といやあ、まぁ控えめに見ても化《ば》け猫だ……そんな猫を追いだして、祟《たた》りをなされてはたまらんと、主《あるじ》は地所の一画に小さな塚《つか》を建て、追いだしたシロを祀《まつ》ったそうだ」

「猫塚？」

晶がいうと、堂丸《どうまる》は頷《うなず》いて、

「ところがだ……それ以来、守谷《もりや》の家では怪異《かいい》が頻発《ひんぱつ》するようになった」

「塚を建てたのに？」

「それが、逆に依代《よりしろ》になっちまったのかもしれん。とにかく困りはてた主は、年に一度、自分らがシロたちになりかわって踊ることで、幾多の怪異を鎮《しず》めようとした」

「それって……今の猫おどりといっしょ？　もっとも今じゃすっかり内実は失われてるけど」

「……だな。その頃から守谷が頭屋《とうや》になったんだと、おれはそう思ってるよ」

つまり怪異《かいい》を鎮《しず》めるためには、庄屋《しょうや》ではなく頭屋である必要があった。

「おもしろいな、それ」

晶は堂丸の語った後日談を、心のなかで反芻《はんすう》した。

堂丸がカメラチェックをしてレンズを覗《のぞ》きこんだ。

「！」

目を見ひらいた堂丸が、カメラから目を離して、空を仰《あお》ぐ。

「どした？」

「いや……」

堂丸は、まるでファインダーのなかにスカイフィッシュでも見たような顔をしていた。

「歩《あゆむ》なら、昼すぎに出かけて、そのままだけど……」

外に飛び出していった美玖《みく》を追って、稀代《きしろ》動物病院を訪ねた美紀《みき》だったが、すでに逢沢《あいざわ》はでかけたあとだった。

「すみません。この子、電話じゃダメだっていうんで……押しかけちゃって」

「それはいいんだけど。歩が約束すっぽかしたとか、なんかあった？」

「いえ、全然、そういうんじゃなくて——おじゃましました」

美紀は稀代に頭を下げて、動物病院をあとにした。

風邪《かぜ》気味の妹の様子を気にかけながら、美玖に、いったいどうしたのかと尋ねる。

「わっくん……本気で遊ぶ気だ」

「え……？」

美玖《みく》の言葉の意味が、美紀《みき》には、わからなかった。

妹を家に連れもどした美紀は、縫《ぬ》い上がったばかりの猫《ねこ》おどり用の衣装を美玖に着せた。ノースリーブのミニ浴衣《ゆかた》に、大きなリボンの帯には尻尾《しっぽ》がぶら下がっている。今朝までかかってようやく仕上げた。自信作。それを着ると猫娘《むすめ》の姉妹が三匹、完成した。

熱のせいか、考えごとをしているのか、美玖はしゃきっとせずにつっ立っている。

「……踊り、やめとく？　美佳《みか》姉ぇとふたりだけでも平気だから」

「行く……行かなくちゃダメだ」

「さっきいってた……わっくん、本気で遊ぶって――どゆこと？」

わっくん――というのは、逢沢《あいざわ》が啼沢《なきざわ》川の上流で会ったという小さな男の子の名前ではなかったか。逢沢は、もしかして今日もわっくんと遊ぶのだろうか。それを、なぜ美玖が知っているのか。

「……どうだろ」

美玖は、自分でもよくわかっていないように、つぶやいた。

「まだ～？　そろそろ行くよ～！」

姉の美佳が呼ぶ声が聞こえた。「すぐ行く」と答えると、美玖の帯をきゅっと締めた。

「わたしに手伝えること、ある？」

美玖にいった。

「ない」

「やっぱ、ないか……」美紀は苦笑しながら、妹にいってきかせた。「でも一個だけ約束して。具合悪くなったら、美玖はコンテスト棄権《きけん》して、家で休む。いい？」

「へい」

「よし」美玖の背中をぽんと叩《たた》いた。「じゃ、行こう！」

深山《みやま》三姉妹で、そろって神凪《かんなぎ》猫おどりに出発した。祭りの本番は、もうすぐだ。

3

逢沢歩《あゆむ》は頭屋《とうや》の森にやってきた。

念のため原生林の川原《かわら》にも行ってみたが、わっくんはいなかった。代わりに、橋のところに〝光〟――どっしるが待っていた。迎えに行くようにいわれていたかのように、どっしるは歩を頭屋の森まで導いた。途中、祭り会場の小学校へとつづく交差点のあたりで大勢の人とすれちがったが、誰も、どっしるには気づかなかった。いよいよ歩は、自分がむこう側の存在にどんどん近寄っていくのを感じた。

だから、歩には見える。

だから、歩《あゆむ》はわっくんと遊ぶ。

ふとすると自分も見えていないのではないか、という不安が襲った。誰も、歩のことなど見ていないのではないかと。

廃屋《はいおく》の門の前に立った。どっしるは門をくぐって、滑《すべ》りこむように森のなかへ入っていった。

十年前――幼い歩はここで阪倉亮介《さかくらりようすけ》と出会った。わっくんと遊ぶ約束をしていた歩は、必死で森に入ろうとしたが、阪倉がそれを許さなかった。歩は小さくて、阪倉は体が大きくて、だから、かなわなかった。そして……

ついてこない歩を心配するように、門の奥からどっしるが戻ってきた。歩はあたりを見まわした。人がいないことを確かめると、意を決して、クロスバイクをひいて門をくぐった。笹藪《ささやぶ》の下生《したば》えに囲まれた小径《こみち》を進む。森の空気はひんやりとして、夏の暑さを忘れさせた。蟬《せみ》の声が幻聴のように遠のいていった。見上げれば、樹葉《じゅよう》に覆《おお》われたドームのような頭屋《とうや》の森のなかは、昼でも夜でもなく別の時間の流れが支配しているようだ。

壊《こわ》れた釣瓶《つるべ》のある古井戸が見えた。

歩は、道切りのワラジの前に立った。

前触れもなく――道切りの縄《なわ》がきれて、落ちる。

歩はひるんだ。ひどく神経を尖《とが》らせて、縄のむこうにある鳥居《とりい》の奥を覗《のぞ》きこむと、小さな塚《つか》が見えた。あれはいったいなんのための祠《ほこら》だろうか……

──戻れなくなる。

十年前、わっくんはいったはずだ。

深山美玖《みやまみく》もいっていた。

「また見てるし。そっちは……めっ！」

声にふりかえると、そこには、ポンチョにゴム長靴のわっくんが待っていた。

「わっくん……」

現《うつつ》と、夢が、混ざる。

「遊ぼ！」

わっくんは無邪気《むじゃき》に笑う。歩は、うん、と頷《うなず》いて、その場にクロスバイクを転がした。

4

「は〜い、がんばって彼女にいいとこ見せないとね！」

金魚すくいの店番をまかされた阪倉亮介は、若い男女の客から金を受けとると、男には青いポイを、女には赤いポイを渡した。

金トトの笑子《しょうこ》が、そんな亮介をつついて小声で、

「亮ちゃん、初めてやないな？」

訳知り顔で耳打ちした。

「男には薄い七号。女性にはふつうの六号。常識っす」

「ほな、紫《むらさき》は?」

「特別な人から、見かねた客まで……こっちの胸先《むなさき》三寸」

「亮介《りょうすけ》!」

呼ばれて見ると、そこにコスプレをした猫娘《ねこむすめ》がちょこんと現れた。顔はメイクで隠されているが、「亮介」などと呼び捨てにする生意気《なまいき》な小娘は、ひとりしかない。

「厚い5号の特別な人か?」

笑子《しょうこ》は小指を立てた。

「笑子さん……笑った顔、ちょっと怖いっすから」

ニューハーフの怪《あや》しい色気に亮介はたじたじになった。

「捜《さが》したぞ!　亮介……頼みがある」

美玖《みく》がいうと、笑子が「聞いたれ」といって亮介と店番を代わった。

「なに?」

亮介はめんどうくさそうに美玖を見た。

美玖は、なにやらせっぱ詰まった様子だった。真剣なんだかふざけているのか、猫メイクのせいでよくわからない。

「頭屋《とうや》の森に行ってくれ」

「頭屋の森……って!?」

＊

頭屋の森で。

守谷《もりや》の家の廃屋《はいおく》の庭で、歩《あゆむ》とわっくんは鬼《おに》ごっこをして遊んでいた。

「ううう……あぁぁぁぁ」

ゾンビのものまねをしながら、歩は、キャッキャと逃げるわっくんを後ろから抱えこんだ。

「きゃっ！　あむ！　もっかい！　もっかい！」

わっくんは楽しくてしかたがない。

歩は、ふと素《す》に返って、あたりの様子を確かめた。

「……もう暗くなるよ」

気がつけば——

長いはずの夏の日はあっという間にすぎて、樹々の切れ間に覗《のぞ》く空は、すでに闇《やみ》の色を濃くしていた。時間も忘れて遊んだ。太陽のない日暮れ。昼と夜の狭間《はざま》の誰《た》そ彼時《がれどき》に、灰色の森で遊ぶ子供は、独り、歩と、わっくんのふたりだけだ。

「もっかい!」

「あのね……ぼく」歩《あゆむ》は、伝えるべきことをきりだした。「ぼく、もうすぐ帰るんだ……」

「帰る?」

わっくんは、わからないという顔をした。

「いなくなるから、もう遊べなくなる」

遊べなくなる、という言葉に、わっくんは激しく逆《さか》らった。

「いなくならないっ! あむ、遊べるし!」

「でも……」

「いなくならないっ!」

わっくんは涙目《なみだめ》になった。帰る、というのがわからないらしい。わっくんにとっては、たぶん——この盆地《ぼんち》が世界のすべてなのだろう。盆地の外に、横浜という別の街があることなど。歩がそこから来た旅人のようなものであることを、わっくんにわかってもらうのはとても難しく思えた。

「あのね——」

「……待つの、いや」

しょげかえったわっくんを気づかうように、すーっと、淡い二つの光が寄りそう。

「あむ……どっしる、しっしんっていった」

暖色の光に照らされて、そのとき歩の脳裏《のうり》に、大切だった記憶の断片が浮かび上がった。

＊

幼い歩がいた。

着物姿のわっくんと鬼《おに》ごっこをしていた。そのまわりを舞う、暖色の光たちがいた。

彼らは、ずっと、この盆地にいたのだ。被膜《ひまく》が薄まった、こちら側とむこう側の窓のような、この境界の土地に。

——どっしる！

幼い歩がいった。

——なに？

——名前！　しっしん！

牛くんと兎《うさぎ》さんを指していった。

幼い歩の世界は鮮《あざ》やかな光に彩られていた。

＊

二つの暖色の光を前に、歩《あゆむ》は立ちつくしていた。

田菜《たな》を訪れてからずっと、歩につきそうようにいた、この二つの光は。光のむこう側に顕《あらわ》れたカタチあるものたちは…………

――ぼく　どっしるを　みたよ。
しっしんは　いなかった。
さわりたかったけど　がまんしたの。
とっても　いいかんじだったから。
また　くるかな。

あいざわ　あゆむ

――〝光〟を名づけたのは幼い歩だったのだから。

二つの暖色の光を挟《はさ》んで、歩とわっくんは見つめあった。

「あむがいった……どっしるとしっしん……あむ、遊ぶっていったから、待ってたし。あむ、来たし。遊ぶの！」

わっくんが訴える。わっくんは歩が大好きなのだ。だから、いっしょにいたいのだと。

木立のむこうの薄暮《はくぼ》の空に、花火が開く。

咲きみだれる。

田菜の夜を彩る年に一度の祭りの夜の記憶に、鮮《あざ》やかに焼きついていく。

5

公民館の神酒所《みきしょ》には、ふるまい酒を酌《く》みかわす地元の大人《おとな》たちが集まっていた。その前を通って、鏑木拓馬《かぶらきたくま》は祭り会場にむかった。

――祭りの夜だから。

なにがあるかわからない。美紀《みき》に受けいれてもらえなかった約束を、もう一度――自分がこれほど未練がましい性格だったとは、拓馬自身も小さな驚きだった。

あの逢沢《あいざわ》歩は、じきに、遠くないうちに田菜を去るだろう。もしかすれば明日にも。それから深山《みやま》美紀の心の席には誰が座るのだろう。それが自分であっても、いいのではないか。望まなくてはなにもはじまらない。

小学校に着いた拓馬《たくま》の前に一台のワゴン車が停まった。

浴衣《ゆかた》の少女を降ろして、車は走りさる。

——祭りの夜だから。

なにがあるかわからない。拓馬と少女は——海野潮音《うんのしおね》は、ふたり、目をあわせて……

気まずい空気を破って、空に大きな花火が上がった。


「——まもなく、猫《ねこ》おどりコンテスト開催の時間です。エントリーしてるみなさんは、至急、会場にお集まりください」

放送がコンテストの開始が近いことを告げた。

校庭に作られた特設ステージの裏で、深山《みやま》三姉妹が最後の打ちあわせをしていた。

「美玖《みく》、どうかした？」

長女の深山美佳《みか》が、様子のおかしい末の妹を気づかった。美玖はカエルのぬいぐるみを抱きしめて、朦朧《もうろう》とした様子でいる。

「…………」

「んっと、なんか心配ごとあるみたいで」

美紀《みき》は妹に呼びかけた。さっきから美玖は、話を聞いているのか聞いていないのかわからない。心ここにあらずといった様子で、見えないものを見るように、ぼうっと虚空《こくう》を仰《あお》いでいる。

「熱、だいじょうぶ？　やっぱり出るのやめようか？」

「いや……寝てたら、だめだ」

誰にむかっていってるのか。美玖はステージではなく、しきりに別の方向を気にしていた。

——頭屋《とうや》の森……？

盆地《ぼんち》の中心。そこに、なにが……誰が？

「だいじょぶなの？」

「全然、平気だ」猫《ねこ》メイクで心配顔の姉ふたりに、美玖は答えた。「逢沢《あいざわ》歩《あゆむ》、見に来るかもしんないしな……やっとくか」

「誰、それ？」

「美紀姉《ねえ》の——」

美玖はにやりと笑って、美佳にいった。

「ちがっ！　なにいってんの！」

あわてて美玖の口を塞《ふさ》いだ美紀を、美佳が、ほほぉ、と猫メイクでにやけながら見た。

そして——逢沢歩は、まだ祭り会場に姿を見せていなかった。

＊

「ぼく……どうすればいい？」

もう、日も暮れる。

歩《あゆむ》は、頭屋《とうや》の森の、陰の気を溜《とど》めたような空気に呑《の》みこまれていった。

「こっち、来る？」

わっくんが笑った。

「え？」

「おいで！　ずっといっしょ！　ずっと遊ぶ！　おいで！」

わっくんは歩の手をひいて、鳥居《とりい》の奥に連れて行こうとした。

どっしるとしっしんが歩に寄りそった。

空には花火。

鮮《あざ》やかに。その音が、すべての現《うつつ》の気配は、水がひくように歩から遠ざかっていった。

静かに、また雨が降りはじめた。

※　※　※

十年前。
頭屋《とうや》の森で、道切りのむこうの鳥居《とりい》と塚《つか》を覗《のぞ》きこんだ幼い歩《あゆむ》の腕を、着物姿の男の子がつかんだ。

——そっち行ったら、ダメだし。

男の子は、わっくんといった。

——どこの子？

——ここ。

——ここ？

幼い歩はふしぎに思ってあたりを見た。旅先で遊んでいて迷いこんだ森には、とても人が住んでいるとは思えない、お化《ば》け屋敷のような壊《こわ》れた家があるだけだ。

——へんなカッコ。

幼い歩は、わっくんの着ている着物を見て、へんてこだと思っていった。


幼い歩とわっくんは、また同じ森で遊ぶ約束をした。

ところが次の日に森に行くと、歩は地元の子に見つかって森に入ることができなかった。その体の大きな子が、森の入り口から立ちさったのを見はからって、幼い歩はようやく森に入ることができた。


——ここ来ちゃ、いけないって……。

幼い歩はわっくんに謝った。この森は、入ってはいけない場所だと叱《しか》られたから。だからもう遊びには来られないと。

——いけなくなあい！

——おこられる……。

また、あの子におこられる。今だって、あの子にみつかって、腕をつかまれてひきずりだされるんじゃないかと、幼い歩は怯《おび》えていたのだ。

わっくんは歩に背をむけて、しょげて、地面の草を蹴《け》っとばした。それから、

——ここじゃなきゃ、いい？
——うん。ここじゃなきゃ……。
すると、わっくんは笑みを浮かべて歩《あゆむ》にふりかえった。そして別の遊び場を教えた。
——うん！　じゃ、約束！

歩とわっくんは、明日、遊ぶ約束をした。
それが初めての、一度めの約束だ。
そして初めての、破ってしまった約束だった。

＊

わっくんは待っていたのだ。
新しい遊び場で。啼沢《なきざわ》川の上流で。十年も歩を待ちつづけていた。

十年して、歩は、わっくんと再会した。
そして二度めの約束をした。
ところが歩は、雨のせいで遊びにいけなかった。

それが二度めの、破ってしまった約束だった。

「それで三度めか……」

そして、今日——三回めの約束の日。わっくんと猫《ねこ》おどりの夜に遊ぶ、約束の日。

三度めの約束を、歩は守らなくてはならなかった。

十一　泣きだしそうな田菜へ走れ

1

猫《ねこ》おどりに行くことにした鏑木拓馬《かぶらきたくま》の心には、深山美紀《みやまみき》だけがいた。彼女が出る猫おどりのステージを観《み》る。出番が終わったあとで、ねぎらいの言葉をかける。そこまでの様子は心に浮かんだ。そこまでは確実にこなせるはずだった。あとは逢沢《あいざわ》歩《あゆむ》の出方次第だ。

——祭りの夜だから。

なにがあるかわからない。拓馬が出会ってしまったのは、しかし深山美紀ではなく海野潮音《うんのしおね》だった。そして、ふいに落ちてきた雨。ふたりは祭りにきた恋人のように連れだって、雨宿りのために校舎のほうに走った。

「お祭り、行くことにしたんだ……？」

潮音にしても、いきなり拓馬と出会うとは思っていなかったのだろう。戸惑いは隠せない。

「そっちこそ、興味なさそうなことといってなかったっけ？」

愛想笑《あいそ》いも浮かべられず、拓馬はぼそりと言葉を返した。

「猫おどりとか、全っ然、興味ないけどさ」

潮音はぷいとむくれて見せた。いつもの潮音だった。あんなことがあっても、まったく変わっていない。そういうしぐさをすれば、男は罪悪感を感じて、なだめようとして、自分をかまってくれると――経験なのか。それとも海野潮音という女の子は本質的にこうなのか。

それ以上、潮音になにを訊《き》くでもなく、拓馬は黙って雨を見やった。

「だってあたし……また変なもの見ちゃったんだもん」

潮音はためらいがちにいった。

「どんな？」

「あのね――」潮音はいいかけて、やめた。「いい。どうせバカにするから、いわない」

演技じみた可愛《かわい》げをまとった潮音に、つい苦笑する。拓馬の心は、ますます冷めていった。そして皮肉にも深山美紀に対する想いは強まった。美紀であれば、拓馬を困らせて楽しむような遊びはしない。

心の、優しさの問題だ。

「ほら。笑う」

「……いや」

ちがうというのに。変なものを見たといったから、笑ったのではないというのに。

海野潮音《うんのしおね》は……いったい誰と話しているのだ、と。

2

通り雨がすぎていった。

歩《あゆむ》とわっくんは、頭屋《とうや》の森のなかで見つめあっていた。

十年前──

「あれが、最初の約束だったんだね……」

歩がいうと、わっくんはこくんと頷《うなず》いた。

──ここじゃなきゃ、いい？

──うん。ここじゃなきゃ……。

──うん！　じゃ、約束！　川の上のほう。ずっと上。山に橋があって、待ってるし。そこで遊ぼ！

だから、わっくんは啼沢《なきざわ》川の上流で歩を待っていた。

歩はしゃがんで、目線をわっくんと同じ高さにした。

そこにあったのはまぎれもない、記憶のなかの、幼い歩が見ていた頭屋の森の景色だった。

「ずっと、待ってたんだ……？」歩の言葉に、わっくんは、またこくんと頷いた。「ぼくが変な格好っていったから……ぼくと同じポンチョを着て、待ってたんだ。ずっとずっと、忘れないで待っててくれたんだね」

わっくんは、三度、こくんと頷く。

歩は、ごめん、とあやまった。

「ごめんなさい」

歩があやまると、わっくんは、くるりと歩に背をむけた。

「めっ！　知らない！」

拗《す》ねたようにいう。

あの日はね――と。歩は、ようやく思いだしたあの日の記憶を語りはじめた。

＊

十年前――田菜《たな》をあとにする日。母に手をひかれて、幼い歩はタクシーに連れこまれた。

「めっ！　あむ、行くから！」

あむ――と。幼い歩は自分のことをそう呼んでいたのではなかったか。

「帰るの、めっ！　わっくん、待ってるし！」

わっくんが待っているから。川の上のほうで遊ぶ約束をしたから。行かなくちゃいけない。

幼い歩《あゆむ》は泣きながら母親に抵抗したが、ドアが閉じられて、タクシーは走りだしてしまった。

涙でにじんだ視界に、リアウィンドウ越しに若いころの稀代《きしろ》の姿があった。

そして田菜《たな》は、セピア色の記憶の底に遠ざかっていった。

*

時の流れがもたらす忘却《ぼうきゃく》の魔法にかかり、それから歩はいつしか田菜のことさえ、約束のことさえ、わっくんのことさえ、すべて忘れさっていた。

十年は長すぎた。歩にとっても。心に降りつもる塵《ちり》のような毎日の出来事が、灰色の辛《つら》い記憶が、わっくんの記憶をすっかり覆《おお》いかくしてしまった。

歩は尻《しり》もちをつくように地べたに座った。

「すっかり忘れてた……わっくんと約束した次の日、急に帰ることになって――」

「あむ、また帰る。いなくなる。めっ！」わっくんが歩を見た。「待ってるの……いやだよ。あむ……いっしょに行こ」

懇願《こんがん》するようにいって、歩を切れた道切りの縄《なわ》のむこう、鳥居《とりい》と塚《つか》のほうにいざなった。

「…………」

「行ったら、ずっと遊べるし」

「でも……帰れない？」

そっちにいったら、帰れなくなる。

「──遊ぶの、イヤ？」

わっくんの言葉に、歩ははっきりと答えることができなかった。むこう側に行ってしまえば、どうなるのか。神隠し、というやつになるのだろうか。ほんものの神隠しに。

「お祭りだよ」

歩は立ちあがった。

耳をすませば、かすかに──現《うつつ》の、祭り囃子《ばやし》が聞こえる。

「お祭り行ってみない？」

歩は、逆に、わっくんに手をさしのべた。わっくんは警戒したように身構えた。

「ここのお祭り、初めてなんだ……行こうよ！」

美玖《みく》に頼まれて、祭り会場を抜けだして頭屋《とうや》の森にやってきた阪倉亮介《さかくらりようすけ》は、廃屋《はいおく》の門からなかを覗《のぞ》きこんでは、躊躇《ちゆうちよ》して、行きつ戻りつしていた。

「……なんで、おれが」

頭屋の森は神聖な場所だ。子供のころから、親に、先生に、地元の大人《おとな》たちに絶対に入ってはいけないといわれつづけてきた。落武者《おちむしや》の幽霊《ゆうれい》の噂《うわさ》を怖がっているわけではないが、恐ろしいのは頭屋《とうや》の森に入ったことが、ばれたときのことだ。田菜《たな》で生きている限り、おそらく一生、掟《おきて》破りのように、肩身の狭い思いをすることになるだろう。

覚悟《かくご》を決めて門のなかに入ろうとしたとき、暗い森の小径《こみち》の奥から誰かが出てきた。

「あれ……？　なに？」

クロスバイクをひいた逢沢《あいざわ》歩《あゆむ》だった。

「なに……じゃねぇよっ……！　美玖《みく》に様子見てきてくれっていわれて——てか、おまえ、なんでここにいんだよ！」

緊張から解放された亮介《りょうすけ》は、たまらず逢沢に怒鳴《どな》っていた。自分たち田菜の人間が、これほど神聖だと考えている頭屋の森から、ぬけぬけと出てきた逢沢に、なんだか腹が立ったのだ。

逢沢は言葉を濁《にご》すと、後ろをむいて「だいじょうぶ、なにもしないから」——とつぶやいた。

「……誰と話してんだ？」

逢沢のうしろには、誰もいない。

「わっくん」

「はぁ？」

逢沢は「わかんないなら、いい」といって亮介の前を通りすぎた。

それを見送るふうになった亮介は、逢沢のうしろで、一瞬、そこの空間が小さな人型に歪《ゆが》むのを見た。

「……河童《かっぱ》?」

亮介の薄れた記憶が、ゆさぶられた。啼沢川《なきざわ》でオカカ婆《ばばあ》と闘っていた河童は——そう、ちょうどあんな大きさの奇妙《きみょう》な人型のものではなかったか……?

思わず逢沢を追いかけて、人型に空間が歪んだ部分を手でさぐった。人型の歪みは亮介の手を避けるように動いた。

「やめて」

逢沢がとがめた。手をひっこめた亮介は、逢沢の毅然《きぜん》とした態度に立場がなかった。

3

校庭の隣にあるプールに入りこんだ海野潮音《うんのしおね》と鏑木拓馬《かぶらきたくま》は、水面《みなも》に映るおぼろげな月明かりを眺めて、言葉少なに立っていた。

並んでいるだけで、決して寄りそってはいない。拓馬の冷えてしまった心を肌で感じながら、潮音は、それでも、なにかに期待していた。

——祭りの夜だから。

なにがあるかわからない。神様がとびきりの逆転ホームランを放ってくれるかもしれない。

特設ステージのほうが騒がしくなった。

「はい！　雨で予定よりも開始が遅れましたが、今年も元気にまいりましょう！　まずはエントリーナンバー一番！　肉球エンジェルス！」

音楽が鳴りはじめて、ぷにぷにの肉球をつけた天使猫《ねこ》のコスプレをした女の子たちがステージに上がると、集まった観衆たちの拍手が起こった。

「直接は見えないけど、犬の目には映るんだ？」

しゃがんでいた拓馬《たくま》が、プールサイドの監視塔《とう》に寄りかかった潮音《しおね》を見上げた。

「嘘《うそ》じゃないよ。須河原《すかわら》アナも、この盆地《ぼんち》にはなんかいるっていってたもん」

「自分でも見ないことには、なんともいえないな……」

「歩《あゆむ》も見てると思うんだけど」

逢沢《あいざわ》歩の名前を口にしたとき、拓馬ははっきりと表情をこわばらせた。拓馬が、歩を意識している。それは、おそらく深山美紀《みやまみき》がらみで。

――むかつく。

悪いのは深山美紀だ。なんであの子は邪魔《じゃま》ばかりするのだ。なぜ拓馬を――一所懸命《いっしょけんめい》努力して、我慢《がまん》している潮音が、たった一つだけ望んでいる拓馬を奪っていくのか。今も、こうして拓馬を想っている潮音が、猫おどりなんてつまんないものに夢中になっている深山美紀に、拓馬を奪われなくてはいけないのか。その理不尽《りふじん》さに潮音は心をふるわせた。

「見に行こうか？」

潮音は、拓馬を誘った。深山美紀のみっともない踊りを見てやろう、という思いもあった。

校庭の特設ステージにスポットライトがあたり、ダンスを終えた参加者が退場し、司会者が現れた。

「はい！　キティーマックスのみなさんでした。拍手～……つづいては駿東招き猫《しゅんとうまねきねこ》団のみなさんです」

観客に混じって、三脚に据《す》えたカメラでステージの様子を撮っている堂丸史郎《どうまるしろう》のかたわらで、須河原晶《あきら》はボールペンのキャップを噛《か》んでいた。

「集中しろ」

「してる」

堂丸に答えた。集中はしている。ただ少し高揚しているだけだ。それを抑えきれずにいる。

堂丸はファインダーに目を戻した。晶は空を仰《あお》いだ。すでに日は没し、風に薄くひきのばされた雲のむこうに月明かりが霞《かす》んでいる。

血が騒ぐ。晶は説明できない予感に包まれていた。

潮音の下駄《げた》を持って先に校庭に下りた拓馬に、フェンスの上でしゃがんだ格好の潮音が助けを求めた。

「ねぇ——手、貸してよ」

拓馬《たくま》は手をさしだすでもなく、無言で「早く降りろ」とばかりに急《せ》かした。潮音《しおね》はむくれて、拓馬の肩に手を置くとフェンスから飛びおりた。拓馬は潮音に下駄《げた》を突きかえした。

「ほんっと優しくないんだから……でも、そういうとこ嫌いじゃないな」

潮音は浴衣《ゆかた》の裾《すそ》を直すと、下駄をつっかけて、そのまま流れにまかせて拓馬の腕にしがみついた。

そのとき、拓馬のなかでなにかが切れた。

潮音は、こうして目の前にいる拓馬ではなく、自分の心のなかの拓馬と話している。幻想に重ねられる現実の人間は、自分は、滑稽《こっけい》そのものだ。

潮音は、なんでも自分が思ったとおりになるのがあたりまえなのだ。思ったとおりにならないと相手を責める。幻想と現実のギャップに怒る。自分でルールを作り、その判断のレールに乗って暴走する。だからまわりを轢《ひ》き殺しても、いつだって自分が正しい。彼女のルールを守らなかったのは相手のほうなのだから。

どちらにしても拓馬は——潮音の、そういうところが耐えられなかったのだと気づいた。それは相手の気持ちを考えない、自分の想いを主張するだけの行為だ。拓馬は、潮音のエゴの犠《ぎ》牲《せい》になるつもりはない。最後の想いのひとかけらが剝《は》がれおちたとき、

「……海野《うんの》」

「ん？」

――祭りの夜には、なにかが起こる。

「すまない」

それは幻想が、潮音に囁《ささや》くような甘《あま》い出来事とは限らない。

「やだ……聞きたくないっ」

潮音は拓馬の腕にすがりついた。

「ずっと中途半端なままで悪かった」

謝りながら、拓馬は、胸がすくような思いがしていた。

「いわないで！」

「海野とはつきあえない……おれは深山《みやま》が――」

「深山は逢沢《あいざわ》君だよ！」

「まだ決まったわけじゃない」拓馬は未練《みれん》のようにいった。「とにかく、ごめん」

拓馬は潮音を突きはなして、その場から去った。終わったのだ。けだるい心の疲労と、奇妙《きみょう》な満足感に浸り、これで終わりにできたのだと安堵《あんど》した。もう潮音のことで悩むこともないだろう。拓馬は、結末はどうあれ潮音から逃げなかった。かかわりぬいた自負だけは残った。

*

潮音《しおね》は、ようやく、なにもかも終わったことを悟《さと》らされた。

いっしょにがんばる受験勉強も。東京での拓馬《たくま》との大学生活も。そのための我慢《がまん》も。いじらしく耐える自分を褒《ほ》める気持ちも。すべて潮音の妄想《もうそう》のなかの幸せで終わったのだ。ただの妄《もう》言《げん》のように無視された。拓馬との思い出は、すべて実感のない夢のように遠ざかり失《う》せていった。なかったことにされた。ぽっかりと空いた心の隙間には、薄汚く濁《にご》った悪意だけが満ちた。

どいつも、こいつも――

「サイテー……！」

潮音は怨嗟《えんさ》の涙をぐっとこらえた。

4

歩《あゆむ》は、田菜《たな》小学校の祭り会場にやってきた。

提灯《ちょうちん》の明かりの下、にぎやかな祭り会場には露店《ろてん》が並び、威勢《いせい》のよい声が行きかっていた。おいしそうな食べ物の匂いと、子供が目を輝かせるおもちゃの数々。わっくんは、初めて体験する祭りの空気に、すっかり夢中になっていた。

歩と——阪倉《さかくら》には見えていない——わっくんは、阪倉に連れられて金魚すくいの露店にやってきた。

「おれ、ここの手伝いやってんだ。やってけよ。おごるぜ」

阪倉が誘った。

「いや。いい」

「やって！」歩の腕をつかんで、わっくんがねだった。「あむ、やって！」

歩は亮介《りょうすけ》にむきなおって、

「うん……じゃあ」

「どっちだよ？」阪倉は怪訝《けげん》そうに露店のなかにまわった。「笑子《しょうこ》さん、こいつおれの客っす」

といって、歩に紫《むらさき》のポイを渡した。

「あらまあ～」

笑子という名前の、どこから見てもニューハーフのオバサンは、意味深《しん》な表情で阪倉と歩を見くらべた。

「や。ちがいますって。ただのダチっす」

亮介が両手をふって、そういう関係じゃないと、否定するまでもないことを否定した。

歩は金魚が泳いでいるプールの前にしゃがみこんだ。わっくんがそれを覗《のぞ》きこむ。わっくんは笑子《しょうこ》にも見えていない。わっくんの姿は誰にも見えていない。そして声も聞こえていない。

「これ！　これ欲しい！」

わっくんは愛嬌《あいきょう》のある黒い出目金《でめきん》を指さした。歩《あゆむ》は紫《むらさき》のポイを構えた。

＊

エメラルドランド近くの山道に、その夜、ダンプカーが人目をはばかるように停車した。

荷台には取りこわされた家から出たらしい廃棄物《はいきぶつ》が、積載量《せきさいりょう》を超えて山積みになっていた。

車から降りた中年の女――胸に赤ん坊を抱いている――が、バックするダンプカーを誘導しはじめる。運転手は女の亭主らしかった。

「ストーップ」

声を殺していうと、女は運転席にまわった。

「あんた、こんな時間じゃまずいんじゃない……？　いくらなんでも、まだ早すぎるよ」

「今日は祭りだから、だいじょうぶだって。さっさと済まして帰るぞ」

そういって、でっぷりと太った亭主《ていしゅ》はレバーを操作した。ダンプの荷台が谷底のほうにむかってゆっくりとせり上がっていく。女は不安げにあたりを見ている。

「？」

そのときだった。谷底に不法投棄《とうき》されたゴミの山から、茫《ぼう》と、光が浮かび上がった。

「あんた！」

「バカ！　でかい声、出すな！」

亭主はダンプから降りて、女の横に駆《か》けよった。

谷底に現れた、無数の、青白い、寒色《かんしょく》の光の群を見たふたりは息を呑《の》んだ。

女の胸元で、突然、赤ん坊が火のついたように泣きだした。

＊

阪倉《さかくら》が店番をまかされた金魚すくいの屋台で、黒い出目金をすくおうとした歩の横で、わっくんが、なにかを察知したように立ち上がった。

「なに……？」

歩はポイと器を手にしたまま、心配そうにわっくんを見た。

わっくんは校門のむこう、エメラルドランドの方向をじっと見すえている。

そのとき——金魚のプールの水面が、わずかに漣《さざなみ》立った気がした。

「…………たし！」

わっくんはなにごとかつぶやくと、ふりかえって、反対のステージ側に駆《か》けだした。

歩《あゆむ》は一瞬、躊躇《ちゅうちょ》したあと、

「ごめん。これ」

「これって……おい。ちょっと待て!」

阪倉《さかくら》にポイと器を渡して、歩はわっくんを追って、走った。


ずたたん!と美紀《みき》がリズムを取る声にあわせて、決めポーズを取った深山《みやま》三姉妹は、ぬかりなく猫《ねこ》おどりのリハーサルを行っていた。

「——問題ない。本番も今の感じで」

美佳《みか》が気合いを入れた。踊《おど》りをあわせるのは今日が初めてだったが、そこは毎年猫おどりに参加している気心も知れた姉妹のことだ。息はぴたりとあっていた。

「おい」

そこにいきなり現れたのは、消防団の法被《はっぴ》を着た——三姉妹の父親だった。

「こっちは大丈夫だから、ちゃんと自分の仕事しろよ」

美佳が父親をたしなめるようにいった。その父の顔から血の気がひいているのを認めて、美紀はなにかが起きたことを察した。

「どしたの?」

美紀が尋ねると、父はあたりの参加者を気にしながら小声でいった。

「砂防ダムが崩《くず》れた」

その知らせに美紀は驚いて息を呑《の》んだ。砂防ダムというのは、以前にも土砂《どしゃ》崩れがあった、エメラルドランドに近い山のことだろう。

「ちょっくら様子見に行ってくる。おまえらの踊り見れんけど、しっかりやれ」

「お父《とう》」

行きかけた父親を、美玖《みく》が呼びとめた。

「？」

「気をつけてな」

なにか予感めいたものを含ませて美玖がいうと、姉妹の父親はにかっと笑った。

「おう。すぐ戻る」

突然、走りだしたわっくんを追った歩は、猫おどりのステージ脇でようやく追いついた。

「待って」

歩が呼びかけると、わっくんは立ちどまって、ふりかえった。

「山」

「やま……？」

「山……泣いてるし。泣きそうだし」

わっくんがつぶやいた。ふしぎなことをいうわっくんに歩《あゆむ》は困惑《こんわく》する。

「ちょっと、いい？」

唐突《とうとつ》に、歩の前に立ちふさがったのは女子アナの須河原晶《すかわらあきら》だった。猫《ねこ》おどりの取材に来ていたのだろう。

わっくんは、そのまま須河原晶の横をすりぬけた。

「……っとお？」

須河原晶は、なにかの通りすぎた気配を感じたのか、わっくんを目で追っていた。歩の視線と、その気配とを見くらべて、そこに見えないなにかがいることを確信したように、

「なんなの？」

畏怖《いふ》を覚えたようにいった。

「急いでるから」

須河原晶に説明するつもりはない。歩はわっくんを追った。

深山《みやま》三姉妹は、砂防ダムの決壊《けっかい》現場にむかった父親のことを心配しつつも、ステージ裏の控室で、出番を待ってベンチに座っていた。

「もうすぐだから」

美紀《みき》が朦朧《もうろう》としている妹にいうと、美玖《みく》はコクンと頷《うなず》いた。

「気合いだ気合い。踊《おど》り、終わったら倒れてもいいから」

美佳《みか》がハッパをかけると美玖はにへっと笑って——かと思うと突然、顔色を変えて立ち上がった。

「逢沢《あいざわ》歩！　わっくんもいっしょか……」

美紀と美佳が見ると、ほかの参加者たちの人波を分けて、逢沢が現れた。

「あ、あの——美佳姉《ね》ぇ」

美紀は逢沢に美佳を紹介した。猫メイクでは美佳の素顔などわかるまいが。

「へぇ～、かわいいじゃん」

「………」

からかうような美佳の言葉に、逢沢は無言で表情を曇らせた。

「で、わっくんって？」

美佳が、その姿を探すが、

「わたしにもよくわかんないんだよね」

美紀は答えた。

「まさか——また、美玖の幻覚？」

「いるよ。わっくんはいる」

逢沢がいった。

「えっ……そう。いるんだ——」

逢沢《あいざわ》の言葉に、美佳《みか》はちょっとひいた。

「わっくん、山が泣いてるとか、泣きそうとかいってるんだけど、なんのことかわかんなくて……」

逢沢は美玖《みく》にだけ話しかけていた。

「……山？」

「さっき、エメランの近くの砂防ダムが崩《くず》れた、っていってたけど」

美佳と美紀《みき》は考えこんだ。

「危ないのか？」

美玖が脈絡《みゃくらく》のないことをいった。

「じゃ、泣きそうな山ってのは……」

逢沢だけが、美玖の言葉の意味がわかったように、校庭の裏に聳《そび》える崖《がけ》を仰《あお》いだ。

5

「はぁ〜い、ますます盛り上がってまいりました！　審査の猫流《ねこながし》先生、いかがですかぁ？」

控え室にいる歩《あゆむ》のところに、ステージにいる司会者の声が聞こえた。

「あむ——ここ、めっ。行こう」

とわっくんは、しきりに祭り会場から歩を連れて去ろうとしていた。ここは危ないから逃げろといっている。

裏山を見上げた歩は、自分にできることを必死に考えた。

「待って……」

歩は助けを求めるように美玖を見たが、頼みの美玖は、熱でもあるのか朦朧《もうろう》としている。

歩は、わっくんの前にかがんで目線をあわせた。

「あのね……わっくん。どっしるやしっしんたちに、頼めないかな……」

「なに？」

わっくんが歩を見つめた。歩は美紀と美佳の視線が気になって、わっくんの手をひいて控え室から出た。「あんたの彼氏、大丈夫なの……？」という美佳の声が小さく聞こえた。

「ここ、よくないんでしょ？」

控え室の前で歩がいうと、わっくんが頷《うなず》いた。

「あむ！」

「どっしるやしっしんに頼んで、そのこと、みんなに知らせられないかな？」

今、それができるのは、わっくんと話すことができる自分だけだったから。

歩は、わっくんの答えを黙って待った。

「あむが……いっしょに来てくれるなら」

それは、世界の被膜《ひまく》のむこう側との、約束——

歩《あゆむ》が、わっくんの提案の意味を理解しようとしていると、

「だいじょうぶ……？」

控え室から出てきた猫娘《ねこむすめ》の美紀《みき》が、心配そうに歩に声をかけた。

歩は、美紀を見つめて、それから立ち上がった。

「行こ」

——それも、いいかもしれない……。

歩は異界《いかい》のものの誘いに応じて手をつないだ。

わっくんは笑う。

その言葉は、すぐそばにいる美紀には聞こえてはいない。

＊

突然、スピーカーが耳障《ざわ》りな共鳴音を発した。

照明が不安定に瞬《また》くと、ステージの奥から暖色の光が——光の群が、軌跡《きせき》をひきながら消滅し、出現してはまた消えた。それをくり返した。

猫おどりの会場はざわめいた。

――――ぽうっ

光は舞う。

それが、なんであるのかとっさに理解できたものはいないはずだ。今年の夏は変。その違和感を、漠然《ばくぜん》とした言葉のなかに沈めていた人々も、しかしこの光の乱舞ばかりは無視することはできなかった。

ステージの近くにいた傷心の海野潮音《うんのしおね》のそばを、暖色の光が擦過《さっか》する。

潮音は、それがタルトの目のなかに映っていたものだと直感した。

祭りの夜には、なにかが起こる――から。

――――ぽうっ

ぽうっ

〝光〟を目の前にして、須河原晶《すかわらあきら》は慄然《りつぜん》とした。

しかし事件に立ちむかうジャーナリストの気概《きがい》は麻痺《まひ》しなかった。暖色の光の乱舞にむかって手にしたデジタルビデオカメラをむけた。

ところが、ファインダーのなかの映像にはノイズが走って、

「！」

自分のカメラはだめだと見切りをつけた晶《あきら》は、堂丸史郎《どうまるしろう》に叫んだ。

「ステージはいいから。光撮って！」

「わかってる！　ディレクターは、おれだ！」

堂丸でさえ興奮しながら、カメラを担《かつ》いでレンズを光にむけた。

――ぽうっ

ぽうっ　　ぽうっ

ぽうっ　　ぽうっ

ぽうっ　　ぽうっ　　ぽうっ　　ぽうっ

ぽうっ

「来たし！」

光たちの乱舞を前に、わっくんは得意げに笑った。

この光の群は、どっしるとしっしんの仲間――同じところに属するものたちは、わっくんが

呼びよせたのだ。そのことだけは理解できた。

そのとき校庭で、さらに、どよめきが上がった。

歩《あゆむ》の足元を、なにか小さなものが駆《か》けぬけた。

ステージの袖《そで》から壇上《だんじょう》に上がったのは——ぴんとシッポを立てた、あのオカカ婆《ばばあ》ではないか。

と、それにつづいて猫の群が登場した。数十、数百匹《ぴき》以上もの猫の行進——猫踊《おど》り。反対側の舞台の袖からも猫の群が出現して、ステージの中央で合流して校庭に駆け下りていく。

会場にいた子どもたちが「にゃんにゃん」「猫、いっぱ〜い!」とよろこんで、無邪気《むじゃき》に猫を追いはじめた。

それを見た親が、子供を追って移動しはじめる。猫の群が人の群を先導する。その先頭にいるオカカ婆の頭上では、どっしるとしっしん——暖色の光の群が、祭りの夜を、見えないけれど見える光で照らしていた。


「オカカ婆……!」

金魚すくいの屋台の前で立ちどまった千切《ちぎ》れ耳の三毛猫《みけねこ》を前にして、阪倉亮介《さかくらりょうすけ》は身動きがとれなかった。

亮介を見据《す》えるオカカ婆は、まるで「あっちへ行け」というふうに、校門のほうへ首をめぐらせた。

「なんね？」

金トトの笑子《しょうこ》が戸惑った。亮介はオカカ婆の顔を見て、なぜか、素直に頷《うなず》いていた。

オカカ婆は猫の行進に戻っていった。

「行くっす」

亮介は、笑子をうながした。

「……おもろそうやないか」

笑子は亮介につづいた。祭り会場にいたすべての人々は、猫に、光に導かれた。

オカカ婆を追って走った亮介は、人混みのなかに鏑木拓馬《かぶらきたくま》の姿を見つけた。

「拓馬！」

大声で呼びかけると、拓馬も亮介に気づいて近づいてきた。

「亮介！」

「見たか？　オカカ婆」

「いや……それより、なんの騒ぎなんだこれは……？」

「わかんね。とにかく、オカカ婆だって！」

＊

祭り会場の人々は、〝光〟と〝猫《ねこ》〟に扇動《せんどう》されるように、猫おどりのステージ前から校門のほうに移動をはじめた。

「あむ。約束」

わっくんが歩《あゆむ》を見た。

「うん……」

見えないものに頷《うなず》いた歩を――状況を把握《はあく》できないでいる美紀《みき》が、困惑しながら見ていた。

「……………」

「ぼくたちも行こうか」

歩は、わっくんの手を取って、わっくんにいった。

――祭りの夜には、なにかが起こる。

そして、異界《いかい》のものとの約束のあとには、いつも思いがけないことが起こるのだ。

十二　猫おどりの夜に舞う

1

そのとき、田菜《たな》小学校の校庭の裏山から、眠《ねむ》っていた鳥たちがいっせいに飛びたった。

「走れ」と叫んだのは誰だったろうか。そして逢沢《あいざわ》歩はわっくんと手をつないで、崖《がけ》の反対側――校門のほうに懸命《けんめい》に走った。

次の瞬間――轟《ごう》と山が動いた。

山が、泣いた。

樹木を乗せた地盤ごと学校の裏山が崩落《ほうらく》して、たちまち猫おどりのステージと控え室を呑《の》みこんだ。崩《くず》れおちた土砂《どしゃ》は近くにあった露店《ろてん》をなぎたおしていった。その上を滑るように倒れた樹木がフェンスを破ってプールまで流れこんでいく。

土砂は校庭の半分までを埋めつくして、ようやく止まった。

を失っていた。

＊

一方――エメラルドランド近くの砂防ダムに到着した深山《みやま》姉妹の父は、災害現場の惨状《さんじょう》に声

車止めの前で、地元の消防団員がライトをふる。三島《みしま》から来たパトカーと消防車の赤色灯《せきしょくとう》が事故現場に緊張感を撒《ま》きちらしていた。車のヘッドライトに照らされた崩落《ほうらく》の惨状は――それは醜悪《しゅうあく》な光景だった。あたりを埋めているのは土砂《どしゃ》に混ざった大量の産業廃棄物《はいきぶつ》だった。

「これは……人災《じんさい》じゃないのか……？」

深山姉妹の父がライトをむけながら状況を確認していると、そこに沈鬱《ちんうつ》な顔をした顔見知りの消防団員がやってきた。

「いいにくいんだけど……」

「用事があるからさきに帰る、ってのはなしな」

深山姉妹の父は消防団員にいった。

「そんなんじゃなくて……」

「なら、もったいぶらねぇでさらっといいえ」

「学校の……」いいよどむ消防団員の顔は、おそらく蒼白《そうはく》だった。「裏山も崩《くず》れた」

平静を保とうとしていた深山《みやま》姉妹の父は、愛する娘《むすめ》たちの顔を思い浮かべて呆然《ぼうぜん》といった。

「猫《ねこ》おどり会場は……？」

＊

「………あは」

美佳《みか》が、緊張が切れたように突然、笑いだした。

校舎の陰に逃げこんだ歩《あゆむ》たちは、どうにか難を逃れていた。

みな、しばらく声もなく崖崩《がけくず》れの現場を見つめていた。美佳はぺたりと地面に腰をついてしまっている。気丈《きじょう》な美紀《みき》でさえすくんだ表情で。カエルのぬいぐるみをぶら下げた美玖《みく》は、現実感なくきょとんとしていた。

そして歩もまた、呆然《ぼうぜん》と立ちつくしていた。土砂はすぐ足元まで迫っていたのだ。

「だいじょぶ……？」

「なん――」

美紀が美佳を気づかった。

「え？」

「なんだ、これ？」

「って、土砂崩《どしゃくず》れ？」

「こんなこと、あっていいの……？　こういうのってテレビとか映画とかで見るもんでしょ、ふつう……」

立ち上がろうとした美佳《みか》だったが「う、腰が」といって、背中に手をあてた。

「痛めた？」

「抜けた」

腰が抜けたといって、美佳はあきらめたように肩の力を抜いた。

そんなふたりの様子を見ていると、わっくんが歩《あゆむ》のズボンをひっぱった。

「約、束……」

「…………」

「行こ」

わっくんは歩との約束を守ってくれた。どっしるとしっしんたちに頼んで、祭り会場の人々を崖《がけ》崩れから救ってくれた。

だから歩は、わっくんを見た。

小さく笑《え》んで、手をさしだす。

わっくんは笑った。いつまでも――

「いっぱい、い、い、遊べるね」

いつまでも。いつまでも。いつまでも。

歩がさしだした手を、ゴム長靴にポンチョを着たわっくんは握りかえした。

うん、と頷《うなず》いて、歩はわっくんとふたりで行こうとした。

「全然、ダメだ！」

叫んだのは、おたまじゃくしのぬいぐるみを突きだした美玖《みく》だった。

「…………？」

「おまえも――おまえも！」歩と、わっくんに指を突きつける。「まちがいだらけだ……！」

美玖の剣幕《けんまく》に怯《おび》えて、わっくんは助けを求めるように歩を見た。

「約束だから……」

歩は気まずい表情で美玖に答えた。

「おまえは、行きたいのか？」美玖は、歩に問いかえした。「……逢沢《あいざわ》歩は黙ってろ」

美玖はわっくんに詰めよった。

「あむ、行くって……」

わっくんはだだっ子のようにいった。

「わっくんは、わかってるはずだぞ……歩がいるのはこっち側で、わっくんがいるのは、あっち側だ。十年前、それがちょっと混ざった。十年かかったけど、待ってたお友達はちゃんとやってきて、いっしょに遊んだんだ。それで終わりだ」

「もっと遊ぶ」

「混ざったままは、良くない」

「いいの！　混ざってていいの！　約束！　あむ、行こ！」

美玖《みく》の言葉を、わっくんは約束を盾《たて》に、受けいれようとしなかった。

「あのな、わっくん……よっく見てみろ」美玖は静かにわっくんにいいきかせた。

「逢沢《あいざわ》歩《あゆむ》は、もう、わっくんと遊べる歳《とし》じゃない」

その言葉に、わっくんは――まるで今初めて、歩がすっかり成長してしまったことに気づいたように、驚きの表情を見せた。

もしかするとわっくんには、歩が、十年前と同じ幼い姿に見えていたのかもしれない。

「あむ……」

「見たくないものが見えないのは、どっちも同じなんだな……」

美玖が皮肉げに、ぽつりといった。

「……め。行かないと、あむ、忘れる。行かないの、めっ」

それでも歩と別れたくない一心か、しかし、なんといえば歩といっしょにいられるのかわからずに、わっくんはぶるぶると首をふった。

「ぼくは、わっくんのこと忘れないよ」

歩は、わっくんの前に屈《かが》んでいった。

「忘れる！」

わっくんはだだをこねた。

美玖がぬいぐるみをカエルに変えて、ふたりのあいだに割りこませた。

「逢沢歩は忘れない」美玖がいった。「だって、この夏、わっくんと遊べたんだから」

「……遊べた」

わっくんは、その言葉を受けとめて歯をくいしばった。

「逢沢歩はもう遊べる歳じゃないのに、わっくんと遊んだ」

「…………」

「だから忘れない。今までの友達とはちがう。友達は何人もいたけども、みんないつか、わっくんが見えなくなる……そうだな？　でも逢沢歩は、ちゃんと見てた。この夏、ずっとわっくんとむきあってた。だから、わっくんもそれに甘《あま》えちゃダメだ」

「……だって」

「だって、っていうな！」

美玖の厳しい言葉に、わっくんはびくりと肩をすぼめた。

「…………」

「自分の気持ちをわかってほしかったら、相手の気持ちを考えろ。逢沢歩の気持ちを考えろ」

美玖は、わっくんを見つめるまなざしを優しいものに変えて、つづけた。「あっちとこっち、混ざりつづけたらダメなんだ。わっくんは知ってるはずだ」

わっくんの、その姿が——魔法が解けたように粗末《そまつ》な着物姿に戻っていった。

美紀《みき》と美佳《みか》が、ふしぎな顔をして、歩《あゆむ》と美玖《みく》と見ている。

歩は、美紀を見た。

一瞬——想いを乗せた視線がからむ。

「わっくんが、ぼくといっしょにいたいっていってくれるのは、うれしい」

「あむ……」

「ぼくを好きでいてくれることが、うれしい……伝わったよ、わっくんの気持ち……でも、ごめん」歩は、わっくんとむきあった。「ぼくは行けない。こっちにいたい」

——こっちには大切な人がいるから……。

歩は、はっきりと伝えた。

「五助《ごすけ》も。茂吉《もきち》も。正夫《まさお》も。嫌い……あむも大っ嫌い！」

わっくんは踵《きびす》を返して駆《か》けさった。

歩が追おうとしたそのとき、美玖がぐらりと倒れた。歩はとっさに美玖を支えた。美紀が歩のかたわらに駆《か》けよる。

歩は、美玖の容態を気にかけながら、走りさるわっくんを見送った。

美紀が、ふと、その歩の視線を追って——

「え？」

なにかが見えたように声を漏《も》らした。

「だから、わっくんってなに……？」歩から美玖を託《たく》された美佳が、妹の額《ひたい》に手をあてて声を上げた。「ちょっと……すごい熱じゃない！」

わっくんを追おうとした歩は、その言葉でわれに返った。

そして——空の異変に気づいて目を見はる。

上空。まるで新星の群のような〝光〟たちが、煌々《こうこう》と輝きを増していった。

2

暖色の光と猫《ねこ》の群にいざなわれて、校門のあたりに移動して崖崩《がけくず》れを逃れた祭り客たちは、そのとき、消えたと思っていた謎《なぞ》の光が上空に現れたのを見た。

夜天の星が剝《は》がれおちたように強く輝くと、直後、分裂し——物理法則を無視したでたらめな軌跡《きせき》を描いて宙を舞い、静止し、次の瞬間、それぞれの光は輝く波のなかに顕《あらわ》れた。

声もなく——

群舞する光を見上げる群衆のなかに、須河原晶《すかわらあきら》と堂丸史郎《どうまるしろう》のふたりの姿もあった。

「不可思議な発光体……」

カメラの前に立ち、晶《あきら》は、彼女の仕事をした。

二つで対《つい》になって円舞《ワルツ》を踊《おど》る光もあれば、高度を下げて目の前をよぎっていく光もあった。

光は、そこにいた。堂丸《どうまる》でさえ興奮気味にカメラをむけていた。

「突然の猫《ねこ》の大行進。その直後に起こった崖崩《がけくず》れ——それらはすべて、この前兆《ぜんちょう》だったのでしょうか？　それにしても、これはいったい……飛んでいる姿は生物のごとく、静止した様子は機械のごとく、しかし、実際には、そのどちらでもなく——まるで『真夏の夜の夢』のような……そう。強《し》いていうなら……妖精《ようせい》。二一世紀のフェアリーたち——」

とっさにシェイクスピアのタイトルをひいた晶は、そのとき、目に見えないなにかが脇《わき》を駆《か》けぬけていくのを感知した。

人型の形に光景が歪《ゆが》む。それは子供くらいの大きさの——

「…………!?」

「つづけろ」

堂丸がいった。晶は、見えないけれど見えるものを目で追いながら、

「そうこれは……物にやどった現代の妖精——」

須河原《すかわら》晶は現場からのレポートをしめくくった。

＊

下駄《げた》を片方失《な》くした裸足《はだし》の潮音《しおね》の前に、光が舞い下りる。

タルトの目に映っていた光の正体。それが今、潮音の目の前にいた。光は首をひねるように、その身体《からだ》をかしげて、潮音と見あう。潮音は恐る恐る手を伸ばした。すると光は、ぽうっ——とひときわ明るく発光して飛んでいく。それを見送った潮音の頰《ほお》を涙が伝った。

「あれ。なんで……？」

自分でもよくわからず、潮音は苦笑しながら涙をぬぐった。


「……嘘《うそ》だろ」

鏑木拓馬《かぶらきたくま》が、光の乱舞に幻惑《げんわく》されまいと、眉《まゆ》に唾《つば》をつけるように首をふった。

「なにが？」

と亮介《りようすけ》。

「これ」

「見えとるんやろ？」

金トトの笑子《しようこ》が拓馬を見た。

「…………?」

「見えとるんやったら、見た自分を信じるか、それとも、やくたいもない常識っちゅうもんを信じるか。自分で選んだらええ。そんだけの話や」

祭りを渡りあるく香具師《やし》は、笑い、すべてを一夜の夢のように受けいれていた。

*

ファームサイドマート田菜屋《たな》の前で露店《ろてん》の片づけをしていた藤堂麻子《とうどうあさこ》は、むこうから歩いてきた平五郎《へいごろう》に気がついた。

「お祭り、行かなかったんですか?」

「おもしろいものを見ましてな。それで、まあ、もういいか、と……ここでロクを待たせてもらいますよ」

「おもしろいものなら、そこにもいますよ」

といった麻子の視線のさきに、一つ、夜空の星の群からはぐれた暖色の光がたゆたっていた。

「これは……」

螢《ほたる》――ではあるまい。平五郎はめずらしく目を見はった。

「世界の被膜《ひまく》と関係ありますか?」

麻子《あさこ》がほほえんだ。

そのとき、平五郎《へいごろう》を追うようにしてロクの吠《ほ》える声が近づいてきた。とたんに光はすっと舞い上がり、星空にまぎれて見えなくなる。

「綻《ほころ》びたんでしょうな。被膜《ひまく》が」

尻尾《しっぽ》をふってやってきたロクを迎えながら、平五郎は静かに言葉を投げた。

＊

祭りの夜——

そして、すべての〝光〟たちは綻びのむこうに還《かえ》り。

＊

猫《ねこ》おどりの祭りは崖崩《がけくず》れに中断されたまま、お開きになった。

警察と消防の赤い警告灯《けいこくとう》が、騒がしく集まりはじめていた。歩《あゆむ》と深山《みやま》姉妹が校門を出たとき、人の流れに逆らってやってきた姉妹の父親が、猫メイクをした娘《むすめ》たちの姿を見つけて駆《か》けよってきた。

「美玖《みく》……どうした？」

娘《むすめ》たちの無事を確かめて安堵《あんど》の表情をしたが、美佳《みか》に背負われた末っ子を気にかける。

「ケガはない。熱出して倒れた」

美佳が答えた。

「熱……？　わかった、とにかく救急呼ぶから」

「わたしも行くよ」

美玖を背負った美佳は、父親についていった。

残された歩《あゆむ》と美紀《みき》は、ぎこちなく互いを見た。

歩は、彼女に伝えなければいけないことは、わかっていた。

こっちにいたい——と、わっくんにいったことの、ちゃんとした理由を。

でも、歩はなんといえばよいのかわからなかった。この想いを。伝えかたがわからないのが苦しくて、だから美紀とふたりでいることが苦しくなって、つい「いっしょに行かなくていいの？」と、心ならずも美紀にいってしまう。

「逢沢《あいざわ》くんは？」

「…………？」

「行くとか、行けないとか……なんか、そんなこと……」

さっきそんなことをいっていたと、美紀はふしぎそうなまなざしをむけた。

わっくんのことをどう話したらよいのか、どう伝えればよいのか、歩はとっさに言葉が出なかった。うまく説明することはできそうにない。見えたからといって——なんでもわかるものではない。見えないからといって、なにもわからないわけではないのと同じように。

そこに、阪倉亮介《さかくらりようすけ》が騒がしくやってきた。

「深山《みやま》！ 逢沢《あいざわ》！」

「………」

「おまえらも見たか！」

歩との話が、核心にふれそうなところで邪魔《じやま》をされてしまい、美紀が微妙《びみよう》な表情をしたのがわかった。

「見た。河童《かつぱ》も見たかも」

美紀がぼそりと阪倉に答えた。

「はぁ——!? 河童もぉ……？」

といった阪倉の脇を、巨漢《きよかん》のテレビマン——堂丸史郎《どうまるしろう》が、カメラを担《かつ》いで駐車場のほうに駆《か》けていった。少し遅れて三脚を担いできた須河原晶《すかわらあきら》が、阪倉を見て、

「お！ あんたの勝ち。河童いるかも」

にこりと声を投げた。

「須河原まで……？」

「悪い。今、急ぐから」

須河原《すかわら》晶《あきら》は堂丸史郎《どうまるしろう》を追って行ってしまった。

「なんだよ……急に、理解者が増えちまった……おまえは？」

十年も否定されつづけてきた河童《かっぱ》の存在が、ひと夜のうちに、天地がひっくりかえったように是《ぜ》とされてしまったようで、阪倉《さかくら》はすっかり戸惑いながら歩《あゆむ》にむきなおった。

「…………」

「逢沢《あいざわ》も、見たか？」

阪倉の問いかけに、歩は首をふった。河童はいない。河童は見ていない。美紀や須河原晶が河童といったのは、おそらく頭屋《とうや》の森の前で阪倉がわっくんを見まちがえたように――もしかすると、幼い阪倉が、オカカ婆《ばばあ》とわっくんが啼沢《なきざわ》川の上流で戯《たわむ》れていたのを、戦っていると見まちがえたように……

「でも、河童も、いていいと思った」

「も？」

「だってあんなのいるんだし」

いって、歩は空を仰《あお》ぐ。

暖色の光の乱舞の記憶を焼きつけた、田菜《たな》の、祭りの夜を。

阪倉――亮介《りようすけ》も同じ空を見上げた。おそらく彼は、もうオカカ婆を捜《さが》すことはないのだろう。

河童は、いるかもしれないから。啼沢川の上流は無理でも、世界のどこかに河童はいるかもしれないから。亮介にとっては、それがオカカ婆を追いつづけた十年間の、答えになるはずだ。

そして、歩の答えは——

3

39《サンキュー》ケーブルテレビのバンで決壊《けっかい》した砂防ダムの取材にむかった須河原晶と堂丸史郎だったが、道路は封鎖《ふうさ》されて、誘導灯《ゆうどうとう》をふる地元の消防団員が迂回《うかい》するようにうながしていた。

助手席から外を見ていた晶は、車止めのむこうの災害現場から、赤い警告灯《けいこくとう》に照らされて、警官に左右を囲まれながらパトカーに乗りこむ人影に気づいた。

——なぜ、パトカー？

被害者なら救急車だろう。太った男と老け《ふ》顔の中年の女——胸には赤ん坊を抱いていた。

「あれは？」

「産業廃棄《はいき》物の不法投棄《とうき》。現行犯逮捕《たいほ》だって」

消防団員の返事に、晶はじっとパトカーのほうを見た。

「関取《せきとり》。老婆《ろうば》。赤ん坊……」

エメラルドランドの幽霊《ゆうれい》の噂《うわさ》を、ふと思いだして——「まさかね」とつぶやいた。

*

「なにもないよ。父さんから聞いてるんでしょ?」

家に帰った歩《あゆむ》は、崖崩《がけくず》れのニュースを知って、電話をかけてきた母と話していた。

『そうだけど、声聞くまでは心配じゃない』

「母さんも、そろそろ子離れしてくんないと」

『ちょ……なにいいだすのよ、いきなり。母さんはね――』

「母さん」

『なによ』

「明日、横浜、帰るから」

――ありがとう。

不機嫌《ふきげん》な声の母にいうと、稀代《きしろ》に――父に受話器をさしだした。

「あと、お願い」

受話器を渡して部屋に上がった。「もしもし――」という困ったような父の声が聞こえた。

＊

39《サンキュー》ケーブルテレビの社屋《しやおく》に戻った須河原《すかわら》晶《あきら》は、編集室で今夜の祭り会場の映像をチェックしていた。

『そうこれは……物にやどった現代の妖精《ようせい》——これを仮に、マテリアルフェアリーと呼称します』

晶が実況をしていた。

そのときモニターには、時折、ノイズの走る夜空だけが映っていた。カメラがふられると、崖崩《がけくず》れのあった田菜《たな》小学校の惨状《さんじよう》が暗く映しだされ、祭り客たちの姿が入りこむ。

「ENGカメラの映像も、ホームユースのも、どっちも同じだ」

モニターの映像を止めた堂丸史郎《どうまるしろう》が、椅子《いす》にもたれかかった。

自分が映った制止映像を前に、晶もボールペンを噛《か》んで考える。

「音声は拾えてる。風景や人は記録されてる。カメラの故障《こしよう》ではない——なのに、あいつは映らない」

暖色の光は——マテリアルフェアリーは、実体も、光さえ、一つとして映ってはいなかったのだ。

「あんだけいたのに？」

「……ほんとうにいたのかな？」

「なにバカなこと」

晶《あきら》は声を上げた。

「第一次世界大戦のころ、ヨーロッパの片田舎《かたいなか》でとんでもない奇跡《きせき》があった――らしい」

堂丸《どうまる》は、まぁ聞け、というように、

「お。また、ずいぶん飛んだな。なに、それ？」

「奇跡は何度かあったが『太陽のダンス』と呼ばれる最後の奇跡が、凄《すさ》まじいんだ。その場に居合わせた人の数、およそ七万」

「七万人全員が目撃した？」

「ということになってるな。当日は雨だったが、奇跡の直前、雨は止《や》み、雲が割れて太陽が姿を現した。太陽はぐるぐると回転し、さまざまな色彩を発して、地上はその光に虹色《にじいろ》に包まれたそうだ」

「太陽なの？」

「さらにその太陽は、ジグザクに移動して降下と上昇をくりかえした」

「太陽っていうよりUFOだよね」

晶は、堂丸が語る『太陽のダンス』の現場の光景を思いうかべた。

「当時、UFOという言葉はなかった。その言葉が一般的になるのは第二次世界大戦後のことだ」

「じゃ、言葉知らなかっただけで、それってやっぱり――」

UFOってことではないのか。

「ちがうな」

「お。断言したね」

「その場にいた七万人は、奇跡を待ってたんだ。UFOと太陽のダンス。どっちが奇跡にふさわしい？」

「そりゃあ、まぁ……」

「人は――自分の見たいものを見る。早い話が――」堂丸はモニタを見やった。「おまえさん、あれを妖精《ようせい》といったが、人によったらこれだってUFOだろう」

「……なんと呼ぼうと、あれがいたのは事実だよ」

「だからさ――見たやつには事実だろうけど、見てない者にとってはなにもなかった」

「あの場の全員が見たわけじゃないと？」

「見たいものを見るということは、見たくないものは見ない。見えないってことでもある」

「…………」

人はそれぞれの目で見る。それぞれの主観で、世界を見ている。主観は情報を取捨《しゅしゃ》選択する。ひとりの人間が識《し》る世界は、選別された、編集されたあとの一本のフィルムのようなものだろうか。切りすてられたフィルムは――見たくないものは、見えなかったことにされる。伝わらない。それは今を生きる自分と、記憶のなかに生きる自分とのギャップでもある。

「どっちにしろ、これは使えん。猫《ねこ》おどり会場に土砂崩《どしゃくず》れ。因果《いんが》関係はともかく猫の大行進があって、そのおかげで奇跡《きせき》的に死傷者ゼロ――それで十分じゃないか」

「……今回は、それでいいよ」

晶《あきら》は、しかし確かな決意とともにいった。

「?」

「見えたり見えなかったり、映ったり映らなかったり……わたしたちの常識が通用しないなにかが、この世界には存在する。その証拠がここにある」

「映ってないのに?」

「ノイズ。あれがいたから、こんなノイズが入ったんでしょ?」

「……なるほど」

そして、あれがいたから晶は、それをマテリアルフェアリーと呼んだ。

「だから、わたしは追っかける。そもそもビデオに映ってなかったからって、見た事実まで否定されるわけじゃないしね」

晶は、自分の人生をかけられる事件がはじまったことを感じ、静かに鼓動《こどう》を高鳴らせていた。

4

約束の、猫おどりの夜は終わり——

翌日。歩《あゆむ》が、わっくんのことが気にかかり頭屋《とうや》の森に行くと、そこには深山美紀《みやまみき》と美玖《みく》の姿があった。

廃屋《はいおく》の門を覗《のぞ》きこんで、なかに入りかねている様子だ。歩を見ると、美紀は、あっ、という顔をしたあと、ぎこちなく笑った。

「だいじょうぶなの？」

歩は、美玖を気づかった。

「熱はすっかり下がって心配ないんだけど……」

美紀が妹の肩に手を乗せた。

「けど？」

「なんかね、もとに戻ったっていうか……逢沢くんの知らない美玖になってるかも」

美紀は奇妙《きみよう》なことをいった。

歩はクロスバイクを竹垣《たけがき》に立てかけて、美玖を見た。

「こんにちは」

「⁉」

美玖《みく》におしとやかに頭を下げられて、歩《あゆむ》は違和感に襲われるのと同時に、美紀《みき》のいったことが納得できた。

「ぬいぐるみ、もういらないから返しにきたの」

美玖はカエルのぬいぐるみを歩に見せた。

「よくわかんないんだけど……ここに返すのがいいんだって」

美紀がいった。

「……返すって？」

「うん。神隠しのこと話したよね」

美玖は二年前に行方《ゆくえ》不明になって、この頭屋《とうや》の森の前で発見されたという。そして美紀は知らないが、そのとき美玖はわっくんと遊んだらしい。

「うん……それからだっけ？　ぬいぐるみと話すようになったの」

「そう。でね、そもそも美玖があんなふうになった発端《ほったん》がここだから、古くなったお札を神社に返すみたいに、ぬいぐるみも」

「そうなの？」

歩が確かめると、美玖はこくんと頷《うなず》いた。

「でも……ここ、入っちゃいけない場所でしょ……」

美紀は困っていた。田菜《たな》で生まれ育った彼女にとっては、侵《おか》してはならない場所だから。

「いいよ。ぼくが置いてくる」

「あ、ちがっ。そんなつもりでいったんじゃなくて——」

「気にしないで。ぼくなら平気」

歩は、美紀の手からぬいぐるみを受けとった。

＊

森の小径《こみち》の奥に入った歩は、切れた道切りの縄《なわ》を結びつけると、美玖のぬいぐるみを小さな鳥居《とりい》の前に放った。

木々がざわめく。

森を見上げた。歳《とし》を経た広葉樹の圧倒的な存在感と、生命の力に包まれると、ふと現実を喪《そう》失《しっ》しそうになった。

＊

頭屋の森をあとにした。

美紀《みき》は美玖《みく》の手をひいて、農道を三人で並んで歩いた。美玖の腕のなかには、カエルも、おたまじゃくしのぬいぐるみも、もういない。

「あのね……」

逢沢《あいざわ》――歩《あゆむ》が、美紀に打ちあけるようにいった。

「うん？」

「ぼく、今日、横浜に帰るんだ」

「……急だね」

予感をしていたとはいえ――

「お祭りが終わったら帰ろうって、なんとなく決めてたから」

「そっか……なんか夏休み中、ずっといるような気がしてた」

美紀は寂しげに笑った。

「ごめん」

「なんで謝る？」

「……なんでかな」

歩も苦笑する。

そこへ車が来て、停まった。

「電車。そろそろ時間だぞ」

運転席から降りた稀代《きしろ》先生がいった。歩はラゲッジスペースに、この夏、田菜《たな》を走りまわってずいぶん汚れてしまった自転車——クロスバイクっていうらしい——を載《の》せた。その姿は、ちょっとだけたくましく思えて、男の子らしいと思った。

歩は車のリアハッチを閉めると、助手席に行きかけて、

「ねぇ……」

「ん？」

「たまにメールとかしていい？」

美紀を見つめた。

その、こちらの目をまっすぐに見た視線の意味を、受けとめながら、

「もちろん」

美紀は笑いかえした。

「じゃ、またね」

助手席に乗った歩が、さよならをいった。

車は走りだす。美紀は妹の手を握って、それを見送った。

ややあって……車が行ったのとは反対から、コンビニ袋を手に、小犬を連れた海野潮音《うんのしおね》がやってきた。

「……今の、逢沢くん？」

もう彼方《かなた》に小さくなった車を見やる。

「そう。横浜、帰るって」

海野《うんの》はふ〜んといって、興味なさそうにして行きかけたが、ふと立ちどまって美紀《みき》を見た。

「わたし、やっぱ、あんたのこと嫌い」

「知ってる。……んで、知ってた？　実は、わたしもあんたが苦手」

そういって美紀は、胸のつかえが取れたように、爽《さわ》やかな気分で笑った。

目を丸くした海野は、やがて、バカバカしそうに肩をすくめて、思わずといった様子で口元をほころばせて、声を出して笑った。

「ふふっ……」

美紀も、つられて笑う。

バカみたいだ。昨日あんな大変なことがあったから……間一髪《かんいっぱつ》で命が助かったから。いろんなこと、悩んでいた問題も全部、とてもちっぽけなことに思えた。それはたぶん海野も同じ気持ちなのだろう。

だから踏みだそう。

いろいろあったけど、これから、いろいろあるから。できないことはたくさんある。でも、その気になれば、できることはたくさんあるのだ。海野とだって友達になれる。横浜に帰った逢沢《あいざわ》歩《あゆむ》とだって友達でいつづけられる。きっと——

*

「田菜《たな》はどうだった？」

ランドローバーを運転しながら、稀代《きしろ》が助手席の歩《あゆむ》に、昨日と同じ問いかけをした。

長い間があった。

稀代は、答えをあきらめたようにハンドルをきった。

「父さん……」

歩が答えようとしたとき、手のなかでもてあそんでいた携帯電話が鳴った。

＞深山美紀《みやまみき》

歩は小さく笑み、窓外に目をやった。
＞メールとかしてみた（笑）
父《とう》さんも。母《かあ》さんも。

歩は家族とともにあった。まわりの人たちとのかかわりのなかに歩はいた。歩は、自分で思っているほど閉じてはいなかったのだ。その外から見た自分を——想像したとき、歩は少し、自分のことが恥ずかしくなった。

わっくんは歩と同じだったから。

歩と別れたくないとだだをこねるわっくんは、これまでの歩と同じだったから。見えないけれど見えるものたちを通じて。自分は、この世界のどこにいて、誰から、どんなふうに見られているのか。それを感じた。そのことを、いつも心で考えないことが……

——自分から逃げることだから。

他人の目に映った自分から逃げることだから。灰色の地下迷宮《ダンジョン》のなかを歩きながら。光を避け、まわりの目にふれることを避けていくことは、今の自分を、自分で無視することだったから。自分を必要としていないのは自分自身だったから。

でも、世界は、ここだけじゃない。

灰色の地下迷宮は、実は、鮮《あざ》やかな色に彩られていた。

世界は、自分が願ったようにしか見えないのだから。

「——来て、良かった」

田菜。

頭屋《とうや》の森のシロがいた伝承《でんしょう》の地。

そして祭りの夜に舞った、光――異界《いかい》のものたちが踊《おど》る場所。

「…………!?」

思わず身を乗りだした。

今――道路のかたわらでカエルのぬいぐるみをぶら下げていたのは――わっくんではなかったか。

見まちがいでなければ、わっくんは笑顔で手をふっていた。きっと。

ランドローバーがトンネルに入った。あの暖色の光のような、流れるオレンジ色のトンネル灯《とう》のなかで、窓ガラスに映った歩《あゆむ》の顔もまた――気づくと豊かな笑みをたたえていた。その自分の顔が好きだと思えた。

二年後～横浜

冬の、乾いた夕暮れの空に、ランドマークタワーのシルエットが刻まれていた。

幹線道路にかかる歩道橋を、身体《からだ》を低くし、あたりを警戒しながら歩く猫《ねこ》が——その千切《ちぎ》れ耳は、薄汚れ、あばらが浮くほど痩《や》せこけていた。

猫は、歩道橋の上で、携帯の画面を見たまま歩く黒ずくめの服の少女とすれちがった。

薄汚れた野良《のら》猫の姿になにかを感じたように、少女は冥《くら》い目でふりかえった。

猫のまわりの景色が歪《ゆが》み、二つの暖色の光が、一瞬、垣間《かいま》見える。

歩道橋の下を、騒音もろとも車のテールランプが赤い濁流《だくりゅう》のようにすぎていった。


〈つづく〉

あとがき

本作の舞台である『神凪町田菜《かんなぎたな》』にはモチーフが存在します。伊豆《いず》にある函南町《かんなみ》丹那《たんな》地区です。熱海《あたみ》と三島《みしま》のあいだ、東海道新幹線の丹那トンネルの上にある小さな盆地《ぼんち》です。そこにはアニメで描かれた田菜と、よく似た景色が広がっています。断層を展示した公園、富士山を望む別荘地、盆地の中央にある森、猫踊《ねこおど》りのお祭りも実在しているそうです。昨年の夏、丹那盆地の夏祭りに遊びに行ってみました。現在では、猫踊りは別な場所で行われているらしく、猫のコスプレで踊るかわいい女子は目撃できませんでしたが。

こちらは、そんな虚構と現実の交錯《こうさく》する田菜を舞台にした、TVアニメーション『絶対少年』のノベライズです。

脚本を基に、ほぼ忠実に小説化を試みました。「脚本を」というのは——事情に通じた読者の方々ならご承知かと思いますが、アニメはかならずしも脚本どおりには制作されません。脚本を基に絵コンテがきられ、その段階で、演出家の様々なアレンジ、改変が加えられます。わたしが他《ほか》のレーベルでノベライズを担当している某海賊冒険漫画《ぼうかいぞくぼうけんまんが》の劇場アニメなどでは、そういった事情で、いつも絵コンテを基にノベライズを書かせてもらっていました。もちろん完成した作品を見て書くのがいちばんですが――ノベライズは売り時の問題で、放映直後に発売日が設定されることが多いため、実際に原稿を完成させなければいけない発売数ヶ月前の時期には、アニメは完成していないことが多いのです。

『絶対少年』はその点、スケジュールは恵まれていて、この『田菜編』については、ほぼ完成したアニメを確認しながら執筆を進められました。加えて、アニメが脚本にとても忠実な仕上がりになっていたので、ノベライズ版もストーリーについては脚本に準じ、主要キャラクターの内面を掘り下げる方向で仕上げ、若干の再構成と小説だけのシーンを挿入《そうにゅう》するにとどめました。

そういえば。丹那盆地を訪れたとき、トウモロコシ畑を利用した巨大迷路がありました。ひとりで迷路に入るのは、ひとりでお化け屋敷とか、ひとりで焼肉屋に行くくらい苦しかったです。ゴールの賞品に駄菓子《だがし》をもらいました。迷路を楽しみたかったら若いうちに恋人と入るべきですよみなさん。「やだーおんなじとこぐるぐるまわってるー」「あはは」とかいって。

最後に、『絶対少年』プロジェクトに関わった大勢の皆様に謝辞《しゃじ》を。

それでは次巻『横浜編』でお会いしましょう。

＊

バンダイビジュアルの携帯サイト（http://www.bandaivisual.co.jp/zettai/）で、『絶対少年　神隠しの秋〜穴森』の携帯配信小説が、二〇〇五年八月現在、公開されています。携帯三社（DoCoMo/au/Vodafone）対応。通信料を除いて購読無料。内容はアニメ版の外伝です。あの人の弟が主人公です。連載はアニメの最終回ごろまでつづくはずですので、ご覧になってください。でも作者はＰＨＳユーザーなので読めません（笑）。

浜崎達也《はまざきたつや》

◉浜崎達也著作リスト

「新桃太郎伝説　上」（スーパークエスト文庫）

「新桃太郎伝説 下」(同)
「ワンピース 倒せ！ 海賊ギャンザック」(ジャンプジェイブックス)
「ワンピース ローグタウン編」(同)
「ワンピース ねじまき島の冒険」(同)
「ワンピース 千年竜伝説」(同)
「ワンピース 珍獣島のチョッパー王国」(同)
「ワンピース THE MOVIE デッドエンドの冒険」(同)
「ワンピース 呪われた聖剣」(同)
「ワンピース THE MOVIE オマツリ男爵と秘密の島」(同)
「ラブアンドデストロイ」(同)
「聖闘士星矢 ギガントマキア 盟の章」(同)
「聖闘士星矢 ギガントマキア 血の章」(同)
「トリスメギトス 光の神遺物(レリクス)」(スニーカー文庫)
「Beat Gunner1」(同)
「Beat Gunner2 戦空の撃墜王」(同)
「.hack//AI buster」(同)
「.hack//AI buster2」(同)
「ぞんびnaランデ★ヴー」(同)

本書に対するご意見、ご感想をお寄せください。

■

あて先

〒101-8305 東京都千代田区神田駿河台1-8 東京YWCA会館
メディアワークス電撃文庫編集部
「浜崎達也先生」係
「戸部 淑先生」係

■

電撃文庫

絶対少年《ぜったいしょうねん》

妖精《ようせい》たちの夏《なつ》〜田菜《たな》

浜崎達《はまざきたつ》也《や》

発行 二〇〇五年八月二十五日 初版発行

発行者 久木敏行

発行所 株式会社メディアワークス
〒一〇一-八三〇五 東京都千代田区神田駿河台一-八
東京YWCA会館
電話〇三-五二八一-五二〇七（編集）

発売元 株式会社角川書店
〒一〇二-八一七七 東京都千代田区富士見二-十三-三
電話〇三-三二三八-八六〇五（営業）

装丁者 荻窪裕司（META＋MANIERA）

印刷・製本 株式会社暁印刷

落丁・乱丁本はお取り替えいたします。
定価はカバーに表示してあります。

Printed in Japan
ISBN4-8402-3124-9 C0193

電撃文庫創刊に際して

文庫は、我が国にとどまらず、世界の書籍の流れのなかで〝小さな巨人〟としての地位を築いてきた。古今東西の名著を、廉価で手に入りやすい形で提供してきたからこそ、人は文庫を自分の師として、また青春の想い出として、語りついできたのである。

その源を、文化的にはドイツのレクラム文庫に求めるにせよ、規模の上でイギリスのペンギンブックスに求めるにせよ、いま文庫は知識人の層の多様化に従って、ますますその意義を大きくしていると言ってよい。

文庫出版の意味するものは、激動の現代のみならず将来にわたって、大きくなることはあっても、小さくなることはないだろう。

「電撃文庫」は、そのように多様化した対象に応え、歴史に耐えうる作品を収録するのはもちろん、新しい世紀を迎えるにあたって、既成の枠をこえる新鮮で強烈なアイ・オープナーたりたい。

その特異さ故に、この存在は、かつて文庫がはじめて出版世界に登場したときと、同じ戸惑いを読書人に与えるかもしれない。

しかし、<Changing Time, Changing Publishing>時代は変わって、出版も変わる。時を重ねるなかで、精神の糧として、心の一隅を占めるものとして、次なる文化の担い手の若者たちに確かな評価を得られると信じて、ここに「電撃文庫」を出版する。

1993年6月10日
角川歴彦

電撃文庫

絶対少年　妖精たちの夏～田菜

浜崎達也
イラスト／戸部 淑
ISBN4－8402－3124－9

「僕は何をしたいんだろうか……」自分を見出せない少年は、ひと夏の不思議な体験をする。そして——。話題のファンタジーアニメ、待望のノベライズ。

は-7-1　1129

9S〈ナインエス〉

葉山 透
イラスト／山本ヤマト
ISBN4－8402－2461－7

循環環境施設スフィアラボを武装集団が占拠。カウンターテロ部隊が急遽編成される中、切り札として召集されたのは拘束具に身を戒められた謎の少女だった！

は-5-1　0844

9S〈ナインエス〉II

葉山 透
イラスト／山本ヤマト
ISBN4－8402－2578－8

絶海の孤島で行われる防衛庁の新兵器演習。そこには身体を戒められた由宇の姿があった。そして新兵器を狙う別の影も。陰謀渦巻くさなか、一方闘真は!?

は-5-2　0890

9S〈ナインエス〉III

葉山 透
イラスト／山本ヤマト
ISBN4－8402－2691－1

常軌を逸す封印が施された「遺産」。それには真目家の刻印が!?　隠された真実を目指す由宇、そして暗躍する異形のものたち。謀略と妄執、急展開の第3弾！

は-5-3　0939

9S〈ナインエス〉IV

葉山 透
イラスト／山本ヤマト
ISBN4－8402－2760－8

遺産をめぐり錯綜する関係。利害の一致から手を結ぶ由宇と麻耶。二人は遺産に隠された真実に迫っていく。だがその前に立ち塞がるのは——闘真であった!!

は-5-4　0978

電撃文庫

9S〈ナインエス〉V
葉山 透
イラスト／山本ヤマト
ISBN4-8402-2906-6

由宇たちの前に立ち塞がる数々の障壁。襲いくる驚異の集団に、二人はかつてない苦戦を強いられる。一方、政変発生で伊達は失脚、ADEMは解体の危機に!?

は-5-5 1043

9S〈ナインエス〉VI
葉山 透
イラスト／山本ヤマト
ISBN4-8402-3123-0

攻撃を受けるADEM、囚われの由宇、そして孤独な戦いを続ける闘真。混沌を極める情勢に、あの超越者が降臨する！ その名は——。ついに物語は佳境へ!!

は-5-6 1128

最後の夏に見上げた空は
住本 優
イラスト／おおきぼん太
ISBN4-8402-2890-6

かつて起きた戦争の遺物『遺伝子強化兵』。望まぬ力の代償は17歳の夏に死んでしまうという運命だった——。せつなく胸をしめつける短編連作、登場。

す-7-1 1029

最後の夏に見上げた空は2
住本 優
イラスト／おおきぼん太
ISBN4-8402-3024-2

どうしようもない、名門への強い気持ちに気づいた小谷。しかし小谷は知らなかった。名門に宛てられた手紙が、別離の予感を運んでいたことに——。

す-7-2 1082

最後の夏に見上げた空は3
住本 優
イラスト／おおきぼん太
ISBN4-8402-3132-X

そして、遺伝子強化兵たちは最後の夏を迎える——。小谷と名門の想いの行方は……？『最後の夏に見上げた空は』シリーズ完結編。

す-7-3 1137

電撃文庫

いぬかみっ!
有沢まみず
イラスト/若月神無

ISBN4-8402-2264-9

かわいいけど破壊好きで嫉妬深い犬神の少女ようこと、欲望と煩悩の高校生、犬神使いの啓太が繰り広げるスラップスティック・コメディ登場!

あ-13-4 0748

いぬかみっ!2
有沢まみず
イラスト/若月神無

ISBN4-8402-2381-5

犬神使い・啓太のもとに、新しい女の子の犬神がやってきた。怒ったようこは早速、彼女を追い出すために行動を開始するが…。大好評シリーズ第2弾!

あ-13-5 0794

いぬかみっ!3
有沢まみず
イラスト/若月神無

ISBN4-8402-2457-9

啓太を襲う男の尊厳に関わる大ピンチ。この未曾有の危機に、ようこは笑いながら、なでしこは嫌がりながら、共に啓太を救うために頑張るが……。話題のコメディ第3弾!

あ-13-6 0840

いぬかみっ!4
有沢まみず
イラスト/若月神無

ISBN4-8402-2607-5

二日酔いの啓太が朝起きて見たものは、大量の魚と、そして……!! 前日の夜にいったい何があったのか!? 犯人は!? 事件の真相は!? シリーズ第4弾登場!

あ-13-7 0900

いぬかみっ!5
有沢まみず
イラスト/若月神無

ISBN4-8402-2871-X

かわいくて大金持ちで、でも20歳の誕生日に死ぬ運命を背負った少女——。そんな彼女を救うために、啓太とようこは最強最悪(?)の死神と戦うことに……。

あ-13-9 1034

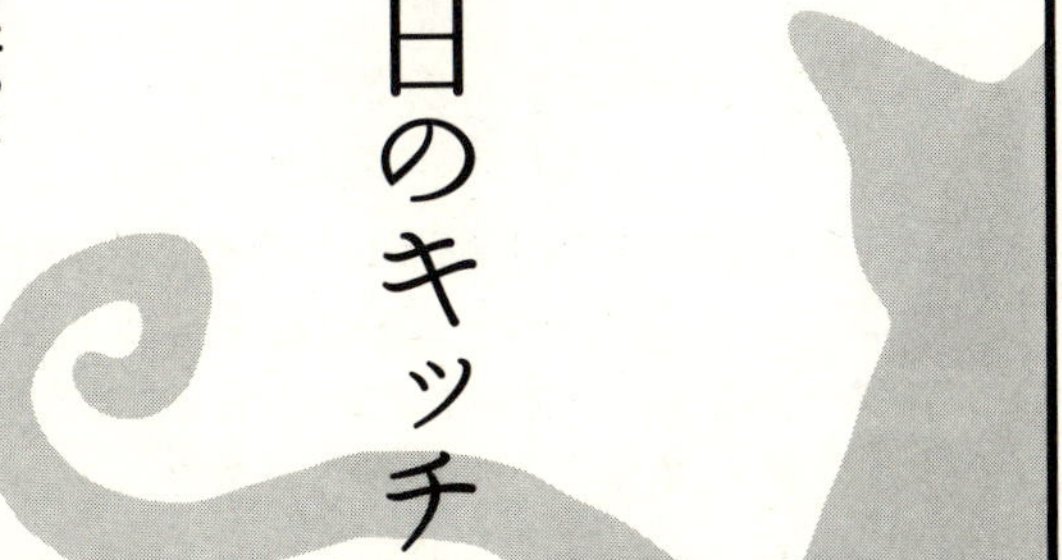